사 랑 하 는 기 생 충

미아키 스가루 일러스트/시온

목 차

사랑하는 기생충

미아키 스가루

일러스트／시온

어떤 종의 조류의 컬러풀한 날개, 포유류의 지나치게 커다란 뿔이나 갈기, 엄니, 많은 동물에게서 보이는 복잡한 구애 행동, 성이라는 것의 존재 그 자체, 나아가서는 라디오에서 흘러나오는 러브송이나 고금의 사랑의 시. 이 모든 것들은 기생 생물의 존재가 있었기에 발달해 왔다. 어떤 생물도 같은 곳에 머무르기 위해서는 전속력으로 달려야만 하기 때문이다.

모이세스 벨라스케스-마노프
⟨An Epidemic of Absence⟩

대학을 졸업한 뒤에 지방의 작은 시스템 개발회사에 취업한 코사카 켄고는 입사 후 딱 1년 정도 지났을 무렵, 누구나가 고개를 갸웃할 만한 이유로 퇴사했다. 그 뒤로 거의 1년마다 같은 행동을 반복하며 직장을 이리저리 옮겨 다니던 중, 마음의 병을 앓게 되었다. 그렇지만 본인에게는 병에 대한 자각이 없어서 심할 때는 숨 쉬는 것조차 귀찮아질 정도의 우울함도, 한순간 머리를 스치는 죽음의 유혹도, 밤낮을 가리지 않고 문득 흘러넘치는 눈물도 전부 겨울의 추위 때문이라고 생각하고 있었다.

　스물일곱 살의 겨울의 일이다. 생각해 보면 참으로 기묘한 겨울이었다. 몇 번의 만남이 있었고, 헤어짐이 있었다. 행복한 우연이 있었고, 불행한 사고가 있었다. 크게 변화한 것이 있었고, 전혀 변하지 않은 것이 있었다.

그 겨울, 그는 너무 늦은 첫사랑을 경험했다. 상대는 열 살 남짓 어린 소녀였다. 마음의 병을 앓고 있는 실업 중인 청년과 벌레를 사랑하는 등교 거부 소녀. 하나부터 열까지 제대로 된 것이 없었고, 그렇지만 그것은 틀림없는 사랑이었다.

*

"종생교미?"

코사카가 되물었다.

"그래, 종생교미." 소녀가 끄덕였다. "쌍자흡충은 그 반생을 파트너와 결합한 상태로 보내."

소녀가 키홀더를 꺼내서 코사카 앞에 들어 올려 보였다.

"이게 쌍자흡충이야."

코사카는 얼굴을 가까이 가져가 키홀더를 가만히 바라보았다. 디자인은 단순했지만, 그것이 두 쌍의 날개를 가진 생물을 본뜬 물건이라는 것은 알 수 있었다. 앞뒤의 날개 형태가 달랐는데, 앞날개는 뒷날개의 3배 정도 크기였다. 언뜻 보기에는 평범한 나비 같았다.

"이렇게 예쁜 모습을 하고 있는데 편형동물문 단생강에

속한 번듯한 기생충이야."

"그냥 나비처럼 보여."

"잘 봐. 더듬이가 없잖아?"

소녀의 말대로 그 생물은 더듬이가 없었다. 단순히 디자인상의 문제로 생략된 것뿐이라고 볼 수도 있겠지만, 그녀에게 그것은 중요한 차이인 듯했다.

"이건 두 마리의 쌍자흡충이 X자 형태로 응착한 모습이야."

소녀가 두 손의 검지를 교차시켜서 그 모습을 표현했다.

"종생교미라면." 코사카가 적절한 표현을 고르며 말했다. "응착한 뒤에는 항상 교접 상태에 있다는 소리야?"

"어떤 의미에서는 그렇지. 각각의 웅성 생식 기관을 상대의 자성 생식 기관과 연결하고 있는 상태."

"각각의?"

"응, 쌍자흡충은 한 개체가 수컷 생식 기관과 암컷 생식 기관을 다 가지고 있어. 자웅 동체야. 그러니까 원래대로라면 교미 상대가 없어도 자가 수정을 할 수 있을 텐데 어째서인지 그렇게 하지 않아. 고생고생해서 파트너를 찾아낸 뒤에 서로의 정자를 교환하지."

"아주 게을러 빠졌네."

코사카가 쓴웃음을 지었다.

"혼자서도 할 수 있는 일을 일부러 둘이서 한다는 게 아주 얄밉지." 소녀가 동의했다. "하지만 배워야 할 부분도 있어. 예를 들면 쌍자흡충은 파트너를 가리지 않아. 마치 첫눈에 반하는 것이 숙명인 것처럼, 태어나서 처음 본 상대와 아무런 의심도 없이 결합해. 게다가 쌍자흡충은 파트너를 끝까지 버리지 않아. 한 번 연결된 쌍자흡충은 두 번 다시 서로를 놓지 않는 거야. 억지로 떼어 놓으면 죽고 말아."

"그래서 '종생교미' 라고 하는구나. 굉장하네. 비익조(比翼鳥) 같아."

코사카가 감탄하며 말했다.

"그렇지. 그야말로 비익연리(比翼連理)지. 참고로 이 기생충은 잉어에 기생해."

소녀가 자신의 가족을 칭찬하는 말이라도 들은 듯이 자랑스럽게 말했다.

"잉어?"

"응, 일본어 '사랑(恋)' 하고 발음이 똑같아. '사랑에 기생한다' 라고도 들리는, 멋진 우연이지? 한 마디 더 덧붙이자면 잉어에 기생하는데 성공한 쌍자흡충은 24시간 이내에 눈알을 버린대. 사랑에 빠지면 장님이 된다는 얘기지."

"사랑에 빠지면 장님이 된다……." 코사카가 그렇게 소리 내어 되뇌었다. "네 입에서 그런 로맨틱한 말을 들을 수 있을 거란 생각은 못 했어."

소녀는 그 말을 듣고 문득 정신을 차린 듯이 눈을 동그랗게 뜨더니, 잠시 후에 고개를 숙였다.

"왜 그래?"

"……생각해 보니까 생식 기관이 어떻다느니 교미가 어떻다느니 하는 건 다른 사람 앞에서 말할 만한 이야기가 아니었네. 바보 같아."

그녀의 뺨이 살짝 홍조를 띠고 있었다.

"아니, 재미있었어." 코사카는 소녀가 당황하는 모습이 우스워서 저도 모르게 숨을 뿜었다. "계속해, 기생충 얘기."

소녀는 잠시 침묵했지만, 이윽고 조용히 이야기를 재개했다. 코사카는 그녀의 이야기에 가만히 귀를 기울였다.

제
1
장

고
독（蠱毒）

수도꼭지에서 흘러나오는 물이 피부를 찌르는 듯 차가웠다. 그렇지만 물이 데워지기를 느긋하게 기다릴 여유는 없다. 코사카는 손을 씻기 시작했다. 흐르는 물에 체온을 빼앗긴 두 손이 감각을 잃어 갔다. 물을 한 번 멈추고, 비누로 거품을 내어 구석구석까지 정성 들여 닦고서 다시 물을 튼다. 그는 거품이 다 씻겨 나간 뒤에도 흐르는 물에 계속 손을 대고 있었다. 2분 정도 지났을 즈음에 간신히 급탕기가 자기 역할을 기억해 냈는지 갑자기 수도꼭지에서 뜨끈한 물이 나오기 시작했다. 차가워진 두 손이 저려서 뜨거운지 차가운지도 알 수 없었다.

물을 잠그고, 페이퍼타월로 두 손의 물기를 정성 들여 닦아낸다. 그리고 아직 저린 감각이 남아 있는 두 손을 얼굴에 가까이 가져가 눈을 감고 냄새를 맡았다. 냄새가 나지 않음을 확인하고, 조리대에 있던 알코올 소독제를 두 손에 빈틈없이 발랐다. 마음이 점점 차분해진다.

거실로 돌아와서 침대에 드러누웠다. 새하얀 커튼 틈새로 비쳐든 빛이 약해서 이른 아침 같기도 했고 저녁 같기도 했다. 어느 쪽이든 지금 그의 생활에서 몇 시인가는 별로 중요하지 않았다.

창밖에서 어린아이들의 목소리가 끊임없이 들려온다. 근처에 초등학교가 있는 탓이다. 아이들이 즐겁게 재잘거리는 소리를 듣고 있노라면 이따금 가슴이 답답해질 정도의 슬픔이 덮쳐 왔다. 코사카는 머리맡의 라디오를 켜고 적당히 주파수를 맞춰서 음악을 틀었다. 노이즈가 섞인 옛날 노래가 어린아이들의 목소리를 덮어 주었다.

코사카는 마지막 직장을 그만둔 뒤로 다음 직장을 찾지 않고 저축한 돈을 까먹으며 온종일 침대에 누워 뭔가를 생각하는 척하며 지냈다. 물론 실제로는 아무 생각도 하지 않았다. 체면을 차리고 있는 것뿐이다. 나는 그날에 대비해 기력을 비축하고 있노라고, 그는 스스로에게 그렇게 들려주었다. 그 자신도 '그날'이 언제를 가리키는지는 몰랐다.

일주일에 한 번은 생필품을 사기 위해 어쩔 수 없이 외출하지만, 그 이외의 시간은 집 안에 틀어박혀 지냈다. 이유는 단순했다. 그는 심각한 결벽증이 있었다.

코사카는 역에서 걸어서 20분 거리에 있는 1DK의 깔끔한 임대 아파트에 살았다. 코사카에게 집은 유일무이한 '성역'이었다. 그곳에는 항상 두 대의 공기청정기가 돌고, 소독약 냄새가 흐릿하게 떠돌았다. 마룻바닥은 새집처럼 깨끗하게 닦여 있고, 빨래건조대에는 일회용 라텍스 장갑과 수술용 마스크, 제균용 스프레이와 물티슈 등이 가지런히 놓여 있다. 의복이며 가구 대부분은 하얀색이나 그것에 가까운 색이었고, 옷장에는 포장을 뜯지 않은 새 와이셔츠가 몇 장이나 쌓여 있었다.

하루에 100번 넘게 손을 씻기 때문에 코사카의 손은 아주 거칠었다. 손톱은 정성 들여 깎지만, 오른손 검지 손톱만은 조금 길게 남겨 두었다. 맨손으로 엘리베이터나 ATM의 버튼을 눌러야만 하는 상황에 놓였을 때 피부에 닿지 않도록 하기 위한 고육지책이다.

그곳 외에 코사카의 몸에서 청결하다고 말하기 힘든 부위가 있다면 머리카락이었다. 그의 머리카락은 너무 길다. 코사카는 방을 깨끗하게 유지하기 위해서도 머리카락은 짧은 편이 좋다는 것은 알고 있지만, 미용실이나 이발소를 몹시 싫어해서 한계에 이를 때까지 이발을 미루는 버릇이 있었다.

결벽증에도 실로 다양한 증상이 있다. 그들의 '불결'에 대한 인식을 깊이 파고들다 보면 그곳에는 불합리한 신념이 드문드문 보인다. 결벽증이라 자칭하고 있음에도 불구하고 방이 지저분한 사람이 그 전형이라 할 수 있다.

코사카에게 불결의 상징은 '타인'이었다. 실제로 더러운지보다 그곳에 타인이 관여하고 있는지 아닌지가 가장 큰 문제였다. 타인의 손이 닿은 음식을 먹을 바에야 유통기한이 일주일 지난 음식을 먹는 편이 낫다고 생각할 정도였다.

그에게 자신 이외의 인간은 세균을 배양하는 샬레 같은 존재였다. 손끝으로 자신을 건드린 것만으로도 그곳에서 잡균이 번식해 온몸을 오염시킬 것 같은 기분이 들었다. 코사카는 상대가 아무리 친한 사람이라도 손을 맞잡을 수 없었다. 다만 다행인지 불행인지 지금 그에게는 손을 맞잡을 만한 상대가 한 사람도 없었다.

말할 것도 없이 이 결벽증은 사회생활에서 커다란 장애가 되었다. 타인을 오염물질 그 자체로 인식하는 사람이 타인과 양호한 인간관계를 구축할 수 있을 리 없다. 타인과 관계를 맺고 싶지 않다는 코사카의 속마음이 다양한 형태로 표면화되어 주위 사람을 짜증나게 했다. 미소를 짓지 못한다, 사람의 이름을 기억하지 못한다, 상대와 눈을 마주치지 못한다……. 열거하면 끝이 없었다.

어쨌든 타인과의 접촉은 고통스러울 뿐이었다. 회사에서 근무 중일 때는 모든 것이 스트레스의 씨앗이라 수면욕 외의 모든 욕구가 사라질 정도였다.

특히 술자리나 직원 여행 같은 사내 행사는 지옥 그 자체였다. 그런 행사를 마친 뒤에는, 때로는 4시간에 걸쳐 샤워하고 침대에 누워서 음악을 들으며 정신을 다시 튜닝해야만 했다. 그렇게 이 세상에는 귀 기울여 들을 만한 소리도 존재한다는 사실을 자신에게 알려 주지 않으면 자신의 귀를 잡아 뜯고 싶어진다. 그런 일이 있는 밤에는 음악 없이 잠을 이룰 수 없었다.

요컨대 나에게는 인간의 적성이 없는 것이다, 라고 코사카는 자신의 사회부적응에 대해 결론 내렸다. 덕분에 그는 어느 직장에서도 금세 있을 곳을 잃고, 도망치는 듯한 모습으로 퇴직했다.

반복되는 이직은 스스로에게 가망이 없음을 하나하나 확

인해 나가는 작업이었다. 단 몇 년의 사회생활 동안 나 자신이라는 인간을 남김없이 부정당한 기분이 들었다. 너는 뭘 해도 안 된다는 낙인이 찍힌 듯한 기분이었다.

파랑새를 찾고 있던 것은 아니다. 처음부터 그런 존재가 어디에도 없다는 것은 알고 있었다. 누구에게나 천직이 있는 법은 아니다. 모두 그렇게 하는 것처럼 결국에는 많든 적든 타협하고 살아갈 수밖에 없다.

그렇지만 머리로는 이해하는데 마음이 따라오지 않았다. 코사카의 정신은 매일매일 착실히 마멸되었고, 그에 따라 강박 증상은 점점 악화되었다. 마음이 어두워지는 것에 반비례해 주위 환경은 청결해졌고, 집 안은 무균실과 같은 양상을 띠기 시작했다.

코사카는 침대에 드러누워 라디오에서 흘러나오는 음악에 귀를 기울이며 몇 시간 전의 일을 막연히 생각하고 있었다.

그는 편의점에 있었다. 두 손에 일회용 라텍스 장갑을 끼고 있었다. 이것은 결벽증인 코사카의 외출 시 필수품이었는데, 특히 편의점이나 슈퍼마켓처럼 타인이 만진 물건을 건드려야만 하는 장소에 갈 때는 절대 빼놓을 수 없는 물건이었다.

그날도 빼먹지 않고 장갑을 끼고서 쇼핑에 임했는데 도중에 문제가 발생했다. 생수를 집으려고 진열대로 손을 뻗었을 때, 갑자기 오른손 집게손가락 관절이 따끔했다. 가만히 보니 피부가 갈라져서 피가 배어 나와 있었다. 흔한 일이다. 평소에 손을 너무 자주 씻는 데다 건조한 계절이기도 해서, 그의 손은 견습 미용사처럼 몹시 거칠었다.

코사카는 피가 장갑 안을 스멀스멀 침식해 가는 감촉을 견디지 못하고 오른손에 낀 장갑을 벗었다. 그리고 한 손에만 장갑을 끼고 있다는 언밸런스한 상태가 마음에 들지 않아서 왼손의 장갑도 벗었다. 그리고 그대로 쇼핑을 계속했다.

계산대에 이 점포에서 자주 보는 여자 아르바이트생이 있었다. 머리카락을 커피브라운색으로 염색한 애교 있는 여자애로, 코사카가 상품을 계산대로 가지고 가자 활짝 웃으며 맞아 주었다. 거기까지 특별한 문제는 없었지만, 코사카가 거스름돈을 받으려 할 때 여자애가 그의 손을 살며시 감싸 쥐듯이 하며 잔돈을 건넸다.

이것이 좋지 않았다.

그 직후, 코사카는 반사적으로 그녀의 손을 뿌리쳤다. 잔돈이 힘차게 바닥에 흩뿌려지고, 가게에 있던 사람들이 일제히 돌아보았다.

그는 멍하니 자신의 손을 바라보다가 당황한 계산대의 여자가 "죄송합니다."라고 사과하는 말도 듣지 않고, 잔돈을 버려두고 도망치듯이 가게를 빠져나왔다. 그리고 뒤도 돌아보지 않고 아파트로 돌아와서 오랜 시간을 들여 샤워했다. 그래도 손에 남은 불쾌한 감각이 사라지지 않아 욕실을 나온 뒤에 다시 손을 씻었다.

상황의 전체적인 흐름을 떠올려 본 뒤, 코사카는 한숨을 내쉬었다. 스스로도 정상이 아니라고 생각한다. 그러나 맨손의 살갗에 닿는 것을 도저히 견딜 수 없었다.

그것에 더해서, 코사카는 조금 전의 계산대 점원처럼 여성스러움이 느껴지는 여자를 몹시 꺼렸다. 그것은 여성에 국한된 이야기가 아니라 남자다움을 전면에 내세운 듯한 남자 역시 기피했다. 양쪽 다 불결한 느낌이 들었다. 마치 사춘기 소녀 같은 말이지만, 실제로 그렇게 느껴지니 도리가 없었다.

어릴 적에는 나이를 먹으면 결벽증도 나아질 것이라고

생각했지만, 실제로는 오히려 악화 일로를 걷고 있었다. 그는 이 상태라면 결혼은 고사하고 친구도 만들지 못하겠구나, 하고 속으로 중얼거렸다.

*

코사카가 아홉 살 무렵에는 어머니가 있었다. 어머니는 그가 열 살이 되기 직전에 세상을 떠났다. 사고사로 알려져 있지만, 코사카는 지금도 자살을 의심하고 있다.

어머니는 아름다운 여성이었다. 교양이 풍부하며 재치 있고, 음악과 영화의 취향도 세련된 사람이었다. 코사카의 아버지와 만날 때까지 전자오르간 강사였다고 한다. 자택에서 하는 소규모 학원이었는데 평판이 좋아서 먼 곳에서 찾아오는 학생도 적지 않았다고 한다.

그녀 같은 완벽한 여성이 어째서 아버지 같은 평범한 인간을 반려자로 선택했는지, 코사카는 이상해서 견딜 수 없었다. 조심스럽게 말하면 그의 아버지는 변변치 못한 남자였다. 각각의 부위가 제대로 맞물리지 않은 얼굴은 실패한 몽타주 같았고, 벌이는 적었으며 취미도 없고, 일에 열심인 것도 아니어서 장점다운 장점을 찾을 수 없었다(다만 지금의 코사카에게 '평범하게 가정을 가지고 살고 있었다'는 것만으로도 충분히 존경할 만하지만).

코사카의 어머니는 스스로에게 엄격한 사람이라 아들에게도 자신과 동등한 노력을 요구했다. 코사카는 철이 들기 전부터 다양한 교육을 받았고, 집에 있을 때는 어머니가 정한 스케줄에 따라 분 단위로 생활했다. 어릴 적의 코사카에게 어머니란 어느 집이나 모두 그런 법이라고 생각했기 때문에 자신의 생활에 의문을 품지 않고 어머니의 가르침을 따랐다. 반항했다가는 맨발로 집에서 쫓겨나거나 온종일 식사를 주지 않았기 때문에 그렇게 할 수밖에 없었다.

어머니는 기대의 절반에도 미치지 못하는 아들에게 화가 난다기보다 곤혹스러워하는 듯했다. 어째서 나의 분신인 이 아이는 나처럼 완벽하지 못할까? 혹시 나의 양육에 문제가 있는 게 아닐까?

그녀는 코사카의 자질을 의심하지 않았다. 그러나 그것은 부모의 편애라기보다 일그러진 자기애의 표출이라 해야 할 것이다. 자신의 피가 아니라 교육법을 의심하기를 선택했을 뿐이다.

대다수의 완벽주의자가 그렇듯이 코사카의 어머니 역시 깨끗한 것을 좋아하는 사람이었다. 코사카가 방을 어지르거나 지저분한 차림새로 귀가하면 어머니는 몹시 슬픈 얼굴을 했다. 코사카는 혼나거나 매를 맞는 것보다 그것이 훨씬 괴로웠다. 반대로 코사카가 스스로 방을 정리하거나 손을 씻고 양치질을 하면 어머니는 반드시 칭찬해 주었다. 공부도, 운동도 특별히 잘하지 못했던 코사카에게 그것은 어머니를 기쁘게 할 수 있는 몇 안 되는 기회였다. 자연스럽게 그는 또래 아이에 비해 깨끗한 것을 좋아하는 소년이 되었다. 어디까지나 상식적인 범위에서.

이변이 찾아온 것은 아홉 살의 늦여름이었다. 어머니는 어느 날을 경계로 사람이 바뀐 듯이 코사카에게 상냥해졌다. 마치 지금까지의 행동을 후회하는 것처럼 그때까지 그에게 부과하던 규칙을 전부 없애고 깊은 애정을 담아 대하기 시작했다.

모든 속박에서 해방된 코사카는 처음으로 맛보는 어린아이의 자유로운 생활에 푹 빠진 나머지, 어머니의 급격한 태도 변화에 대해 깊이 생각해 보려고 하지 않았다.

어머니는 이따금 코사카의 머리에 살짝 손을 얹고 "미안해."라고 반복하면서 그의 머리를 쓰다듬었다. 코사카는 어머니가 무엇을 사과하는지 알 수 없었지만, 그것을 묻는

게 미안해서 가만히 있었다.

나중에서야 알았다. 어머니는 지금까지의 일에 대해 사죄한 것이 아니라 이제부터 할 일에 대해서 사죄했던 것이다.

그녀는 딱 한 달 동안 자상한 어머니를 연기하고, 죽었다. 차를 타고 장 보러 갔다가 돌아오는 길에 법정 속도를 어기고 과속하던 자동차와 정면충돌했다.

그 사건은 당연히 사고로 결론 났다. 그러나 코사카만은 알고 있었다. 그 도로는 어느 특정 시간대에 자살에 안성맞춤인 장소로 변한다는 것을. 그 사실을 알려준 사람은 다름 아닌 어머니였다.

어머니의 장례식 직후, 코사카의 안에서 뭔가가 바뀌었다. 그날 밤, 그는 몇 시간에 걸쳐 손을 씻었다. 어머니의 시신에 닿았던 오른손이 찝찝해서 견딜 수가 없었다.

다음 날 아침, 코사카가 얕은 잠에서 깨어났을 때, 세상은 완전히 변해 있었다. 그는 침대에서 벌떡 일어나더니 안색이 변해서 욕실로 뛰어들었다. 그리고 몇 시간에 걸쳐 샤워했다. 이 세상에 존재하는 모든 것이 더럽게 느껴졌다. 배수구의 머리카락, 벽 가장자리의 곰팡이, 창문틀에 낀 먼지. 그것들을 보기만 해도 등줄기에 오한이 퍼지며 온몸이 부르르 떨렸다.

이렇게 그는 결벽증을 가지게 되었다.

그렇지만 코사카 본인은 어머니의 죽음과 결벽증 사이에 직접적인 인과관계는 없다고 생각했다.

그것은 어디까지나 계기 중 하나에 지나지 않는다. 그 일이 없었다고 해도 언젠가는 다른 어떠한 일이 방아쇠가 되어 자신을 결벽증에 눈뜨게 만들었을 것이다. 원래부터 내안에 그런 소질이 있었던 것뿐이다.

제
2
장

컴
퓨
터
웜

심야에 울려 퍼지는 인터폰의 꺼림칙함을 경험하지 않은 사람에게 설명하기는 어렵다.

　당신은 쥐죽은 듯 고요한 집 안에서 무방비하게 지내고 있다. 그런데 갑자기 방문자를 알리는 무기질의 전자음이 정적을 깨뜨린다. 한순간 사고가 정지한다. 시계를 확인하지만, 손님이 찾아올 만한 시간은 절대 아니다. 머릿속이 물음표로 가득 찬다. 누구지? 왜 이런 시간에? 무슨 목적으로? 문은 잠갔던가? 체인 록은 걸었던가?

　당신은 가만히 숨을 죽이고 문 너머에 있는 인물의 정체를 살핀다. 시간이 얼마나 지났을까. 수십 초일지도 모르고 몇 분일지도 모른다. 현관으로 조심조심 가서 도어 스코프로 바깥을 확인했을 때는 수수께끼의 방문자가 아무런 단서도 남기지 않고 떠난 후였다. 이도저도 아닌 상태로 모든 것이 끝나고, 불길한 전자음의 여운이 하룻밤 내내 이어진다…….

　그것은, 아무런 전조도 없이 찾아왔다.

　인터폰이 울렸을 때, 코사카는 컴퓨터 키보드를 청소하고 있었다. 그가 사용하는 PFU제 키보드는 키캡에 각인이 없는데, 청소를 너무 많이 해서 지워진 것이 아니라 원래부터 그렇게 만들어진 물건이다. 지난주에 키를 전부 빼서 청소했지만, 사용할 때마다 철저하게 소독하지 않으면 직성이 풀리지 않았다.

　탁상시계가 밤11시를 넘긴 시각을 가리키고 있었다. 이런 시간에 대체 누구일까 하고 생각할 새도 없이 이어서 충전 중이던 스마트폰이 진동했다. 코사카는 인터폰과 문자 메시지의 타이밍이 겹친 것은 우연이 아닐 것이라고 직감했다.

　스마트폰을 집어 들고 새로 온 메시지를 확인한다.

　　문 열어. 위해를 가할 생각은 없다.
　　바이러스에 관한 일로 얘기할 게 있다.

고개를 들고 현관 방향을 본다. 그가 사는 아파트에는 오토 록 시스템이 구비되어 있지 않아서 주민이 아니어도 건물 안에 침입하기 쉽다. 즉 문자 메시지를 보낸 인물은 이미 문 앞까지 와 있다. 그걸 깨달은 것과 거의 동시에 문을 두드리는 소리가 났다. 난폭하게 두드리지는 않았다. 그것은 자신이 그곳에 있음을 알리는 듯한 행동이었다.

코사카는 경찰에 신고할까 하고 손에 든 스마트폰을 들여다보았다. 그러나 그곳에 표시된 메시지가 그를 주저하게 했다.

'바이러스에 관한 일로 얘기할 게 있다.'

코사카는 그 메시지를 보고 또렷하게 짚이는 것이 있었다.

코사카가 처음으로 멀웨어에 관심을 가진 것은 석 달 전, 2011년 여름이 끝나갈 무렵이었다. 그날, 그의 스마트폰으로 낯선 연락처에서 SMS 메시지가 도착했다.

이제 곧 세상이 끝나려 하고 있습니다.

불길한 메시지였다. 하지만 네 번째 직장에도 적응하지

못하고 정신적으로 몹시 피폐해진 낭시의 코시카에게 그 메시지는 작은 청량제가 되었다.

코사카는 잠시 눈을 감고 세상이 종말을 맞이하는 공상을 즐겼다. 하늘이 붉게 물들고, 마을 전체에 사이렌이 울려 퍼지고, 라디오에서 불행한 뉴스들이 이어지는 그런 정경을 천천히 상상했다.

바보 같은 이야기로 들릴지도 모르지만, 코사카는 그 이상한 메시지에 커다란 위안을 얻었다. 당시의 그에게는 거짓말이나 다를 바 없는 근거 없는 위로가 필요했던 것이다.

나중에 조사해 보니, 그 SMS 메시지는 'Smspacem'이라고 불리는 멀웨어의 아종에 감염된 휴대전화에서 강제로 전송된 메시지인 듯했다. *멀웨어'란 컴퓨터를 부정하게 동작시키는 악의 있는 소프트웨어나 프로그램을 가리키는 말이다. 대부분의 사람은 그런 것들을 전부 뭉뚱그려 '컴퓨터 바이러스'라고 부르지만, 바이러스는 멀웨어의 하위 개념 중 하나에 지나지 않는다.

Smspacem을 한 마디로 표현하면 '세상의 종말을 고하는 멀웨어'다. 감염된 단말기는 2011년 5월 21일을 맞이하면 연락처 리스트에 등록되어 있는 모든 사람에게 세상

---

* malware. 악성 소프트웨어를 뜻하는 'malicious software'의 약어.

의 종말을 시사하는 SMS 메시지를 전송하게 되어 있었다.

시큐리티 리포트에 의하면 Smspacem은 북미의 유저를 대상으로 한 멀웨어다. 그러나 9월 상순이 되어서 일본에 사는 코사카에게 일본어로 된 메시지가 도달했다는 것은 Smspacem을 일부러 일본인을 대상으로 변형한 괴짜가 있다는 이야기일 것이다.

일을 그만두고 멍하니 침대에 뒹굴고 있었을 때, 문득 코사카는 Smspacem을 떠올렸다. 그리고 이렇게 생각했다. 나도 그것과 비슷한 것을 만들 수 없을까? 그때 내가 경험했던, 일상에 작은 이변이 생긴 듯한 감각을 다른 형태로 재현할 수는 없을까?

다행히 시간은 얼마든지 있었다. 코사카는 멀웨어 제작을 위해 필요한 지식을 닥치는 대로 익혀 나갔다. 프로그래머 시절에 습득한 지식과 경험 덕분에 공부를 시작하고 고작 한 달 만에 툴 키트의 힘을 빌리지 않고 독창적인 멀웨어를 완성시켰다.

코사카는 스스로 이 분야에 적성이 있다고 생각했다. 그는 배우지 않았는데도 상황에 맞춰 가장 효율적인 알고리즘을 도출해 내는 재능이 있었다. 타고난 꼼꼼함과 완벽주의가 플러스로 작용한 드문 사례였다.

이윽고 그가 작성한 멀웨어가 대형 소프트웨어 회사의 시큐리티 리포트에 실리게 되었다. 성과를 낸 코사카는 신속히 새로운 멀웨어 제작에 착수했다. 어느샌가 멀웨어 만들기는 그에게 유일한 삶의 보람이 되어 있었다.

얄궂은 우연이었다. 현실 세계에서는 바이러스나 벌레를 겁낸 나머지 살기 힘들다고 생각하는 인간이 전자 세계에서 바이러스나 웜을 만들어 세상에 뿌리는 것에서 삶의 보람을 느끼고 있다.

코사카는 컴퓨터 앞에 앉아 키보드를 두드리며 이따금 이런 생각을 했다. 어쩌면 나는 이 세상에 유전자를 남길 수 없다는 것을 확신하고, 그 대상 행위로 자기 복제 기능을 가진 멀웨어를 인터넷상에 뿌리고 있는지도 모른다.

멀웨어라고 해도 다양한 것이 있다. 종래의 분류로 멀웨어는 '바이러스', '웜', '트로이목마'의 세 종류로 나뉜다. 그러나 해가 갈수록 멀웨어의 성질은 복잡해지고, 종래의 분류에 포함되지 않는 멀웨어군이 출현하면서 '백도어', '루트킷', '드로퍼', '스파이웨어', '애드웨어', '랜섬웨어'라는 새로운 정의가 속속 등장했다.

가장 단순한 멀웨어의 3대 분류인 '바이러스', '웜',

'트로이목마'의 차이는 비교적 알기 쉽다. 우선 바이러스와 웜은 자기 전염 기능과 자기 증식 기능을 갖추고 있다는 공통점이 있는데, 바이러스는 다른 프로그램에 기생해야만 존재할 수 있는 것에 비해 웜은 숙주를 필요로 하지 않고 단독으로 존재할 수 있다. 트로이목마는 바이러스나 웜과는 달리 자기 전염 기능도, 자기 증식 기능도 가지고 있지 않다는 점에서 구별된다.

코사카가 멀웨어에 흥미를 느낀 계기가 된 Smspacem은 넓은 의미에서의 '웜'에 해당한다. 감염된 컴퓨터 내의 메일 주소를 수집해서 부정 프로그램의 복제를 첨부한 메일을 대량으로 전송하며 감염된 곳에서도 같은 행위를 반복함으로써 감염을 퍼뜨리는, 이른바 '매스메일링 웜'이다.

코사카가 개발하고 있는 멀웨어도 이것이다. 그는 개발 중인 매스메일링 웜에 'SilentNight'라는 코드네임을 붙였다.

SilentNight는 특정일 발병형의 웜이다. 12월 24일 17시에 작동해서 이틀에 걸쳐 감염단말기의 통신 기능을 마비시킨다. 보다 정확히 말하면 모든 통신을 시작하자마자 종료시킨다. 이것에 의해 감염된 단말기의 소유자는 전화는 물론이고 e메일, SMS 및 인터넷 전화 서비스 등의 모든 통신 수단을 일시적으로 박탈당하게 된다.

SilentNight라는 코드네임의 유래는 성탄절 밤에 발병하는 바이러스임을 나타냄과 동시에 휴대단말기의 통신 기능을 빼앗겨서 친구나 연인과 연락을 취할 수 없게 된 사람들이 크리스마스를 홀로 조용히 보내게 됨을 의미하는 일종의 말장난이었다.

11월 말, 드디어 SilentNight가 완성되었다. 코사카는 이 모바일 웜을 네트워크상에 뿌렸다. 생각하기에 따라서는 이것이 모든 것의 시작이었다. 그 자신이 커다란 운명의 격류에 한쪽 발을 담그고 있음을 안 것은, 며칠 뒤였다.

인터폰이 다시 울렸다. 코사카는 워크 체어에서 일어났다. 빈집인 체하다가 후회하게 될 거라고 생각했다. 지금 여기서 방문자의 정체와 목적을 확실히 해 두지 않으면 앞으로 몇 주간은 정체 모를 불안에 시달리게 될 것이 틀림없다. 게다가 어쨌든 이쪽의 주소와 메일 주소가 상대에게 알려져 있으니 숨어 봤자 소용없다.

도어 카메라가 고장 나서 방문자의 얼굴을 확인하려면 스코프를 들여다봐야 했다. 조심조심 거실을 나와서 현관 문 앞에 선다. 스코프를 들여다보자 어두운 색 정장 위에 코트를 걸친 중년 남자가 서 있는 것이 보였다. 코사카는 그 복장을 보고 아주 약간이지만 경계심을 풀었다. 양복이나 교복에는 사람을 무조건적으로 안심하게 만드는 힘이 있다.

체인 록이 걸려 있는 것을 확인하고서 문을 열었다. 남자는 체인을 건 채로 대응하리라고 예측했는지 문틈과 정반대 위치로 이동해 있었다.

남자는 코사카보다 10센티미터 이상 컸다. 코사카가 173센티미터이므로 183센티미터 이상이라는 말이다. 체격도 튼실했다. 양복 위에 걸친 체스터 코트는 원래 검은색이었겠지만, 더러워져서 잿빛으로 보였다. 눈가는 움푹 들어갔고, 깎지 않은 수염이 턱을 덮고 있었으며, 기름기가 흐르는 머리카락에는 흰머리가 섞여 있었다. 입가에 우호적인 미소를 짓고 있었지만, 눈동자는 어딘지 모르게 공허했다.

"여어. 자는 걸 깨웠나?"

남자가 말했다. 낮고 쉰 목소리이긴 했지만, 잘 들렸다.

"누구시죠? 이런 시간에 무슨 일입니까?"

코사카가 문틈의 체인 너머로 물었다.

"메시지에 쓴 대로야. 바이러스에 대해 할 이야기가 있어."

코사카는 숨을 삼켰다.

"그 메시지, 당신이 보낸 건가요?"

남자가 긍정했다.

"그래. 안에 들어가도 괜찮겠나? 이야기가 새어 나가기를 원치 않는 건, 당신도 마찬가지겠지?"

코사카는 체인으로 손을 뻗다가 망설였다. 이 남자의 말대로 제3자에게 이야기 내용이 새어 나가면 곤란한 건 사실이다. 그러나 이 남자를 집 안에 들여도 안전하리라는 보증이 없다. 코사카는 남자의 행동과 분위기에서 본능적으로 눈치채고 있었다. 눈앞에 있는 남자는 마음만 먹으면 나를 간단히 제압할 수 있다. 그런 행동에 익숙하고, 또한 번거로운 교섭보다 알기 쉬운 육체 언어 쪽을 선호한다. 이쪽의 대응 여하에 따라 당장에라도 폭력을 쓸 준비가 되어 있다.

남자가 코사카의 불안을 꿰뚫어 보고 말했다.

"경계하고 있군. 뭐, 너무 긴장을 풀고 있는 것보다 그러는 편이 이야기하기 편하지. 거친 수단을 쓸 생각은 없지만, 내 입으로 그런 소릴 해 봤자 믿지 않을 테고 말이야."

코사카의 의식이 한순간 집 안으로 향했다. 그러자 남자가 또다시 코사카의 미세한 동작으로 그의 속마음을 간파

했다.

"안심해. 당신의 결벽증에 대해서는 파악하고 있어. 현관 너머로 들어갈 생각은 없어."

코사카는 말을 잃고 입술을 떨었다.

"……거기까지, 알고 있는 겁니까?"

"그래. 그러면 얼른 열어 주지 않겠어? 추워서 얼어 죽을 것 같아."

코사카는 망설였지만, 이내 단념하고 신중한 손놀림으로 체인을 풀었다. 남자는 말했던 대로 현관 너머로는 발을 들이지 않고, 닫은 현관문에 기대고서 후우 하고 한숨을 내쉬었다. 주머니에서 담배를 꺼내려고 하다가 코사카의 시선을 깨닫고 도로 집어넣었다.

"당신에 한정된 이야기는 아니지만…… 요즘 젊은 사람들은 이놈이고 저놈이고 깔끔한 걸 좋아한단 말이야." 남자가 혼잣말처럼 말했다. "상품을 팔려면 어쩔 수 없겠지만, 요즘 광고에 얽히면 이거고 저거고 전부 더러운 물건이 되어 버려. 소파와 매트리스는 진드기투성이에 도마와 수세미는 세균 범벅, 스마트폰과 키보드는 변기보다 지저분하고, 아침에 일어난 직후의 입속은 똥보다 더럽고……." 그는 그렇게 말을 이어나가면서 주머니에서 꺼낸 라이터로 찰칵찰칵 소리를 냈다. "하지만 그건 반대로 말하면 우리는 이제까지 그런 것들에 둘러싸여 있었지만 멀쩡했다는 얘기잖아? 그러면 신경 쓸 필요 없잖아. 콤플렉스 산업과 마찬가지라고. 있지도 않은 문제를 누군가가 멋대로 날조해 내는 거지."

코사카가 단도직입적으로 물었다.

"……할 이야기란 게 뭐죠?"

남자도 단적으로 대답했다.

"당신을 협박하러 왔어. 코사카 켄고. 당신이 하고 있는 일은 명백한 범죄 행위야. 경찰에 신고당하고 싶지 않으면 내가 하는 말을 들어줘야겠어."

코사카가 입을 다물었다. 모든 것이 갑작스러워서 머리 회전이 따라잡지 못했지만, 아무래도 이 남자는 어떠한 수단으로 코사카가 멀웨어의 제작자라는 것을 알고 그것을 빌미로 협박하려는 듯했다.

남자가 사정을 전부 파악하고 있다면 코사카에게는 손쓸 방법이 없다. 코사카는 생각했다. 상대가 뭘 알고 뭘 모르는지 확실해질 때까지 섣불리 입을 열어서는 안 된다. 실은 이 남자는 멀웨어에 대해서 아무것도 모르고, 블러프로 정보를 끌어내려 하고 있을 가능성도 없지 않다. 아직 거래의 여지가 남아 있을지도 모른다.

"이 녀석은 어디까지 알고 있을까, 하는 얼굴이구만."

남자가 말했다.

코사카는 침묵을 지켰다.

"그렇겠지." 남자가 살짝 표정을 바꿨다. 웃은 것인지도 모르고, 불쾌감을 표명한 것인지도 모른다. "솔직히 말하면 유감스럽게도 나도 모든 것을 파악하고 있는 건 아니야. 예를 들어 왜 바이러스의 발병일이 크리스마스 이브여야만 했는가. 왜 이만큼 확산력이 높은 바이러스를 만들어 놓고, 대상 유저를 일본으로 좁혔는가. 왜 프로그래밍 기술에 이토록 정통한 자가 제대로 된 직업도 없이 바이러스 만들기에 매달리고 있는가. 알 수 없는 점을 열거하자면 끝이 없어."

요컨대 그는 전부 알고 있다고 말하고 있는 것이다.

"……증거를 남기지 않도록 세심한 주의를 기울일 생각이었습니다." 코사카가 단념하고 말했다. "이건 순수한 호기심에서 묻는 건데, 대체 어떻게 아직 피해도 생기지 않은 멀웨어의 작성자를 알아낸 겁니까?"

"내가 대답해 줄 이유는 없네."

코사카는 그의 말이 맞는다고 생각했다. 일부러 자신이

쥐고 있는 패를 밝힐 사람은 없다.

"그렇지만." 남자가 그렇게 말을 이었다. "당신의 보잘것 없는 긍지를 위해 특별히 알려주지. 확실히 인터넷 세계에서의 당신은 정말 무서울 정도로 빈틈이 없었지. 그건 인정하겠어. 하지만 한편 현실 세계의 당신은 너무나도 무방비하며 빈틈투성이였어. ……이 설명으로 내가 하고 싶은 말은 대충 전해졌겠지?"

코사카의 등줄기를 싸늘한 것이 타고 흘렀다. 생각해 보면 최근 몇 달간 그는 매주 정해진 요일의 정해진 시각에 장을 보러 나갔고, 그동안은 집을 비웠다. 또한 날씨가 좋은 날에는 온종일 집의 커튼을 열어 놓았다(그는 직사광선의 살균 효과에 절대적 신뢰를 갖고 있다). 마음만 먹는다면 누구든 그의 사생활을 훔쳐볼 수 있었다. 구체적으로는 집 안에 숨어들거나 어딘가에서 망원경으로 감시하는 방법으로.

"그리고 조금 전의 질문에 대한 대답인데." 남자가 덧붙였다. "애초에 나는 당신이 사이버 범죄자라고 점찍고서 조사를 시작한 게 아니야. 코사카 켄고라는 남자에게 적성이 있는지 없는지 판명하기 위해 정보를 모았던 것뿐이야. 협박할 만한 거리를 발견해 그걸 이용하는 방향으

로 전환한 것뿐이고, 처음에는 그냥 돈으로 고용할 생각
이었어."

"적성?"

"그냥 혼잣말이야."

두 사람 사이에 침묵이 흘렀다. 남자는 코사카의 말을 기
다리는 듯했다.

"……그래서 저를 협박해서 뭘 시킬 생각이죠? 딱히 대
단한 일을 할 수 있을 거란 생각은 안 듭니다만."

코사카는 거의 자포자기해 물었다.

"말귀를 잘 알아들어서 다행이군. 그렇게 순순히 나온
다면 나도 필요 이상으로 당신을 몰아붙이지 않아도 되니
까."

남자는 한 호흡 정도의 틈을 두고서 본제를 꺼냈다.

"코사카 켄고, 당신이 어떤 애를 돌봐 줘야겠어."

"애?"

"그래, 어린애다."

남자가 대답했다.

*

당신에게 별 기대는 하지 않아, 라는 말을 남기고 남자는 떠났다. 남자가 그렇게 말한 것도 무리는 아니다. 실제로 그것은 코사카에게 무거운 일이었다. 안 그래도 타인과의 교류를 싫어하는 코사카이지만, 특히나 어린아이와 노인은 거의 쥐약이었다. 물론 이유는 '더러워 보이니까'.

그렇다고 시작도 하지 않고 포기할 수는 없다. 의뢰를 달성하지 못하면 코사카는 단순한 실업자가 아니라 전과가 있는 실업자가 된다.

'사나기 히지리' 라는 이름의 아이인 듯했다. 그 이외의 정보는 주지 않았다.

협박자는 자신을 이즈미라고 했다. 이즈미가 코사카에게 내린 지시는 단순했다.

"내일 19시에 미즈시나 공원으로 가라. 연못 근처에서 백조에게 먹이를 주는 애가 있을 거야. 그 애가 사나기 히지리다."

사정은 알 수 없었지만, 코사카는 일단 고개를 끄덕였다.

"당신의 첫 임무는 사나기 히지리와 친구가 되는 거다."

그 뒤로 이즈미는 임무의 성공 보수에 대해 가볍게 설명을 덧붙였다. 이즈미가 제시한 액수는 지금의 코사카에게는 나름 큰돈이었다.

　이즈미가 떠나가자, 코사카는 집 안을 미친 듯이 청소했다. 어쩌면 자신이 집을 비운 사이에 누군가가 침입했을지도 모른다. 그렇게 생각하는 것만으로 미쳐 버릴 것 같았다. 하지만 농밀하게 달라붙은 '타인'의 기척은 아무리 소독약을 뿌려도 사라질 것 같지 않았다.

　다음 날 밤, 코사카는 코트를 걸치고, 두 손에 라텍스 장갑을 끼고, 일회용 마스크를 쓰고, 제균 시트와 제균 스프레이를 가방에 넣었다. 그리고 문단속을 철저하게 한 뒤, 절망적인 기분으로 문을 나섰다.

　해가 저물고 나서 성역 밖으로 나온 것은 오랜만이었다. 밤공기가 피부를 찌르듯이 차가워서 얼굴과 귀가 얼얼했다.

　사나기 히지리에게 경계심을 주지 않기 위해 정장을 선택했다. 갑자기 모르는 사람이 말을 걸어올 경우, 대개의 사람은 경계한다. 그것이 밤이라면 더욱 그렇다. 이럴 때 양복 차림은 보는 이를 안심하게 만든다. 코사카는 어젯밤의 체험과 비교해 보고 그렇게 생각했다.

　그는 역 앞의 탁 트인 길에서 발을 멈췄다. 길가에 구경꾼으로 보이는 사람들이 작은 무리를 이루고 있었다.

어깨 너머로 보니 구경꾼들이 스트리트 퍼포머를 둘러싸고 있었다. 퍼포머는 30대의 남자로, 그 남자의 앞에 받침대 역할의 슈트케이스가 놓여 있고, 그 위에서 마리오네트가 춤추고 있었다. 남자는 열 손가락을 이용해서 한 번에 두 개의 마리오네트를 조작했다. 정말 능숙하네, 라며 코사카는 감탄했다. 옆에 있는 라디오카세트에서 흘러나오는 배경 음악은 『*외로운 양치기』였다.

코사카는 잠시 남자의 퍼포먼스에 몰입했다. 마리오네트는 아주 과장된 디자인으로 얼굴의 부위들 모두가 몹시 커서 우스꽝스러움을 넘어서 그로테스크했다. 남자 마리오네트가 여자 마리오네트를 쫓아다니고, 그러는가 싶더니 여자 마리오네트가 남자 마리오네트를 쫓아다니다가 마지막에는 두 마리오네트가 어색하게 키스하는 장면에서 음악이 끝났다. 주변에서 박수가 끓어올랐다.

구경꾼들이 한껏 유쾌해졌을 무렵, 인형사가 재치있게 관람료를 요구하기 시작했다. 구경꾼들이 떠나가고 나서 코사카가 슈트케이스에 1000엔 지폐를 넣자, 스트리트 퍼

---

* The Lonely Goatherd. 영화 〈사운드 오브 뮤직〉에 사용되어 유명해진 경쾌한 요들송. 영화 내에서도 꼭두각시 인형극에 사용되었다.

포머가 그에게 빙그레 미소 지으면서 속삭이는 듯한 목소리로 말했다.

당신에게 꼭두각시 인형의 가호가 있기를.

코사카는 다시 걷기 시작했다. 다행히도 미즈시나 공원은 코사카가 사는 아파트에서 걸어서 30분 정도 거리에 있었기 때문에 대중교통을 이용할 필요가 없었다.

코사카는 막연하게 사나기 히지리를 10대 전후의 소년일 것이라 상상했다. '사나기 히지리(佐柳 聖)'라는 한자는
──다만 이 표기는 코사카의 추측에 지나지 않지만──
굳이 구분하자면 남성적이고, '사나기'라는 발음은 곤충의 초파리를 뜻하는 일본어 발음과 같았기 때문에 소년이 연상되었다.

그래서 미즈시나 공원에 도착한 뒤에 지정된 사람으로 보이는 인물을 발견한 코사카가 당황한 것도 무리는 아니었다.

가장 먼저 눈에 띈 것은 백금색으로 물들인 머리카락이었다. 조명에 따라서는 애시그레이로도 보이는 플래티나 블론드의 쇼트커트였고, 눈썹도 조금 탈색되어 있었다. 그런 데다 파리해 보일 정도로 피부가 창백했는데, 눈동자만

이 빨려 들어갈 것처럼 검었다.

이어서 스커트에서 뻗어 나온 가늘고 긴 다리로 시선이
향했다. 입김이 새하얗게 될 정도의 기온임에도 불구하고,
그녀는 넓적다리가 훤히 드러날 만큼 짧은 스커트를 입고
있었다. 타이츠도, 스타킹도 신지 않았다. 코사카의 기억
이 맞는다면 그녀가 입고 있는 것은 인근 여학교의 교복이
다. 타탄체크의 머플러를 두르고 오프화이트의 카디건을
걸치고 있지만, 그걸로 다리에서 느껴지는 추위를 커버할
수 있을 것이라고는 생각되지 않았다.

머리에는 스튜디오에서나 쓸 것 같은 커다란 모니터 헤
드폰을 쓰고 있었다. 멋스럽지 않은 디자인이라 패션의 일
부라는 느낌은 티끌만큼도 없었다. 흐릿하게 새어 나오는
소리로 판단하기로 오래된 록 음악을 듣고 있는 걸까.

그리고 코사카의 시선은 마지막으로 얇은 입술 사이에
끼워진 담배에 도달했다. 처음에는 추운 날씨 탓에 생긴 하
얀 입김 때문에 판별할 수 없었지만, 가만히 보니 그녀의
입에서 흘러나오는 것은 틀림없는 담배 연기였다.

사나기 히지리는 열일곱 정도의 소녀였다. 그것도 평범
한 소녀가 아니라 코사카가 가장 질색하는 타입의 소녀였
다.

정말이지, 그 이즈미라는 남자는 나에게 뭘 원하는 걸까? 코사카는 고개를 갸웃거렸다.

대체 뭘 보고 나에게 적성이 있다고 생각한 걸까. 전혀 짐작이 가지 않았다.

도망치고 싶었지만 그럴 수도 없다. 여기서 임무를 내팽개쳐 버리면 이즈미는 당장에라도 나를 경찰에 신고할 것이다. 신고당해도 어쩔 수 없었지만, 포기하는 건 일단 부딪쳐 보고 실패한 뒤에 해도 늦지 않다.

긴장할 필요는 없다. 저 여자애를 유혹하라는 말을 들은 것은 아니다.

마스크를 벗어서 주머니에 넣었다. 마음을 단단히 먹은 뒤에 사나기에게 다가갔다.

이즈미가 말한 대로 사나기는 연못 가장자리에 서서 백조에게 먹이를 주고 있었다. 그녀가 종이봉투에서 빵조각을 꺼내 공중에 던지면 백조들이 일제히 몰려들었다. 그녀가 그 모습을 만족스러운 듯 바라보고 있었다. 코사카가 옆에 있는 것을 깨닫지 못한 듯했다.

코사카는 그녀가 놀라지 않도록 가만히 시야 안으로 들어가 말을 걸었다.

"저기……."

사나기가 몇 초간의 틈을 두고 코사카를 보았다.

정면으로 마주하고, 코사카는 사나기의 단정한 용모에 감탄하지 않을 수 없었다. 그녀는 명확한 콘셉트를 바탕으로 만들어진 정교한 여자 안드로이드를 떠오르게 했다. 다만 그 콘셉트란 사람에게 안식이나 위안을 주는 것이 아니라 곁에 있는 이를 긴장하게 만들고 위축되게 만드는 것이었다.

"……뭔데요?"

사나기가 헤드폰을 벗고, 수상쩍은 눈매로 물었다.

코사카는 저도 모르게 그녀에게서 눈을 돌렸다. 아무래도 정장은 경계를 푸는데 도움이 되지 않는 것 같다. 그럴 만했다. 밤의 공원에서 교복 차림의 여고생에게 양복 차림의 청년이 말을 건다는 상황이 너무나도 부자연스럽다. 조심스럽게 말하면 위험한 느낌이 든다. 차라리 운동복 차림이 그나마 자연스러웠을지도 모른다.

"잠깐 얘기 좀 해도 될까? 지금 시간 있니?"

코사카는 가지고 있는 모든 힘을 짜내 친근한 미소를 지으며 물었다.

"안 돼요. 바빠요."

사나기가 담배를 입에 문 채 께느른한 표정으로 대답했다.

당연한 반응이었다. 사나기가 다시 헤드폰을 쓰고 그녀의 세계로 돌아갔다.

이렇게 되면 코사카에게 더는 방법이 없었다. 나이 차이나 성별 이전의 문제였다. 코사카는 이제까지 자발적으로 누군가와 친해지려고 노력한 경험이 없었다.

코사카는 망연자실했다. 다음 방법이 떠오르지 않아서 조금 떨어진 장소에서 사나기와 마찬가지로 먹이를 쫓아다니는 백조들을 바라보았다.

야생동물 대부분을 꺼리는 코사카에게 백조는 몇 안 되는 예외 중 하나였다. 몸이 새하얀 것도 그렇지만, 무엇보다 겨울에만 나타나는 점이 좋다. 언제나 차가운 물에 젖어 있어서 청결한 느낌이 든다. 어디까지나 그런 기분이 드는 것뿐이지 실제로는 몸속에 병원체가 잠복해 있겠지만.

그리고 그는 다시 공원 안을 둘러보았다. 눈으로 뒤덮인 공원은 늘어선 가로등의 불빛을 받아 흐릿한 청백색으로 빛나는 듯 보였다. 귀를 기울이면 백조 울음소리뿐만 아니라 나뭇가지 위에 쌓인 눈이 땅바닥으로 떨어지는 소리가 들렸다. 코사카는 눈을 감고 가만히 소리에 귀를 기울였다.

한숨소리가 들렸다. 가만히 보니 사나기가 헤드폰을 벗고 코사카를 주시하고 있었다. 코사카는 사나기의 꿰뚫을 듯한 날카로운 시선에 견디지 못하고 시선을 이리저리 돌렸다. 그때, 한순간 사나기의 귀에서 빛나는 파란 피어스가 보였다.

"저기, 나한테 무슨 볼일 있어요?"

말을 음미하고 있을 상황이 아니다. 코사카는 어쨌든 뭔가 말을 해서 그녀의 경계를 풀어야만 한다는 생각에 입을 열었다.

"너하고 친구가 되고 싶어."

그렇게 말하면서 스스로도 참 수상쩍은 말이라고 생각했다. 아주 불순한 동기로 접근하는 사람이 할 만한 대사였다. 좀 더 나은 표현이 없었을까. 이래서는 '수상한 남자가 말을 걸어왔다' 라면서 파출소로 도망가도 변명할 수 없을 것이다.

사나기는 감정 없는 눈동자로 코사카를 응시했다. 오랜 침묵이 이어졌다. 그녀는 담배를 한 모금 빨더니 익숙한 손놀림으로 재를 털었다. 그런 뒤에 가격을 감정하듯이 코사카를 다시 바라보았다.

코사카는 뭐든 좋으니 말 좀 해, 라고 마음속으로 애원했다. 겨드랑이 아래로 흐르는 식은땀이 불쾌했다. 이런 바보 같은 짓은 내팽개치고 지금 당장 아파트로 돌아가서 샤워하고 싶었다. 공기청정기와 소독약이 만들어 내는 성역이 미칠 듯이 그리웠다.

잠시 시간이 흐른 뒤, 사나기가 꽁초를 발밑에 버렸다. 담뱃불은 눈에 젖은 땅바닥에 닿자 순식간에 꺼졌다.

"어차피 이즈미 씨에게 부탁받은 거지?"

사나기가 마지막 연기를 토해내고서 나른한 투로 말했다.

"이런 거, 당신이 일곱 번째야."

코사카는 사나기가 토해낸 연기가 바람에 실려 오자 곧바로 입을 막았다.

그리고 한 박자 늦게 '일곱 번째'의 의미를 깨달았다.

"……요컨대 나 이전에도 너하고 친해지라는 말을 들은 사람들이 있었다는 얘기야?"

코사카가 물었다.

"어라, 이즈미 씨한테 아무것도 못 들었어?"

코사카는 단념하고 자초지종을 밝혔다.

"어린애를 돌봐 달라는 말을 들었을 뿐이야. 열 살 정도의 남자애를 생각했는데, 실물을 보고 몹시 난처해하는 중

이야."

"피차 마찬가지야. 나도 설마 이렇게 연상의 남자를 보낼 거라고는 생각 못 했어. 그 사람, 무슨 생각을 하는 걸까?" 사나기는 짜증 난다는 듯이 머리를 긁었다. "당신, 이름이 뭐야?"

"코사카 켄고."

"당신도 이즈미 씨에게 협박받아 어쩔 수 없이 시키는 대로 하는 거지? 저기, 무슨 약점을 잡혔어?"

코사카는 잠시 주저하다 정직하게 답하기로 했다. 자신이 침묵하더라도 사나기는 이즈미에게 그 이야기를 들으면 된다.

"보잘 것 없는 범죄 행위를 눈감아 주고 있어."

사나기가 그 말에 흥미를 보였다.

"범죄 행위라니?"

"사이버 범죄야. 컴퓨터 바이러스를 만들어서 뿌렸어."

"왜 그런 짓을 했어?"

"좋아서. 내 취미거든."

"흐응, 취미란 말이지."

사나기가 이해하기 어렵다는 듯이 어깨를 움츠렸다.

"그런데 너, 그 사람하고는 무슨 관계야?"

"글쎄, 부모와 자식이라든가?"

"부모와 자식?" 코사카는 그녀의 말을 되뇌었다. "남의 집안일에 참견할 생각은 없지만, 너희 집에서는 부모님에게 경칭을 붙여 이름으로 부르라고 교육해?"

"양부모일지도 모르잖아."

"……뭐, 대답하고 싶지 않다면 됐어."

코사카는 돌아서서 철책에 등을 향하고 밤하늘을 올려다보았다. 그때, 머리 위의 나뭇가지 사이로 새둥지 같은 물체를 발견했다. 그러나 그것은 새둥지치고는 형태가 잘 정돈되어 있었고 크기도 상당히 컸다. 아마도 겨우살이일 것이라고 결론 내렸다. 벚나무 등에 기생해서 영양소를 빨아먹는 기생 식물이 있다고 들은 적이 있다.

사나기가 문득 떠올랐다는 듯이 말했다.

"그러고 보니 이즈미 씨가 보수는 준다고 했어?"

코사카는 긍정했다.

"만약에 이 일이 잘 되었을 경우의 이야기지만."

"얼마?"

코사카가 금액을 작은 목소리로 말했다.

"꽤 받는구나."

"그렇지. 지금의 나에게는 큰돈이야."

그러자 사나기가 코사카에게 한 손을 내밀었다.

코사카는 그녀가 맨손으로 빵 조각을 쥐고 있던 광경이 머리에 떠올라 자기도 모르게 뒤로 물러섰다.

그러나 그녀가 요구한 것은 악수가 아니었다.

"절반, 나한테 줘. 그러면 친구가 되어 줄게."

사나기가 아무렇지도 않게 요구했다.

"……그런 걸, 친구라고 부르던가?"

"당신 같은 남자가 나 정도의 여자애하고 친구가 되려면 그 정도의 대가는 필요해. 상식이잖아?"

"그런 법인가?"

"그런 법이라고." 사나기가 자신만만하게 단언했다. "싫다면 상관없어. 당신이 어떻게 되더라도 알 바 아니니까."

"알았어. 낼게." 코사카는 띠 동갑에 가까운 연하의 소녀가 하는 요구에 순순히 따랐다. 그리고 주위를 두리번거리면서 물었다. "……참고로 이 대화, 이즈미 씨의 귀에 들어가는 건 아니지?"

"응, 걱정 없어."

"어째서 그렇게 단언하는 거야?"

"경험에 기초한 감이야." 그녀가 그렇게 대답했다. "자,

얼른 돈을 줘."

"……보수를 받고 난 뒤에 주면 안 될까?"

"안 돼. 선불이 아니면 못 믿어."

"지금은 가진 돈이 얼마 없어. 다음에 만날 때까지 기다려 줄 수 없을까?"

"괜찮긴 한데 어물쩍 넘어가려고 하지 마. 내 심기를 거슬렀다간 파출소에 가서 있는 얘기 없는 얘기 다 해 버릴 거니까."

"거짓말이 아니야. 다음에 만날 때까지 준비할게."

"그러면 내일 내가 만나러 갈게. 주소를 알려 줘."

코사카는 정말 고집 센 여자애네, 라며 혀를 내둘렀다. 떨떠름하게 아파트의 주소를 알려 주자 사나기가 그것을 스마트폰에 입력했다. 맵 어플리케이션으로 위치를 확인하는 듯했다.

"여기서 걸어서 갈 수 있는 거리네." 사나기가 혼잣말했다. "귀가는 몇 시쯤이야?"

"언제나 있어."

"언제나……? 일은 어떡하고?"

"안 해."

"그런데 왜 양복을 입고 있는 거야?"

코사카는 설명이 귀찮아서 "허세야."라고 대답했다.

사나기가 정말 어이없다는 듯한 표정을 지었지만, 직후에 "뭐, 나도 남 얘기는 못하겠네."라고 중얼거리더니 자신의 옷차림을 보았다. 코사카는 그다음 말을 기다렸지만, 그녀는 혼자서 긍정하더니 이야기를 끝내 버렸다.

"마침 낮 동안에 시간을 때울 곳이 필요했어. 평일에 밖을 어슬렁거렸다간 청소년 계도에 걸리거든."

"학교 안 가?"

사나기는 그 질문을 무시했다. 무의미한 물음이었다고 코사카도 생각했다. 학교에 다니는 멀쩡한 고등학생이 머리카락을 이런 색으로 물들이고 피어스를 하고 있을 리 없다.

"내일 적당한 시간에 놀러 갈게. 바이바이."

사나기가 그렇게 말하고, 헤드폰을 쓰고서 코사카에게 등을 돌려 걷기 시작했다. 코사카가 당황하며 "잠깐만."이라고 불렀지만, 그 목소리는 음악 소리에 가로막혀 전해지지 않았다.

코사카는 난처하게 되었네, 라고 생각했다.

그의 성역에 위기가 닥쳤다.

제3장

벌레를 사랑한 아씨

(

처음으로 연인이 생긴 것은 열아홉 살의 가을이었다. 그
다지 친하지도 않은 고등학교 시절의 지인에게 두 살 연상
의 여자를 소개받아 어찌어찌 사귀기 시작했다. 용모도, 성
격도, 취미도, 특기도 모든 것이 평균적인 여자였다. 지금
은 얼굴도 떠오르지 않는다. 기억에 남아 있는 것은 머리카
락이 짧고, 웃으면 보조개가 들어가는 여자였다는 점뿐이
다.

코사카는 교제를 시작하기 전에 큰맘 먹고 자신이 결벽
증임을 밝혔다. 일상생활에 지장이 생길지도 모를 만큼 결
벽증이라고 설명했지만, 그녀는 웃으며 그것을 받아들여
주었다.

"괜찮아. 나도 꽤나 깔끔쟁이니까 분명 성격이 잘 맞을

거야."

분명 거짓말은 아니었다. 그녀는 상당히 깔끔한 성격이었다. 항상 다양한 제균 관련 물품을 가지고 다녔고, 빈번하게 손을 씻었으며, 평일에는 하루에 두 번, 휴일에는 세 번씩 샤워했다.

그렇지만 코사카가 보기에 그녀는 역시 그저 '깔끔한 것을 좋아하는 사람'에 지나지 않았다. 위생 관념이 조금 철저한 것뿐이지 코사카가 품고 있는 강박 관념과는 결정적인 차이가 있었다.

얼마만큼의 결벽증을 가진 사람일지라도 신뢰만 있다면 대부분의 장애는 극복할 수 있다는 것이 그녀의 지론이었다. 코사카가 아무리 서로를 신뢰하더라도 불가능한 것은 불가능하다고 주장하면 그녀는 신뢰가 부족한 것뿐이라고 반론했다. 그녀는 아무리 시간이 지나도 코사카가 키스는 커녕 손도 잡으려 하지 않는 것을 사랑이 부족한 증거라고 생각했다. 실제로도 사랑은 부족했지만, 아무튼 그 이전의 문제라고 해도 그녀는 귀를 기울이지 않았다.

어중간하게 비슷한 성격이 문제를 키웠다. 그녀는 자신이 결벽증을 이해하고 있다고 굳게 믿었고, 그것에 더해 자신의 깔끔한 성격에 일종의 긍지를 가지고 있었다. 코사카가 그녀의 이해 범위를 넘어선 행동——귀가 후에 거스름 돈을 물로 씻거나, 지인에게 빌려주었던 펜을 버리거나, 보슬비가 내리는 정도로 강의를 빠지거나——을 하면 그것은 불결 공포가 아닌 다른 심리적 요인에서 생겨난 행동이라고 일방적으로 결론 내렸다.

나쁜 사람은 아니었지만, 치명적으로 상상력이 결여된 여자였다. 관계가 석 달이나 지속된 것이 기적이었다. 그녀와 헤어진 뒤, 새로운 연인은 생기지 않았다. 처음이자 마지막 연인이었다. 아니, 어쩌면 그것은 사랑조차 아니었는지도 모른다.

사나기 히지리가 집에 찾아온 것은 오후 2시를 지났을 무렵이었다. 인터폰이 울리고, 이어서 문을 쾅쾅 걷어차는 소리가 들렸다. 자물쇠를 풀고 문을 열자 카디건 주머니에 두 손을 찔러 넣은 사나기가 언짢은 표정으로 입술을 굳게 다물고 서 있었다.

"문은 좀 열어 놔. 내가 들어가는 걸 다른 집 사람들이 보게 만들고 싶어?"

"미안해."

코사카가 순순히 사과했다.

"돈, 준비해 놨겠지?"

준비해 둔 봉투를 건네자, 사나기가 그 자리에서 봉투를 열어 내용물을 확인했다. 그녀는 지정한 금액이 들어 있는 것을 보고 봉투를 가방에 집어넣었다.

"약속대로 친구가 되어 줄게." 사나기가 빙그레 미소 지었다. "잘 부탁해."

"나도 잘 부탁해." 코사카도 의례적으로 답했다. "그건 그렇고, 집에 들어오기 전에 한 가지 부탁할 게 있는데……."

제균용 물티슈를 가지고 올 테니까 피부가 드러난 부분만이라도 괜찮으니 소독해 주지 않겠느냐고 부탁하려 했지만, 늦었다. 그녀는 로퍼를 벗고는 코사카가 준비해 둔 슬리퍼를 무시하고 거실로 들어가서 자기 것인 듯이 침대에 털썩 앉았다. 코사카는 자기도 모르게 비명을 지를 뻔했다.

"기다려 봐. 부탁이니까 침대는 피해 줄래? 앉을 거면 저쪽에 앉아."

코사카가 워크 체어를 가리키며 말했다.

"싫어."

코사카의 호소도 헛되이, 사나기가 그대로 침대에 엎드

리고서 베개를 턱 아래에 끼우더니 가방에서 꺼낸 책을 읽기 시작했다. 코사카는 정말 최악이야, 라고 생각하며 머리를 끌어안았다. 사나기가 돌아간 뒤 즉시 저 시트와 베개 커버를 빨아야 한다.

"그런데 너, 언제까지 여기에 있을 셈이야?"

"두 시간 정도."

사나기가 책에 시선을 둔 채로 대답했다.

"그러면…… 그동안 나는 어떡하면 되지?"

"글쎄? 컴퓨터 바이러스라도 만들지 그래?"

사나기가 그렇게 말하더니 헤드폰을 쓰고 음악을 듣기 시작했다. 코사카와 커뮤니케이션 할 생각은 티끌만큼도 없는 듯했다.

코사카는 워크 체어에 앉아 침대에 등을 향하고 읽던 책을 펼쳤다. 책을 읽고 싶은 기분은 아니었지만, 달리 무엇을 해야 좋을지 알 수 없었다. 몇 페이지를 읽었을 즈음에, 등 뒤에서 라이터를 찰각거리는 소리가 들렸다. 돌아보니 사나기가 담배에 불을 붙이려 하고 있었다.

"담배는 안 돼! 이 방에 있는 동안은 참아."

코사카가 당황하며 일어나 사나기의 귓가에서 주의를 주었다.

"……잔소리가 많네."

사나기가 떨떠름하게 라이터를 닫고, 물고 있던 담배를 소프트케이스에 도로 집어넣었다. 코사카가 안도의 한숨을 내쉬었다. 그건 그렇고, 한 번 입에 물었던 담배를 용케 다시 케이스에 집어넣네. 더럽다고 생각 안 하나? 아니, 그런 위생 관념의 소유자라면 애초에 담배를 피우지 않겠지.

흡연을 주의받은 뒤, 사나기는 얌전히 침대에서 독서를 했다. 어떤 책을 읽고 있는지 궁금해 슬쩍 엿보았지만, 글씨가 작아서 내용은 알 수 없었고 가죽 커버를 씌우고 있어서 표지도 보이지 않았다.

코사카는 다시 책을 펼쳤다. 그러나 문장에 집중할 수가 없어서, 그는 페이지의 여백을 바라보면서 책의 내용과는 관계없는 것을 생각하기 시작했다.

결국 그 이즈미라는 남자는 무엇을 위해 나를 고용한 것일까? 그 남자는 나에게 어떤 역할을 기대하고 있는 걸까? 이즈미는 "어린애를 돌봐 줬으면 한다."라고 말했다. 그런 뒤에 "사나기 히지리와 친구가 되어라."라는 말도 했다. 그리고 아무래도 사나기는 그다지 성실히 학교에 다니지 않는 것 같다. 이 정보들로 추측하기로 나에게 기대하는 역할은 '친구로서 등교 거부아인 사나기 히지리의 학교 복귀를 도와주는 역할' 정도가 타당할까.

그렇다면 이즈미가 말한 '적성'이라는 단어가 신경 쓰인다. 등교 거부아를 선도하는 역할이라면 자신에게 그런 적성이 있다고는 생각되지 않는다. '이런 사람이 되면 안 된다'라는 반면교사로서는 우수하겠지만.

어쩌면 좀 더 단순하게 생각해야 할지도 모른다. 사나기 히지리의 부모는 딸의 어리광을 다 받아주는 사람들로 딸의 결석을 묵인할 뿐만 아니라 지루하지 않도록 친구를 고용했다. 그럴 경우의 '적성'이란 사회 부적응자 동료로서의 적성이 될 것이다. 의외로 이쪽이 진실에 가깝다는 생각이 든다.

하지만 어쨌든 미성년자인 딸을 스물일곱 살짜리 남자에게 맡기는 건 정상적이 아니라는 사실은 확실하다. 사나기가 내 집에 있는 것을 이즈미나 사나기의 부모는 알고 있을까, 하고 코사카는 생각했다. 어쩌면 그 이즈미라는 남자는 내가 결벽증 때문에 여자에게 손댈 수 없다는 것을 알고 친구 역으로 고른 것일까? 그렇다면 그의 판단은 아주 적절하다. 설령 부탁받는다고 해도, 나는 사나기 히지리에게 손가락 하나 댈 수 없다. 그것도 적성이라면 적성일 것이다.

한 시간 정도 있다가 사나기가 헤드폰을 벗은 타이밍을 노려서 물었다.

"저기 말이야, 히지리. 이즈미 씨는 나에게 무슨 역할을 원하는 걸까?"

"글쎄. 갱생을 거들어 주면 좋겠다고 생각한 게 아닐까?" 사나기가 몸을 뒤척이면서 말했다. "그리고 갑자기 친근하게 '히지리'라고 이름 부르지 마. 기분 나빠."

"너를 돌봐 주라는 말을 들었는데, 구체적으로 뭘 하면 좋을까?"

"아무것도 하지 마." 사나기가 냉랭하게 말했다. "이렇게 적당히 이즈미 씨의 눈을 속이면서 그 사람이 포기하기를 기다리는 게 제일이야. 진짜로 친구가 되려는 생각 같은 건 하지 마. 어차피 불가능하니까."

"……알았어."

코사카가 끄덕였다. 그녀의 말대로 그것이 가장 무난할 것 같았다.

"아, 하지만." 그녀가 그렇게 덧붙였다. "연락처는 일단 교환할까? 그러지 않으면 이즈미 씨가 부자연스럽다고 생각할 테니."

사나기가 스마트폰을 내밀었다. 코사카가 긴장된 얼굴로 그것을 받아들었다.

"등록해 둬."

코사카는 지시에 따라 그녀의 스마트폰에 연락처를 등록했다. 어렴풋이 예상은 했지만, 그녀의 전화번호부에는 번호가 세 개밖에 등록되어 있지 않았다. 게다가 그 세 개도 이름이 입력되지 않았다. 열심히 인간관계를 쌓는 타입은 아닌 모양이었다.

코사카는 작업을 마치고, 몰래 소독약으로 손을 닦았다. 타인의 물건에는 무엇이 묻어 있을지 알 수 없다. 일상적으로 사용하는 물건이라면 말할 것도 없다.

두 시간이 경과하자, 사나기가 책을 덮고 가방을 챙겨서 코사카의 집에서 나갔다. 코사카는 시트를 세탁기에 집어넣고, 온 집 안을 청소하고, 그런 뒤에 한 시간 가까이 샤워했다.

"내일은 오후 6시 정도에 올 거야." 사나기가 말했다. 말도 안 돼, 라며 코사카는 탄식했다. 이대로는 나의 성역이 완전히 더럽혀지고 만다. 오염을 막을 방법은 없을까. 이상적인 방법은 사나기가 거실에 들어오기 전에 가볍게 샤워하게 하고 청결한 옷으로 갈아입히고 싶은데, 그런 요구를 했다간 틀림없이 화를 낼 것이다. 그러기는커녕 엉뚱한 오해를 할지도 모른다.

결국 좋은 아이디어가 떠오르지 않았다. 다음 날도, 그다음 날도 사나기가 집 안을 더럽히고 다녔다. 본인에게 악의는 없을지 모르지만, 덕분에 코사카는 완전히 노이로제에 걸려 잠들지 못하는 밤이 이어졌다. 코사카의 집은 이미 성역으로서의 기능을 상실했다. 사나기는 언제나 침대 한가운데를 굴러다녔기 때문에, 코사카는 침대 가장자리에서 잤다. 익숙해질 때까지 몇 번이나 바닥에 떨어질 뻔 했지만, 이윽고 적절히 자리 잡고 자는 방법을 익혔다.

그냥 "나는 결벽증이야." 라고 말하면 사나기도 조금은 배려해 줄지 모른다. 그러나 코사카는 연인과 헤어진 뒤로 누구에게도 자신이 결벽증임을 밝힌 적이 없다. 그뿐만 아니라 다른 사람의 눈이 있는 장소에서는 최대한 강박 행위를 취하지 않으려고 필사적으로 노력했다. 실제로 몇 군데의 직장에서는 코사카가 결벽증인 것을 알아차리지 못한 사람이 있었을 정도다. 그들은 코사카를 그저 업무가 느리고 인간관계에 서툰 남자라고만 생각했다.

결벽증이 있다는 것을 주위에 솔직히 알리면 이 힘든 생활도 조금은 나아질지 모른다……고 생각한 적은 단 한 번도 없다. 이것은 그가 특별히 완고한 성격이기 때문이 아니다. 강박장애 환자는 강박 관념이나 강박 행위를 타인의 눈으로부터 감추고 싶어 하는 법이다.

스스로 자신이 비정상임을 자각하고 있다는 것이 이 병의 특징이다. 그들은 건강한 보통 사람이 자신의 정신 상태를 '이해해 주는 것'을 바라지 않는다. 이해받을 수 없음을 알기 때문이다. 그만큼 자신을 객관적으로 볼 수 있으면서도 강박 행위를 멈출 수 없다. 합리적인 설득은 무의미했다. *SSRI를 이용한 약물 요법이나 노출 및 반응 방지법 같은 행동 요법이 유효하다고 하지만, 코사카는 대학시절에 그런 치료들을 받은 후 오히려 강박 증상이 악화되고 말았다.

사나기가 코사카의 결벽증을 알아차렸는지는 미묘한 상황이다. 집 안에 떠도는 소독약 냄새를 맡고 이따금 "어쩐지 학교 보건실 같아."라고 불만스럽게 말했지만, 그뿐이었다.

사나기 히지리는 금발에 피어스라는 겉모습에 어울리지

---

* 세로토닌 재흡수 억제제. 우울증 치료제의 일종.

않게 책벌레였다. 소설이나 시에는 흥미가 없는지 전문 서적이나 학술 잡지만 읽었다. 한번은 그녀가 책을 펼쳐둔 채로 잠든 적이 있어서 내용을 훔쳐보았다. 그때 그녀가 읽고 있던 책은 기생충 질환에 관한 것이었다.

그 뒤에도 몇 번인가 엿볼 기회가 있었는데, 사나기가 읽는 책의 9할은 기생충에 관련된 것들이었다. 아무래도 그녀는 기생충이라는 생물에 보통 이상으로 관심을 품고 있는 듯했다.

고등학교 시절에 배운 『츠츠미추나곤 이야기』 중 한 편인 「벌레를 사랑한 아씨」를 떠올렸다. 뛰어난 외모에도 불구하고 꾸미지 않고 털벌레만 바라보던 괴짜의 이야기다. 이즈미에게 공주님처럼 과보호 받으며 기생충에 관한 책만 읽는 그녀에게 딱 어울리는 별명이다.

금발, 피어스, 짧은 스커트, 담배 그리고 기생충. 어느 것이나 코사카에게는 '불결'의 상징이었고, 사나기 히지리는 그 모든 것을 겸비한 불결의 체현자라 부를 만한 존재였다. 한편 사나기는 처음부터 코사카라는 인간에게 관심이 없었고, 코사카에게는 시간을 때울 만한 장소를 제공해 주는 것 이상의 기대는 하지 않는 듯했다. 이만큼이나 가까이서 지내지만, 두 사람 사이에는 높고 두꺼운 벽이 우뚝 솟아 있었다.

*

사나기와 만난 지 일주일이 지났다.

평소에는 인터폰이 울린 직후에 문이 열리고 사나기가 들어오지만, 그날은 달랐다. 인터폰의 여운이 잦아들었지만, 문은 미동도 하지 않았다. 코사카는, 이 방문자는 사나기가 아니라고 판단했다.

현관까지 가서 문을 열자 그곳에 이즈미가 서 있었다. 오늘도 그는 낡아 빠진 정장 위에 지저분한 체스터 코트를 걸치고 있었다. 여전히 머리카락에는 기름기가 흘렀고, 수염은 깎지 않은 지 이틀 정도 지난 듯했다.

코사카는 말없이 이즈미를 집 안으로 들인 뒤 문을 닫았다. 그리고 몸이 닿지 않도록 신중하게 옆을 지나 거실을 등지고 그와 마주 보았다.

"사나기 히지리와 가까워진 것 같더군. 당신에게는 전혀 기대하지 않았는데, 꽤 하는걸."

이즈미가 팔짱을 끼고서 코사카를 칭찬했다.

"말씀 감사합니다."

코사카가 무뚝뚝하게 대답했다. 큰돈을 지불하고 그녀
를 매수한 것에 대해서는 입을 다무는 편이 좋겠다고 생각
했다.

"참고삼아 묻고 싶은데, 대체 어떻게 말을 걸었지? 경계
를 푸는데 고생했을 텐데 말이야."

"친구가 되어 달라고 말한 것뿐입니다."

코사카가 그렇게 말하고 하품했다. 연일 계속되는 수면
부족으로 눈은 침침하고 머릿속은 흐리멍덩했다.

"그리고?"

"끝입니다."

그가 얼굴을 찌푸렸다.

"이봐, 농담하는 거지? 그것만으로 사나기 히지리가 어
슬렁어슬렁 집까지 따라왔다는 거야?"

"제가 지금 거짓말해서 무슨 득이 있겠습니까?"

코사카가 시치미를 떼자, 이즈미가 흥 하고 코웃음을 쳤
다.

"무슨 수를 썼는지는 모르겠지만, 어쨌든 대단해. 무직
에 범죄자인 변변치 못한 남자이지만, 어린 여자애를 꾀는
재주는 있는 모양이야." 그는 코사카에게 바보 취급하는
듯한 박수를 보냈다. "그러면 바로, 다음 임무다."

코사카는 아연해하며 말을 잃었다. 다음 임무? 사나기와 친구가 되면 끝인 게 아니란 말인가? 설마 이 임무가 끝나면 다음 임무, 그것이 끝나면…… 하고 마냥 이어지는 건 아니겠지?

이즈미가 말했다.

"사나기 히지리의 고민을 알아내라. 물론 그 애가 억지로 말하게 만드는 게 아니라 자연스럽게 밝히게 만드는 거야."

"고민?" 코사카가 확인하듯이 되뇌었다. "그 애한테 고민 같은 게 있습니까?"

"그야 당연하지. 고민이 없는 인간 따윈 없어. 그 애 같은 나이의 여자애라면 더욱 그렇지. 고민이 일 같은 거라고."

"분명 일반적으로는 그럴지도 모르겠습니다만……."

"그렇다고 해도 요즘 피부 상태가 안 좋다든가, 손톱 밑의 반달 모양이 다른 사람들보다 조금 크다든가, 두 눈의 쌍꺼풀 위치가 조금 다르다든가 하는 사소한 고민은 들어봤자 의미 없어. 이번에 당신이 알아내야 하는 건, 그 애가 등교를 거부하는 원인이야."

코사카는 잠시 생각한 뒤에 물었다.

"그냥 귀찮기 때문이라든가 하는 이유가 아닐까요?"

이즈미가 씩 웃었지만, 왠지 모르게 공격적인 웃음이었다.

"역시 그렇군. 자기 아픔에는 아주 민감하면서 남의 아픔에는 아주 둔해. 당신은 그런 녀석이야." 그가 비웃음이 담긴 시선으로 코사카를 응시했다. "그러니까 못을 박아 두겠는데, 사나기 히지리는 당신이 생각하는 것 이상으로 평범한 여자애야. 그리고 평범한 여자애가 평범하지 않은 차림새를 하고 평범하지 않은 행동을 하고 있다면 그건 그 애에게 평범하지 않은 일이 일어나고 있다는 뜻이지."

이즈미가 코사카를 향해 한 걸음 다가서더니 위압적으로 말했다.

"그리고 또 한 가지 충고해 두지. 당신이 나를 속이려고 하거나 사나기 히지리를 상처 입혔을 때는 바이러스에 대해 신고하는 정도로 끝나지 않을 거야. 아마도 당신은 이제까지 겪어 보지 못했던 절박한 상황에 몰리게 되겠지. 그걸 머릿속에 잘 새겨 두라고."

코사카는 얌전히 끄덕였다.

그러나 그로부터 몇 시간 뒤, 그는 뜻하지 않게 사나기를 상처 입히고 만다.

이즈미가 떠나가자 교대하듯이 사나기가 나타났다. 그녀는 집 주인인 코사카에게는 눈길도 주지 않고 자신의 특등석이 된 침대에 드러눕더니 베개를 둥글게 말아 턱 아래에 끼워 넣고서 책을 펼쳤다. 코사카는 마치 지박령이 된 듯한 기분이 들었다. 나는 이 집에서 자살한 남자의 영혼이며 자신이 죽은 것을 아직 깨닫지 못하고 있다. 이미 집의 명의는 사나기 히지리로 변경되었지만, 그녀가 자신을 찾아온 손님이라고 착각하고 있는 것이다. 그 상상은 꽤나 유쾌했다.

그렇다고 유령 취급을 언제까지나 감내해서는 안 된다. 지금 코사카에게는 사나기의 등교 거부의 원인을 알아내야 한다는 사명이 있다. 어떻게든 그녀와 대화를 나누고, 화제를 학교에 대한 것으로 잘 이끌어 가서 자연스럽게 등교 거부의 이유를 밝히도록 만들어야 한다.

어떤 식으로 이야기를 꺼낼까 하고 생각에 잠겨 있는 동안, 무의식중에 그의 시선이 사나기를 향하고 있었다. 사나기가 헤드폰을 벗고 고개를 들더니 "왜 그래?"라고 험악하게 물었다. "하고 싶은 말이라도 있어?"

"아니야. 그게, 오늘도 그 피어스를 하고 있구나 해서."

코사카가 당황하며 시선을 돌리고 적당한 핑계를 댔다.

"피어스?"

"전에 봤을 때, 예쁘다고 생각했어. 그것뿐이야. 다른 생각은 없어."

사나기가 의심스러운 듯이 눈을 깜빡였다. 그리고 피어스의 존재를 잊고 있었다는 듯이 가만히 자신의 귀를 건드리고 촉감을 확인했다.

"가까이에서 볼 거야?"

"……아니, 됐어."

"그래."

사나기가 다시 헤드폰을 쓰고 독서를 시작했다.

그녀의 제안은 의외였다. 평소의 태도로 생각하면 무시든 매도든 둘 중 한 쪽이 자연스러운 반응이다.

코사카는 상상했다. 어쩌면 사나기는 파란 꽃 모양 피어스에 특별한 애착이 있는지도 모른다. 그것을 칭찬받으면 상대가 누구라도 기쁠 것이다.

본심을 말하면 코사카는 피어스 자체를 꺼렸다. 일단 몸에 구멍을 뚫는다는 발상 자체가 믿기지 않았고, 그곳에 인공물을 끼워 넣고 있다간 세균이 마구 번식할 것 같았다. 매일 빼서 소독하는 걸까?

그는 피어스 뿐만 아니라 손목시계, 스마트폰, 가방, 안경, 헤드폰 등에 대해서도 비슷한 생각을 했다. 아무리 매일 샤워한다고 해도 몸에 걸친 것이 더럽다면 무의미하지 않는가.

코사카가 의자를 돌려 사나기에게 등을 향했다. 마음을 추스르고, 다시 사나기에게 고민을 들을 방법을 생각하기 시작했다. 너무 직설적으로 물어보면 이즈미의 요청임을 간파당할지도 모른다. 자연스럽게 화제를 그쪽으로 끌고 가려면 어떡하는 게 좋을까? 애초에 나는 사나기와 잡담을 나눈 적도 없다.

아니, 하고 코사카는 생각을 고쳤다. 꼭 이즈미가 말한 대로 할 필요는 없다. 거짓말이 한두 개 늘어난들 큰 차이는 없을 것이다. 솔직하게 "이즈미 씨에게 이런 지시를 받았어."라고 사나기에게 상담하고, 돈을 주고서 협력을 받으면 된다. 간단한 이야기 아닌가.

코사카는 일어서서 사나기의 귓가에 대고 말했다.

"사나기, 할 이야기가 있는데."

사나기가 헤드폰을 살짝 비틀면서 코사카를 올려다보았다.

"이번에는 또 뭔데?"

"오늘 이즈미 씨에게 새로운 지시를 받았어. 네가 학교에 가지 않게 된 이유를, 자연스러운 흐름으로 알아내라고."

"……그래서?"

"협력해 주지 않겠어? 딱히 본심을 밝히지 않아도 돼. 이즈미 씨를 납득시키기 위해서, 그럴 듯한 이유를 꾸며내기만 해도 충분해."

사나기가 반응을 보일 때까지 상당한 공백이 있었다. 지구 반대편에 있는 사람과 위성 중계라도 하는 듯한, 감질나는 침묵이 이어졌다.

"자연스러운 흐름으로 알아내라는 말을 들었다며? 그러면 자연스러운 흐름으로 알아내시지 그래?"

사나기가 픽 하고 코사카로부터 고개를 돌렸다.

"그게 불가능할 것 같으니까 이렇게 부탁하는 거지. 그에 걸맞은 사례는 할게."

"대답하고 싶지 않아."

사나기가 단호하게 거절했다.

"거짓말이어도 괜찮아."

"거짓말하고 싶지 않아."

요컨대 협력하고 싶지 않다는 뜻일 것이다. 코사카는 잠시 동안 다른 부탁의 말을 생각했지만, 이윽고 포기하고 의자에 앉았다. 초조해할 것 없다. 이번에는 우연히 그녀의 심기가 좋지 않은 상태였는지도 모른다. 여기서 물고 늘어져 봤자 오히려 기분을 해칠 뿐이다. 그는 다른 날에 다시 물어보자고 생각했다.

수면 부족 때문이겠지. 어느샌가 의자 위에서 잠들어 버렸다.

어깨에 위화감이 있었다. 처음에는 단순한 가려움이라고 생각했다. 그러나 그 감촉이 서서히 또렷한 것으로 변했다. 뭔가가 코사카의 어깨를 찌르고 있다. 잠시 후에 그는 그것이 사람의 손가락이라는 것을 깨달았다.

사람의 손가락?

온몸에 소름이 돋았다.

코사카는 반사적으로 어깨를 찌르는 손을 뿌리쳤다. 그때, 코사카가 뻗은 검지의 손톱이 상대의 피부를 스치는 것이 느껴졌다. 작은 신음소리가 들렸고, 단숨에 잠에서 깨어났다.

사나기가 아픔에 얼굴을 찡그리며 코사카가 할퀸 오른쪽 뺨을 한 손으로 누르고 있었다. 손을 떼자 1센티미터 정도의 상처에서 검붉은 피가 배어 나오는 것이 보였다. 그녀가 손바닥에 묻은 피를 빤히 바라본 후, 천천히 코사카에게로 시선을 옮겼다.

코사카는 또 저질러 버렸다고 생각했다.

"……이만 돌아갈까 해서, 말해 두려고 했었어."

사나기가 억양 없는 목소리로 그렇게 말했다.

"내가 건드리는 게 그렇게 싫어?"

코사카가 당황하며 사죄했지만, 사나기는 들으려 하지 않았다. 경멸하는 눈초리로 그를 흘끗 보더니 가방을 집어 들어 문을 난폭하게 열고 방을 나갔다.

코사카는 오랫동안 그 자리에 못 박혀 있었다. 문을 닫는 소리의 여운이 언제까지고 귓속에 맴돌았다. 그리고 코사카는 문득 떠올랐다는 듯이 침대 시트와 베개 커버를 벗겨 세면실로 가져가 입고 있던 옷을 벗어 함께 세탁기에 집어넣고 스위치를 켠 뒤에 욕실로 들어가 샤워했다.

아마도, 저 애는 이제 오지 않겠지.

그렇게 생각했다.

코사카는 이런 마당에도 결벽증에 대해 말할 수 없었다. 그것은 상대가 누구든 나타나는 반응이지 사나기가 특별히 싫었던 것이 아니다. 가령 솔직히 고백했다고 해도 그녀는 어설픈 변명이라며 상대해 주지 않았을지도 모르지만……. 그러나 전혀 해명을 하지 않는 것보다는 훨씬 나았을 것이다. 나중에 그때까지 코사카의 행동이나 언동과 대조해 보고 뒤늦게나마 이해해 주었을 가능성도 있다.

그러나 이미 코사카는 그 기회를 놓쳐 버렸다. 코사카는 이것으로 전부 끝이구나, 하고 통절히 생각했다. 이즈미는 육체적으로도, 정신적으로도 사나기를 상처 입히고만 나를 용서하지 않을 것이다.

코사카는 몸을 씻고 거실로 돌아와 문득 발을 멈췄다. 조금 전까지는 정신이 없어서 깨닫지 못했는데 방바닥에 핏자국이 있었다. 사나기의 뺨에 난 상처에서 떨어진 것이리라. 그는 쭈그려 앉아서 그 흔적을 빤히 바라보았다.

타인을 더러움의 상징으로 생각하는 그에게 혈액은 가장 꺼리는 것 중 하나였다. 평소 같았으면 곧바로 닦아냈을 것이다. 그러나 어째서인지 그 핏자국만큼은 남겨두는 편이 좋겠다는 느낌이 들었다. 형벌, 같은 것과는 조금 다르다. 자신도 잘 알 수 없었지만, 가장 어울리는 형용은 '기념'이 아닐까 하고 생각했다.

코사카는 의자에 앉아서 언제까지고 사나기의 흔적을 바라보았다. 그러다가 이런 생각은 하지 말고 좀 더 즐거운 일을 하자고 생각했다.

……그렇다, 예를 들면 SilentNight에 대해서다. 이미 그 웜은 모바일 네트워크 구석구석까지 퍼졌다. 앞으로 내가 어떻게 되든 아마 누구도 SilentNight의 기세를 멈출 수는 없을 것이다. 지금부터 이즈미가 보안 소프트웨어 회사에 달려가더라도 이미 늦었다. 12월 24일, 웜은 확실히 발병해 막대한 숫자의 스마트폰을 기능 정지로 몰아넣을 것이다. 길거리는 약속한 사람과 제대로 만나지 못한 사람들로 넘쳐날 것이다. 그 광경을 상상하니 속이 후련했다.

물론 단순한 장난으로 끝나지 않는다. SilentNight는 긴급전화 번호가 입력될 때에 한해서만 예외적으로 통신 기능이 부활하도록 되어 있었지만, 그래도 이 웜의 영향으로 인생을 망치는 사람이 나올지도 모른다. 사망자가 생기더라도 이상하지 않다. 범행이 밝혀지면 코사카는 무거운 벌을 받게 될 것이다.

그렇지만 그게 무슨 상관인가, 라며 코사카는 태도를 바꾸었다. 이미 내 인생에는 잃을 것이 없다. 의지할 만한 작은 추억조차 찾아볼 수 없다.

그리고 며칠간, 코사카는 이전보다 더욱 폐쇄적인 생활을 보냈다. 이제는 컴퓨터를 건드리는 일도 없어졌고, 침대 가장자리에 누워서 판결이 내려지기를 조용히 기다렸다.

하는 일이라고는 청소와 일련의 세정 행위 정도였다. 식사도 귀찮아 물과 고형 영양 기능식품 외에는 일절 입에 대지 않았다. 나흘이 지나서 식료품이 바닥나자 그 뒤로는 물만 마시며 지냈다. 사나기의 얼굴에서 흘러 떨어진 핏자국이 언제까지고 눈에 띄는 장소에 남아 있었다.

결벽증이 원인이 되어 사람을 상처 입힌 것은 처음이 아니었다. 이제까지 그는 같은 실패를 수없이 반복해 왔다. 사소한 것까지 세면 끝이 없을 정도다. 당연히 많은 사람에게 미움받게 되었지만, 그 이상으로 괴로웠던 것은 이따금 친절하게 손을 뻗어 준 사람들에게도 무례하기 짝이 없는 태도를 취하고 말았던 일이다.

그들의 상처 입은 표정이 하나도 빠짐없이 코사카의 뇌리에 새겨져 있다. 다만 오해에 의해 상대를 화나게 만들었다든가 미움받았다는 것뿐이라면 귀를 막고 머리를 끌어안고 지내다 보면 지울 수 있었다. 그러나 순수하게 친절한 마음에서 나온 행위를 거절했다는 죄책감은 시간이라는 최고의 의사도 지울 수 없었다.

평소에는 귀가 시간이 되면 말없이 집을 나가던 사나기가 자고 있던 코사카를 깨워서 작별 인사를 하려고 한 것은 피어스를 칭찬한 그에게 마음을 연 증거였는지도 모른다. 그렇다면 그는 또다시 다른 사람의 호의를 무시했다는 이야기다.

코사카는 대체 언제까지 이런 일을 되풀이해야 할까, 라고 생각했다. 그는 "차라리 자는 동안 누군가가 솜씨 좋게 숨통을 끊어주면 좋을 텐데."라고 소리 내어 말해 보았다. 무심코 입 밖에 낸 그 아이디어가 놀라울 정도로 그의 심경을 적절히 표현하고 있었다. 말 그대로, 그것이야말로 그의 바람이라는 생각조차 들었다.

그렇다면 이 27년간, 나는 무엇을 위해 살아온 걸까?

어쩌면 그것은 죽는 방법을 찾기 위한 27년이었는지도 모른다. 사는 방법을 선택할 수 없다면 하다못해 죽는 방법 정도는 차분히 고르고 싶다. 이 가정이 옳다면, 어울리는 방법을 찾기만 한다면 나는 당장에라도 그것을 실행에 옮길 것이다.

코사카 안에는 명료한 이미지가 있었다. 학교 보건실 침대에서 눈을 뜬다. 실내는 어두컴컴하고 아주 고요하다. 창밖에는 짙은 구름이 끼어 있고, 잘 보면 눈이 내리고 있음을 알 수 있다. 둘러보니 코사카 외에 사람은 없는 듯했지만, 조금 전에 누군가가 그곳에서 떠났을 때의 공기의 흔들림 같은 것을 아직 느낄 수 있다. 귀를 기울이면 가끔 문을 여닫는 소리나 누군가의 발소리가 들린다. 어느 소리나 아주 멀리서 들린다. 상당히 오래 자고 있었던 것 같다. 그는 문득 불안해서 고개를 들어 벽시계를 본다. 어쩌면 내가 자는 동안에 하루가 끝난 것은 아닐까. 그러나 그것은 기우로, 아직 오후 4시를 지난 무렵이다. 아직 더 자도 괜찮다. 그는 안도하고 다시 드러누워 담요로 몸을 감싸고 살며시 눈을 감는다. 그리고 두 번 다시 눈을 뜨는 일은 없다.

그는 그런 식으로 죽을 수 있으면 좋겠다고 생각했다.

＊

12월 10일, 사나기가 집에 오지 않게 된 지 나흘째의 오후에 전화가 왔다. 착신음을 들은 코사카는 거의 무의식적으로 스마트폰을 쥐었고, 디스플레이에 표시된 '사나기 히지리'라는 글자를 보자마자 통화 버튼을 눌렀다.

"여보세요."

그는 통화구에 대고 말했다.

긴 공백이 있었다. 코사카가 상대방이 스마트폰을 오작

동한 게 아닐까 의심하기 시작했을 무렵, 간신히 사나기가 입을 열었다.

"지금 사가에 다리 아래에 있어."

코사카는 기억을 더듬었다. 그의 아파트가 있는 주택가와 마을 중심부를 가르는 강에 놓인 다리 중 하나가 '사가에 다리'였다는 생각이 든다.

"그래서?"

그는 물었다.

"데리러 와."

전화 너머로 들리는 목소리라 그런지 모르겠지만, 어쩐지 그녀의 목소리가 약했고, 평소의 가시 돋친 느낌이 없었다.

"……미안한데, 바깥은 부담스러워서 말이야."

"알아. 하지만 와 줬으면 좋겠어."

부탁이야, 라고 사나기가 덧붙였다. 코사카는 지금 통화하는 상대가 진짜 사나기 히지리 본인일까? 하고 고개를 갸웃했다. 그 여자애가 이렇게 공손히 나오다니.

"알았어." 그는 떨떠름하게 대답했다. 무슨 사정인지는 모르지만, 상황이 절박하다는 것만은 전해졌다. "바로 갈게. 30분 정도 뒤에 도착할 거야."

"……고마워."

사나기가 꺼져 들어갈 것 같은 목소리로 감사의 인사를 했다.

전화를 끊고, 코사카는 마스크와 라텍스 장갑을 착용하고 가방에 제균용품이 들어 있는 것을 확인한 뒤에 만전의 태세를 갖추고 아파트를 나섰다.

집 안에 틀어 박혀 있는 동안에 커튼을 닫고 있었던 탓인지 햇빛이 강하지도 않는데 눈이 좀처럼 적응하지 못했다. 주위에 쌓인 눈에 반사된 햇빛에 눈이 따끔따끔했다. 최근 며칠간 몸 관리를 소홀히 한 것 때문에 체중이 줄었을 텐데도 몸이 아주 무겁게 느껴졌다. 근력이 떨어진 모양이다.

버스를 타면 10분이면 갈 수 있는 거리를, 그는 배 이상의 시간을 들여서 걸어갔다. 이윽고 사가에 다리가 보이기 시작했다. 강둑 계단을 내려가서 보도를 따라 걸어간다. 교각 근처에서 고개를 숙이고 웅크리고 있는 누군가가 보였다.

"사나기."

코사카가 옆에 서서 말을 걸자, 사나기가 천천히 고개를 들었다. 다리 아래는 그림자가 져서 어두웠지만, 그래도 그녀의 안색이 나쁜 것을 뚜렷하게 알 수 있었다. 한겨울인데도 사나기의 목덜미가 땀으로 흠뻑 젖어 있었다.

"몸이 안 좋아?"

사나기가 고개를 가로 저었다. 그런 것은 아니지만, 설명하기 어렵다고 말하고 싶은 듯한 몸짓이었다.

"일어설 수 있어?"

그녀가 입을 다물고 있다. 대답하고 싶지 않다기보다 자신도 답을 몰라 당황하고 있는 듯 보였다.

"서두르지 않아도 돼. 좀 나아질 때까지 기다릴게."

코사카가 사나기를 배려해서 말했다.

그는 사나기 옆에서 50센티미터 정도 떨어진 곳에 조심스럽게 앉았다. 본심을 말하면 이렇게 습하고 공기가 정체된 장소에서 한시라도 빨리 벗어나고 싶었지만, 지금의 그녀를 재촉하는 것은 너무하다고 생각했다.

그리고 한 시간 남짓 지난 뒤, 사나기가 간신히 일어섰다. 코사카가 뒤따라 일어서자, 사나기가 조심스럽게 그의 코트 자락을 쥐었다. 이 정도의 간접적인 접촉이라면 코사카도 어떻게든 참을 수 있었다.

두 사람은 걷기 시작했다. 문득 코사카는 사나기의 머리에 평소의 헤드폰이 보이지 않는 것을 깨달았다. 오늘의 그녀가 아주 무방비하게 보인 것은 그것 때문인지도 모른다.

아파트에 도착하고 난 뒤, 사나기는 한동안 침대 위에서 무릎을 끌어안고 앉아 있었다. 따뜻한 것이라도 마시겠느냐고 물어보았지만, 반응은 없었다. 이윽고 날이 저물어 조명을 켜려고 하자, 사나기가 "불은 켜지 마."라고 제지했다. 코사카는 뻗었던 팔을 도로 거두었다.

그리고 한 시간 정도가 흘렀다. 날은 완전히 저물어 집 안은 칠흑처럼 어두웠고, 컴퓨터와 인터넷 모뎀의 전원 램프만이 눈부시게 빛났다.

사나기가 아무런 전조도 없이 일어나서 조명을 켰다. 인공적이고 창백한 빛이 방안 구석구석을 비추고, 모든 것의 형태를 또렷하게 드러냈다. 그리고 그녀는 침대로 돌아가 평소처럼 베개를 턱 아래에 끼우고 드러누웠다. 그러나 책은 펼치지 않았다.

"무슨 일이 있었어?"

코사카가 물었다.

사나기가 돌아보려다가 도중에 행동을 멈추고, 침대에 얼굴을 묻었다.

"혼자서는 돌아갈 수 없을 만한 사정이 있었던 거지?"

오랜 공백 뒤에, 사기리가 "응." 하고 인정했다.

"……저기 말이야." 그녀가 가만히 입을 열었다. "사람하고, 눈을 마주치는 게 무서워."

"무슨 소리야?"

그러자 사나기가 더듬더듬 이야기하기 시작했다.

"자의식과잉이라는 건 나도 잘 알아. 하지만 어쩔 수가 없어. 만나는 사람들 모두가 나를 빤히 쳐다보는 기분이 들어. 그렇다고 해도 시선 자체는 큰 문제가 아니고…… 그왜 '누군가 나를 보고 있다' 라고 생각하면 저도 모르게 이쪽도 시선을 보내게 되잖아? 그러면 원래는 다른 뭔가를 보던 사람도 내 시선을 느끼고 나를 보는 거야. 그렇게 시선이 맞았을 때…… 정말 뭐라고 말해야 좋을지 모를 정도로 기분이 나빠져. 내 방에 누군가 흙발로 밀고 들어와서 옷장과 서랍을 구석구석까지 헤집어 놓은 것 같은, 그런 불쾌한 느낌이 덮쳐 오는 거야."

흠칫했다. 듣고 보니 처음 만났을 때부터 지금까지 코사카는 사나기와 눈을 마주친 적이 없었다. 몇 번인가 순간적으로 시선이 교차한 적은 있었지만, '시선이 맞았다' 라고 단언할 수 있을 만한 순간은 어쩌면 한 번도 없었는지도 모른다.

사나기가 말을 이었다.

"그렇다고 해서 전혀 바깥에 나가지 않을 수는 없고, 눈을 감고 돌아다닐 수도 없잖아? 대책이 없나 하고 조사해 봤더니 어떤 종류의 도구에 의지하는 것으로 증상이 경감되는 경우가 있다는 걸 알았어. 그래서 여러 가지를 시도해 봤는데…… 어떻게 된 영문인지 안경도, 마스크도, 모자도 아닌 헤드폰이 가장 효과가 좋았어."

"아아……. 그래서 늘 그렇게 커다란 헤드폰을 쓰고 있었던 거구나?"

코사카는 납득하고서 끄덕였다.

"맞아. 눈이 마주치는 게 무서워서 귀를 막는다니, 영문을 모르겠지?"

사나기가 자조하듯이 웃었다.

"아니." 코사카가 고개를 저었다. "알 것 같아."

거짓말이 아니었다. 강박 관념이라는 것이 얼마나 불합리한지 스스로의 경험을 통해 신물 날 정도로 알고 있다. 코사카에게 시선공포증은 처음 듣는 증상이 아니었다. 결벽증에 관련된 서적을 닥치는 대로 탐독하는 과정에서 다른 강박 증상의 지식을 익히게 되었다. 헤드폰을 쓰지 않으면 인파 속을 걸을 수 없는 사람의 이야기도 읽은 적이 있다. 사람의 눈이 무서워서 일부러 기발한 옷차림을 하거나 머리카락을 눈에 띄는 색으로 물들이는 사람의 이야기도.

코사카는 어느 정도는 그들의 마음을 이해할 수 있었다. 선글라스나 마스크가 아니라 헤드폰이 시선공포를 억제하는데 유효하다는 것은 청각을 차단함으로써 '자신이 그곳에 있다' 라는 현실감을 희박하게 만들기 때문일 것이다. 일부러 머리카락 색을 화려하게 물들이거나 사람의 눈을 끄는 옷차림을 하는 것은 연약한 마음을 지키기 위한 허세, 혹은 주위에 대한 견제 같은 것이 아닐까. 눈에 확 띄는 경계색을 띤 말벌을 흉내 내서 포식자를 쫓아내는 벌레처럼 모습만이라도 불량 청소년 흉내를 내면──시선을 모으게 될지는 모르지만── 눈이 마주칠 횟수 자체는 감소한다.

"그렇구나, 시선공포인가……." 코사카는 다시 한번 끄덕였다. "들을 때까지 전혀 눈치 채지 못했어. 능숙하게 감추고 있었네."

"……당신 앞에서는 그랬을지도 몰라. 하지만 다른 사람들 앞에서는 이렇게 되지 않아." 사나기가 코사카를 흘끗 훔쳐보고, 금방 시선을 돌렸다. "당신, 이야기할 때 사람의 눈을 보지 않잖아?"

그랬다. 시선공포까지는 아니지만, 코사카도 타인과 눈을 마주치는 것에 열등의식이 있었다(다만 그가 타인과 눈을 마주치는 것을 싫어하는 이유는 시선이 두렵다기보다 더러운 것을 직시하고 싶지 않기 때문이지만).

이즈미가 말했던 '적성'의 의미를 이제야 간신히 이해할 수 있었다. 요컨대 이 소녀는 사람의 눈을 보려고 하지 않는 겁쟁이하고만 접할 수 있는 것이다.

사나기가 조금씩, 코사카에게 전화를 걸기에 이른 과정을 설명했다.

오늘 정오를 지났을 무렵, 그녀는 평소처럼 도서관으로 향했다. 책을 반납하고 빌릴 책을 찾던 도중에, 문득 평소보다 시선공포 증상이 가벼워진 것을 깨달았다. 매일 코사카의 집에 들렀던 효과가 나타난 것인지도 모른다.

그녀는 발을 멈추고 생각했다. 재활운동 삼아 이대로 도서관에서 책을 읽고 가는 것은 어떨까? 휴일이라 관내는 그럭저럭 붐볐지만, 훈련으로서는 이 정도의 자극이 있는 편이 효과적일지도 모른다.

사나기는 빈자리에 앉아서 책을 펼쳤다. 처음에는 있지도 않은 시선이 신경 쓰여서 집중할 수 없었지만, 점차 시야가 좁아지면서 글자에만 집중할 수 있게 되었다.

반쯤 읽었을 즈음에 휴식을 하기로 했다. 뭉쳤던 몸을 풀기 위해 일어나서 서가 사이를 어슬렁어슬렁 걸었다. 그녀는 그렇게 별 의미 없이 도서관을 산책하는 것을 좋아했다. 관심이 없는 책이라도 손에 들고서 그 장정과 형태, 무게, 냄새와 감촉을 확인하는 것만으로도 즐거웠다.

자리를 벗어난 시간은 3분도 채 되지 않았을 것이다. 그러나 돌아왔을 때, 소중한 물건이 사라지고 없었다. 의자에 걸쳐 두었던 헤드폰이 보이지 않았다.

사나기는 곧바로 주위를 둘러보았다. 자리에는 읽다 만 책이 있었고, 그 밖의 짐들도 그대로 놓여 있었으므로 도서관 측에서 분실물로서 회수해 갔을 가능성은 적다. 도둑맞은 것이다.

그녀는 헤드폰을 방치하고 자리를 비운 자신의 어리석음을 원망했다. 그것이 없으면 인파 속을 걷지도, 전철에 타지도 못하는데 어째서 그런 소중한 물건을 방치한 것일까.

책을 가방에 집어넣고, 위태로운 발걸음으로 도서관을 나섰다. 한 시간 가까이 걸리지만 걸어서 돌아가야 할까, 아니면 꾹 참고 전철을 타야 할까. 양쪽 다 비슷한 정도로 힘들게 느껴졌다. 그녀는 긍정적으로 생각하자고 되뇌었다. 생각하기에 따라서는 찬스다. 이 시련을 극복하면 틀림없이 나의 강박 증상은 지금보다 훨씬 완화될 것이다.

그렇지만 도서관을 나가서 5분도 채 되지 않아서 그녀의 마음은 너덜너덜해져 있었다. 이제까지 자신이 어떻게 밖을 돌아다녔는지 기억해 낼 수 없었다. 어떤 표정을 하고, 어디에 시선을 두고, 어느 정도의 보폭으로, 어떤 식으로 손을 흔들며 걸었는가. 생각하면 생각할수록 그녀의 거동은 어색해졌고, 시선공포는 점점 강해졌다. 그녀는 도망치듯이 길을 벗어나 강둑을 내려갔고, 사가에 다리 아래에 몸을 숨기고 지푸라기라도 잡는 심정으로 코사카에게 전화를 걸었다.

이야기는 그것으로 끝이었다.

"……좋아지기 시작했다고, 생각했는데 말이야."

그렇게 사나기가 마지막으로 중얼거렸다.

잠시 후에 흐느껴 우는 듯한 소리가 들리기 시작했다.

발작을 일으킨 뒤에 자신감을 잃고 약해졌을 때의 그 마음을 이해할 수 있었다. 그리고 그럴 때, 위로의 말 같은 것은 효력이 없다는 것도 알고 있다. 그래서 코사카는 묵묵히 기다렸다. 그대로 울게 놔두자.

하지만 그의 뜻과 달리 사나기는 곧 울음을 멈췄다. 손바닥으로 눈물을 닦고 심호흡을 하더니 상체를 일으키고 몸을 돌려서 침대 가장자리에 앉았다. 그리고 한순간 코사카에게 뭔가 의미가 담긴 시선을 보냈다.

사나기가 자신에게 뭔가 기대하고 있는지도 모른다. 혹은 내가 사나기에게 뭔가 해 주고 싶어서 그것을 그녀의 시선에 투영하고 있는지도 모른다. 어느 쪽이든 결론은 변하지 않는다. 나는 그녀에게 뭔가를 해 줘야만 한다, 라고 코사카는 강하게 생각했다. 나와 달리 그녀는 아직 많은 것을 깔끔히 포기할 수 없는, 약하고 상처 입기 쉬운 연령이다. 지금이 가장 주위의 도움을 필요로 하는 시기다.

코사카는 사나기의 옆에 앉았다. 그리고 조심조심 손을 뻗었다. 집에 돌아왔을 때 장갑을 벗었기 때문에 코사카는 맨손이었다. 그의 손이 사나기의 머리에 닿았다.

그 순간, 그의 머릿속에 '모공', '피지', '각질', '피부 상재균', '모낭충'이라는 징그러운 단어들이 휘몰아쳤다. 그러나 코사카는 그것들에 전율하지 않도록 견뎠다. 비명은 사나기가 돌아간 뒤에 얼마든지 지르면 된다. 하지만 지금은 그럴 때가 아니다.

사나기가 깜짝 놀란 듯 고개를 들었다. 하지만 싫어하는 기색은 보이지 않았다.

코사카가 사나기의 머리 위에 두었던 손을 어색하게 움직였다.

가만히 쓰다듬어 주자, 그렇게 할 생각이었다.

"……무리하지 않아도 돼."

사나기가 한숨을 섞어 말했다.

"무리하는 거 아니야."

코사카가 그렇게 말하고 미소를 지어보였다. 그러나 그의 몸이 떨리는 것이 손이 닿은 부위를 통해 그녀에게 직접 전해지고 있었다.

그는 집요하게 사나기의 머리를 쓰다듬었다. 이 순간이 지나면 더는 같은 행동을 반복할 수 없을 테니 지금 많이 쓰다듬어 주자고 생각했는지도 모른다.

"이제 괜찮다니까."

사나기가 거부해도, 그는 "안 괜찮아."라고 말하며 듣지 않았다.

"알았어, 알았다고. 기운 차렸어. 이제 위로하지 않아도 됩니다."

그 말을 듣고, 코사카는 간신히 그녀의 머리에서 손을 뗐다.

"기분은 좀 풀렸어?"

코사카가 물었다.

"바보 아냐?"

사나기가 어이없다는 듯 말했지만, 기분이 풀린 것은 부정할 수 없는 사실인 듯했다. 그녀의 목소리는 약간이지만 밝은 기운을 되찾았다.

"뺨에 상처 낸 거, 정말로 미안해." 코사카가 사과했다. "아직 아파?"

"별로. 이 정도는 아무것도 아니야." 사나기는 딱지가 진 상처를 손가락으로 쓸었다. "……손, 닦지 그래?"

"아니, 이대로 있어도 괜찮아."

"그래."

코사카가 사나기를 만진 왼손을 가만히 바라보았다. 그 손에는 아직 떨림이 남아 있었지만, 곧바로 샤워하고 싶다는 충동을 어떻게든 억제할 수 있었다.

"한 가지, 웃기는 얘기를 해 줄게."

코사카가 말했다.

"웃기는 얘기?"

"사실, 나는 결벽증이야."

"……응, 알아."

"그렇겠지." 코사카가 쓴웃음을 지었다. "나 외의 다른 사람이, 무섭고 지저분한 존재로 느껴져. 그 사람들을 건드리는 것만으로, 그 사람들이 건드린 것에 닿는 것만으로, 같은 공기를 마시는 것만으로 병에 걸릴 것 같은 기분이 들어. 그게 마음의 문제에 지나지 않는다는 것은 스스로 가장 잘 알고 있어. 하지만 어쩔 수가 없어. 여러 가지 치료법을 시험해 봤지만, 증상이 심해지기만 해."

거기서 코사카가 흘끗 사나기의 표정을 살폈다.

"계속해."

사나기가 말했다.

"처음으로 여자 친구가 생겼을 때도, 키스는 고사하고 손을 잡을 수도 없었어. 그런데 어느 날, 여자 친구가 손수 요리를 만들어 온 거야. 그런 가정적인 일들이 특기인 사람이었거든. 실제로도 아주 잘 만든 요리였어. 하지만 여자 친구가 정성을 담아 만든 것인데도 불구하고——어쩌면 그랬기에—— 나는 그 요리를 먹는 것에 엄청난 거부감을 느꼈어. 아무리 이성으로 억제하려고 해도, 그 사람이 재료를 맨손으로 건드렸다고 생각하는 것만으로 도저히 참을 수 없더라고. 솔직히 말해서 한 입도 먹고 싶지 않았어. 그래도 모처럼 만들어 줬는데 못 먹겠다고 돌려보내는 것은 실례라고 생각해서 머리를 비우고 억지로 집어넣었지. 어떻게 되었을 것 같아?"

사나기가 말없이 고개를 저었다. 생각하고 싶지도 않다, 라고 말하듯이.

"반쯤 먹었을 때, 여자 친구 앞에서 그걸 토해내고 말았어. 그때 그 사람의 얼굴을 지금도 잊지 못하겠어. 결국 그 뒤로 열흘도 안 되어서 헤어졌어. 지금도 가끔 그때의 꿈을 꿔. 요리는 회를 거듭할수록 정성스러운 요리로 바뀌어가. 그리고 그 사람과 헤어진 뒤로는 연인다운 상대가 한 명도 생기지 않았어."

사나기가 천천히 고개를 저었다.

"……그 얘기, 별로 안 웃겨."

"그런가? 스물일곱 살이 되어서 키스도 한 적이 없다는 거, 조금 웃기지 않나?"

코사카의 웃기는 이야기가 불발로 끝나자, 사나기가 침대에서 내려와 크게 기지개를 켰다. 그런 뒤에 무슨 생각을 했는지, 그녀는 위생용품을 놓아둔 선반의 디스펜서에 손을 뻗어 소독약을 집더니 듬뿍 덜어서 두 손에 잔뜩 발랐다. 그리고 일회용 라텍스 장갑을 신중하게 끼고 마스크까지 쓰고는 준비를 마쳤다는 듯 코사카를 돌아보았다.

무슨 짓을 할 생각인지 물어볼 새도 없었다.

사나기는 코사카의 어깨를 두 손으로 잡고, 마스크 너머로 입술을 겹쳤다.

얇은 천을 사이에 두고, 흐릿하지만 부드러운 입술의 감촉이 느껴졌다.

코사카가 그 행위의 의미를 이해했을 무렵, 그녀가 입술을 뗐다.

"이걸로 참아."

사나기가 마스크를 벗으면서 말했다.

코사카는 할 말을 잃고, 건전지가 다된 완구처럼 동작이 멈춰 있었다.

호흡하는 것조차 잊었는지도 모른다.

"무슨 생각이야?"

코사카가 간신히 질문했다.

"당신이 불쌍해서 키스해 준 거야. 감사해."

"……그건, 정말 고마워."

코사카가 복잡한 표정으로 감사의 인사를 하자, 사나기가 덧붙였다.

"그리고 나도 한 적이 없었으니, 딱 좋았다고 할까."

뭐가 어떻게 딱 좋았는지는 알 수 없었지만, 그녀의 표정으로 보기에 나쁜 의미는 없는 듯했다.

"⋯⋯그건 그렇고, 이만 슬슬 갈게."

사나기가 일어서며 가방을 쥐었다.

"혼자서 돌아갈 수 있어?"

코사카가 걱정스럽게 물었다.

"응. 그렇게 멀지도 않고, 지금은 오가는 사람들도 적으니까."

"그래?"

코사카는 그녀의 목소리로 괜찮을 것 같다고 판단했다.

그리고 코사카는 문득 떠올리고, 책상 가장 아래 서랍을 열어서 헤드폰을 꺼내서 사나기의 목에 걸어 주었다.

"괜찮아? 더러워질 텐데?"

사나기가 조금 주눅이 든 듯한 얼굴로 물었다.

"이제 안 쓰는 물건이니까, 괜찮으면 너한테 줄게."

사나기가 두 손을 헤드폰에 대고, 기쁜 듯 말했다.

"⋯⋯그렇구나. 고마워. 잘 쓸게."

"응. 잘 가, 사나기."

"잘 있어, 코사카 씨."

코사카의 눈을 똑바로 바라보며, 그녀가 미소 지었다.

사나기가 집을 나간 뒤, 코사카는 의자에 앉아서 눈을 감고 조금 전 자신에게 일어난 사건에 대해 목적 없는 생각에 잠겼다. 그러고 보니 그녀가 나를 '코사카 씨'라고 부른 것은 처음일지도 모르겠네, 라는 것 등 사소한 것에 대해 반복해서 생각했다.

30분 정도 지나 문득 자신이 아직 청소도 하지 않고 샤워도 하지 않았음을 깨닫고 깜짝 놀랐다. 이렇게나 긴 시간 동안 세정 강박에서 벗어나 있었던 것은 상당히 오랜만이었다.

내 안에서 뭔가가 변하기 시작했다. 그런 기분이 들었다.

제 4 장

This Wormy World

코사카는 장갑을 끼고 워크 체어에 깊숙이 앉아서 잡지를 펼쳤다. 역시라고 해야 할까, 그것은 기생충학의 학술 잡지였다. 표지에는 『The Journal of Parasitology』라고 적혀 있다. 당연히 내용은 전부 영어로 적혀 있다. 코사카는 감탄했다. 그 정도 나이에 용케 이런 난해한 영어를 읽을 수 있구나.

팔락팔락 페이지를 넘기다 보니 포스트잇이 붙어 있는 페이지가 눈에 들어왔다. 논문의 저자는 Norman R. Stoll, 제목은 'This Wormy World'. 뭐라고 번역하는 게 좋을까. 이 벌레투성이 세계? 이 벌레 같은 세계? 아니, 이건 기생충학 논문임을 잊어서는 안 된다. 그렇다면 '이 기생충으로 넘쳐나는 세계' 정도가 적당할까.

욕실에서 들리던 샤워 소리가 멎었다. 그리고 5분 정도 있다가 잠옷으로 갈아입은 사나기가 모습을 드러냈다. 섬은 수건을 머리에 얹고 있는 그녀를 보고, 코사카는 "허어." 하고 의외라는 듯한 소리를 냈다.

"왜 그래?"

사나기가 물었다.

"아니, 별건 아닌데…… 그러고 있으니까 금발이 가려져서 평범한 여자애 같아."

사나기가 눈을 껌뻑이더니, "아, 이거 말이구나."라면서 머리의 수건을 가리켰다. "미안해, 평범하지 않은 여자애라서."

"금발이 나쁘다는 게 아니야. 흑발처럼 보여서 신선했던 것뿐이야."

"어차피 코사카 씨는 흑발에 피부가 뽀얗고 예절 바르고 귀걸이 같은 건 안 하는 얌전한 애가 취향이지?"

사나기가 침대 위에 책상다리를 하고 앉아서 심술궂은 얼굴로 말했다.

"그런 말 한 적 없어."

"그러면 컴퓨터에 들어 있던 그건 어떻게 설명할 거야?"

"……무슨 소리야?"

"농담이야. 놀려 본 것뿐이야."

"그런 불길한 농담은 하지 마."

코사카가 몸을 뒤로 젖히며 한숨을 쉬었다.

사나기는 문득 그의 손에 있는 것을 발견하고 눈을 동그랗게 떴다.

"어라, 그 잡지……."

"아." 코사카는 지적받을 때까지 잡지의 존재를 까맣게 잊고 있었다. "미안, 네가 뭘 읽는지 신경 쓰였거든. 멋대로 읽으면 안 되는 거였어?"

"그런 건 아닌데…… 읽어 보고, 어떤 생각이 들었어?"

"나에게는 좀 어려운 내용이었어. 너는 영어를 잘해?"

"아니. 시험 성적은 별로 안 좋아."

"하지만 논문은 읽을 수 있어?"

"이 분야에 한해서는. 구성이 전부 비슷하니까 익숙해졌어."

"대단하네. 주변의 게을러빠진 대학생들에게 들려주고 싶어." 코사카는 조금 전에 궁금했던 것을 물었다. "그런데, 이 부분은 뭐라고 번역하는 게 좋을까?"

사나기가 일어나서 코사카 뒤로 돌아가 어깨 너머로 코사카가 가리키는 부분을 들여다보았다.

달콤한 샴푸 향기가 콧속을 간질였다. 평소 같으면 반사적으로 몸을 피할 거리였지만, 오늘은 그녀가 샤워를 했으므로 괜찮았다.

"어른이면서 이런 것도 못 읽어?"

사나기가 놀리듯이 말했다.

"어른이란 건 네가 생각하는 만큼 훌륭한 생물이 아니라고." 코사카가 대답했다. "그래서, 무슨 뜻이야?"

"전에 읽은 책에는 '이 벌레투성이 세계' 라고 번역되었던가." 사나기가 기억을 살피듯이 말했다. "1947년, 기생충학자인 *노먼 스톨이 기생충병이 만연한 세계를 평하며 사용했던 말로 유명하지."

"소름끼치는 말이네."

코사카가 미간을 좁혔다.

"참고로 반세기 이상 지난 지금도 그 상황에 거의 변화는 없어. 전 세계의 인간이 자각이 없는 상태로 몇 종류나 되는 기생충을 몸 안에 키우고 있어. 일본도 예외는 아니야. 확실히 회충증, 주혈흡충증, 말라리아 같은 알기 쉬운 기생충은 없어졌지만, 여전히 우리의 몸 구석구석에 숨은 기생충이 기회를 노리고 있지. 어쩌면 이미 감염되었지만 본인이 그것을 자각하지 못하고 있을지도 몰라."

---

* Norman, R. Stoll, 1892–1976.

코사카는 탄식했다.

"결벽증인 사람의 마음에 안정이 찾아올 날은 평생 안 오 겠네."

"유감스럽게도 말이야."

사나기가 머리카락을 말리고 오겠다고 말하고 거실을 나 갔다.

서로의 병을 밝힌 그날 이후, 사나기는 거실에 들어오기 전에 샤워를 하게 되었다. 코사카가 거기까지 신경 쓰지 않 아도 된다고 말했지만, 그녀는 "내 맘이야."라면서 말을 듣지 않았다. 그렇게 몸을 다 씻고 난 뒤에 지참한 청결한 옷으로 갈아입고는 침대에 뒹굴며 책을 읽고 마음이 내키 면 코사카에게 말을 걸기도 했다.

세면실에서 돌아온 사나기는 아직 이야기를 더 하고 싶 었는지 침대에 드러눕지 않고 코사카와 마주 보게 앉았 다.

그때, 코사카가 물었다.

"언제나 기생충 책만 읽는 모양인데 대체 기생충의 어떤 점이 너를 푹 빠지게 만든 거야?"

"……이야기해도 괜찮긴 한데. 코사카 씨, 속이 안 좋아 져서 졸도하지 마?"

"이 집 안에서 듣는 거라면 괜찮을 거라고 생각해."

"음, 그러면⋯⋯." 사나기가 턱에 손을 대고 생각에 잠겼다. "코사카 씨, 쌍자흡충이라고 알아?"

코사카가 고개를 가로저으며 부정의 뜻을 표하자, 사나기가 그 기생충의 생태를 해설하기 시작했다. 종생교미, 나비를 연상시키는 형태, 첫눈에 반하는 숙명, 맹목적인 사랑, 비익연리의 벌레. 전체적인 이야기를 마친 뒤, 사나기가 문득 자신이 전에 없을 정도로 수다스러웠다는 것을 깨닫고 얼굴을 붉혔지만, 코사카에게 계속하라는 재촉을 받고 이야기를 이어갔다.

"이 피어스. 이것도 기생충의 모습을 본뜬 거야."

사나기가 머리를 쓸어 올려 코사카에게 피어스를 보여주었다.

"파란 꽃 모양 피어스로밖에 안 보이는데, 그런 형태의 기생충이야?"

"그래. '쿠도아'라고 불리는 점액포자충이야. 어류나 환형동물을 교대숙주로 삼는 기생충인데, 각 포자마다 극낭(極囊)이라고 불리는 여섯 개에서 일곱 개의 꽃잎 모양 구조물이 있어서 위에서 보면 한 송이의 꽃처럼 보여. 쌍자흡충 키홀더는 형태가 약간 과장되어 있지만, 쿠도아를 청색으로 염색하면 정말로 이 피어스 모양 그대로 나와. 한 번 찾아봐."

코사카는 시키는 대로 스마트폰으로 '쿠도아'를 화상 검색해 보았다. 그러자 사나기의 피어스와 똑같은 형태의 미생물이 찍힌 현미경 사진이 나왔다.

"어때, 똑같지?"

"놀랐어. 정말로 이렇게 예쁜 기생충이 있구나."

"뭐, 식중독의 원인이 되는 기생충이라 사람에게는 유해한 존재이지만."

코사카가 스마트폰을 내려놓으며 말했다.

"이런 재미있는 기생충은 더 없어?"

사나기가 팔짱을 끼고서 잠시 생각에 잠겼다.

"으음, 그러면 다음에는 방향을 조금 바꿔 볼까? 코사카 씨는 결벽증이니까 기생충에 대해서는 잘 몰라도 톡소플라즈마는 알겠지?"

간신히 코사카가 아는 이름이 나왔다.

"응, 그 정도라면 알아. 고양이에서 사람에게 감염되는 기생충이지?"

사나기가 끄덕였다.

"맞아. 톡소플라즈마증을 일으키는 것으로 유명한 원충

이지. 종숙주는 고양이이지만 대개의 온혈동물에게 감염이 가능하고, 물론 사람에게도 감염돼."

"종숙주가 뭐야?"

낯선 단어가 나와서 곧바로 물었다.

"기생충이 최종 목표로 삼는 숙주를 말해."

사나기가 그 의미를 알기 쉽게 설명했다.

기생충 중에는 성장 단계에 맞춰서 다른 숙주로 기생하는 것이 있다. 예를 들면 고래회충증의 원인 기생충인 고래회충이라는 선충은 바다 속에서 부화한 뒤에 크릴 등의 갑각류에 먹히고, 몸속에서 소화되지 않고 살아남아 제3기 유충까지 성장한다. 이어서 갑각류가 먹이사슬 상위의 어류에게 먹히면 고래회충은 어류의 몸속에서 더욱 성장한다. 그 뒤에 어류가 고래에게 먹히면 고래회충은 고래의 장내에서 제4기 유충을 거쳐 성충이 된다. 성충이 낳은 알은 고래의 배설물에 섞여 바닷속으로 방출된다.

이상이 고래회충의 생활사로, 이 경우에 갑각류가 '제1기 중간숙주', 어류가 '제2기 중간숙주', 고래가 '종숙주(終宿主)'가 된다. 종숙주란 기생충의 최종 목표로, 종숙주에게 기생하지 않으면 기생충은 유성생식을 할 수 없게 된다.

"……그러면 이제 하던 이야기로 돌아가서 이 톡소플라즈마 감염자 말인데, 전 세계의 숫자를 다 합치면 어느 정도나 될 것 같아?"

사나기가 물었다.

"대부분의 온혈동물에게 감염될 수 있다고 하니까 상당한 숫자겠지? 수억 명 정도 아닐까?"

사나기가 시원스럽게 말했다.

"세계 인구의 3분의 1 이상. 수십 억 명이지."

코사카가 눈을 동그랗게 떴다.

"그렇게나 많아?"

"일본으로 한정하면 역시나 비율은 좀 더 줄어들겠지. 기껏해야 1, 2할 정도?"

"어쨌든 많다는 사실에 변함은 없네. ……하지만 그건 바꿔 말하면 톡소플라즈마가 인간에게 무해하다는 증거잖아? 안 그러면 이미 대소동이 벌어졌을 거야."

"맞아. 감염된 사람이 건강할 경우에는 전혀 문제가 없어. 실제로 이제까지는 면역력이 부족한 사람이나 임신 중인 여자 외에는 무해한 존재로 여겨져 왔어. 그런데 최근 들어 이 기생충이 사람의 행동이나 인격을 변화시킬 가능성이 있다는 이야기가 나왔어."

사나기가 자신의 관자놀이를 두드리며 말했다.

"예전부터 톡소플라즈마가 숙주에게 주는 영향에 대한 재미있는 연구가 있었어. 이 원충에 감염된 수컷 쥐가 자신의 천적인 고양이를 두려워하지 않게 된 거야. 아무래도 톡소플라즈마는 중간숙주인 쥐를 컨트롤해서 종숙주인 고양이에게 잡아먹히기 쉽게 만드는 모양이야."

"숙주를 컨트롤 한다고?"

코사카가 놀란 목소리로 말했다. 완전히 *하인라인의 『인형사』와 똑같지 않은가.

"감염된 쥐를 해부했더니 대뇌변연계 주변에 무시무시한 숫자의 낭포가 있었대. 그리고 톡소플라즈마의 DNA를 해석해 봤더니 도파민의 합성에 관계되는 유전자가 포함되어 있었다나. 자세한 메커니즘은 나도 모르지만, 톡소플라즈마가 자신의 번식에 유리하도록 숙주를 조종한다는 건 확실해 보여. 애초에 기생충이 숙주를 자유자재로 조작하는 건 흔한 이야기지. 창형흡충이나 레우코클로리디움이 유명한 예야. 양쪽 다 중간숙주에게 자살이나 기아를 촉구한다고 알려진 기생충이야."

---

* 로버트 A. 하인라인. 1907-1988. 아이작 아시모프, 아서 C. 클라크와 함께 SF의 3대 거장으로 꼽히는 인물. 국내에서 유명한 작품으로는 〈스타쉽 트루퍼스〉, 〈달은 무자비한 밤의 여왕〉 등이 있다.

코사카는 잠시 생각한 뒤에 말했다.

"톡소플라즈마에게 감염된 사람의 뇌에도 비슷한 일이 일어난다는 소리야?"

"그런 얘기지. 최근의 연구에서 톡소플라즈마에게 감염된 남성은 감염되지 않은 남성보다 고양이의 냄새에 호의적인 반응을 보인다는 결과를 얻었어. 다만 여성의 경우에는 정반대의 반응을 보였다나?"

"이상한 얘기네. 기생충의 영향에 성별의 차이가 있는 건가?"

"다른 기생충에서는 거의 보고되지 않는 사례지만, 톡소플라즈마 연구에서는 가끔 보이는 경향이야. 톡소플라즈마에 감염되면 남자는 반사회적인 성격이 되어 이성에게 미움받게 되는 한편, 여성은 사교적이 되어서 이성에게 호감을 산다는 연구 결과도 있어. 여성에 한해서, 감염자는 비감염자보다 자살 미수 경험 비율이 1.5배 높았다는 보고도 있고."

코사카는 저도 모르게 몸서리쳤다.

"톡소플라즈마가 여성의 자살을 촉구하고 있을지도 모른다는 거야? 그런 기생충에 전 세계 인구의 3분의 1이 감염되어 있다니……."

"어디까지나 그럴 가능성이 있다는 이야기일 뿐이야. 증명된 건 아니야."

코사카가 벌레 씹은 얼굴을 하고 말했다.

"……그렇다고는 해도 정말 등골이 오싹해지는 얘기네. 파스퇴르도, 모리 오가이도 세균학에 너무 몰두한 탓에 심한 결벽증에 걸렸다고 하던데, 눈에 보이지 않는 부분을 알면 알수록 이 세상은 살기 힘든 곳이 되어 가는 기분이 들어."

"그런 오싹한 이야기라면 얼마든지 있어. 듣고 싶어?"

코사카가 고개를 저었다.

"이만 화제를 바꾸자. 사나기, 기생충학 말고 취미 같은 건 없어?"

"으음…… 비밀이야."

사나기가 입가에 검지를 갖다 대며 장난하듯이 말했다.

"남에게 이야기할 수 없는 취미야?"

"여자다운 취미니까."

"보통은 기생충 애호가란 사실을 감추기 위해 여자다운 취미를 내세울 거라 생각하는데."

사나기가 입술을 비쭉 내밀었다.

"부끄러움의 기준은 사람마다 제각각이라구. 코사카 씨

의 이야기도 들려줘. 바이러스 만들기의 어떤 부분에 매료
된 거야?"

코사카가 멀웨어에 흥미를 가지게 된 과정을 이야기했
다. 세상의 끝을 고하는 SMS에 의해 아주 약간의 위안
을 받았던 것. 자기도 비슷한 것을 만들 수 없을까 하고 생
각했던 것. 시작해 보니 예상 이상으로 자신의 적성에 잘
맞았고, 어느샌가 삶의 보람이라 부를 수 있을 정도가 된
것.

"세상의 종말이라는 메시지에서 위안을 얻었다는 말, 나
도 알 것 같아." 그렇게 사나기가 공감을 표했다. "참고로
코사카 씨는 어떤 바이러스를 만들고 있었어?"

"일본에서 처음으로 확인된 컴퓨터 바이러스가 뭔지 알
아?"

"아니."

"일본의 첫 국산 바이러스는 1989년에 발견되었어.
'Japanese Christmas'라고 하는데, 12월 25일에 컴퓨
터에 바이러스 메시지가 표시되는 것뿐인 유쾌범 같은 바
이러스였어. 내가 만든 멀웨어도 이것과 마찬가지로 크리
스마스이브에 발병해. 다만 끼치는 피해는 좀 더 심각하
지."

사나기가 턱을 몇 밀리미터 움직여 이야기의 다음을 재촉했다.

"말하자면 내가 만든 건 사람들을 고립시키는 웜이야." 코사카가 알기 쉽게 설명했다. "크리스마스이브 저녁부터 크리스마스 밤에 걸쳐 감염된 스마트폰을 통신 불능 상태로 만드는 거야. 모든 연인의 약속이 깨지면 좋겠다고 생각해서 만들었어. ……우습지?"

그러나 사나기는 웃지 않았다.

코사카의 말을 들은 순간, 그녀는 벼락에 맞은 것처럼 눈을 크게 뜨며 굳었다.

"왜 그래?"

코사카가 물었다. 그러나 사나기는 코사카의 목 언저리로 시선을 고정한 채 아무런 대답도 하지 않았다. 그리고 아마도 그녀의 눈동자에는 아무것도 비치지 않는 듯했다.

사나기는 오랫동안 움직임을 멈춘 채 말없이 뭔가를 생각했다. 마치 그곳에서 세상의 균열을 발견해 버린 것처럼 가만히 허공의 한 점을 계속 응시했다. 귀를 기울이면 그녀가 고속으로 생각하는 소리가 들려올 것만 같았다.

코사카는 아마도 자신이 한 말의 어딘가에 사나기의 마음을 흔드는 요소가 있었던 것이라고 깨달았다. 하지만 자신이 한 말의 어디에 그런 힘이 있었는지는 짐작도 되지 않았다.

　결국 사나기는 갑자기 입을 다문 이유에 대해서 설명하지 않고 어색하게 화제를 전환했다. 하지만 시답잖은 잡담을 나누는 동안에도 그녀의 의식은 조금 전의 '뭔가' 를 향해 있는 것처럼 보였다.

　사나기가 동요한 것도 어쩔 수 없는 일이다. 코사카가 만든 멀웨어는 우연치고는 너무 비슷했다. 그녀가 알고 있는 어떤 것과.

＊

　일주일에 한 번 있는 외출하는 날이었다. 코사카가 두 손에 쇼핑백을 들고, 가로등이 비추는 밤길을 걷고 있었다. 도로 군데군데에 얼음이 얇게 얼어붙어서 검게 빛나고 있다. 공기가 아주 맑아서 작은 별까지 육안으로 또렷하게 볼 수 있었다.

　가로수를 둘러싸듯이 설치된 벤치에 중년 남자가 앉아 있는 것이 보였다. 남자는 코사카를 보더니 마시던 캔 커피를 벤치에 내려놓고 일어섰다.

"여어." 이즈미가 한 손을 들어 올리며 말했다. "무거워 보이는군. 거들어 줄까?"

"괜찮습니다." 코사카는 거절했다. "……일의 진척 확인입니까?"

"뭐, 그런 셈이지."

이즈미는 양복에 지저분한 체스터 코트를 걸친 평소의 복장이었다. 코트가 그것밖에 없는 것일까, 아니면 코사카와 만날 때는 그런 차림을 하기로 정해 둔 것일까. 아니, 단지 복장에 무관심한 것일지도 모른다.

이즈미는 다시 벤치에 앉더니 코사카가 들고 있는 봉투를 보았다.

"전부터 궁금했는데 말이야, 결벽증인 사람은 뭘 먹고 살지?"

코사카가 봉투의 내용물을 열거했다.

"시리얼, 고형 영양 보조식품, 두부, 통조림, 냉동야채……. 먹을 수 없는 것이 많긴 합니다만 크게 불편하지 않습니다. 원래부터 소식이거든요."

"고기라든가 회라든가, 신선한 야채 같은 건?"

"기름기 있는 것을 싫어해서 고기는 안 먹습니다. 회는 입에도 못 대죠. 야채는 잘 씻어서 직접 조리하면 먹을 수 있습니다. 먹고 싶다고 생각하진 않습니다만."

"술은?"

"위스키는 마시라고 하면 마실 수 있습니다."

라프로익이나 보모어 같은 소독약 냄새가 나는 위스키에 한정되지만요, 라고 코사카가 덧붙였다.

그럴싸하다는 듯이 이즈미가 끄덕였다.

"그거 참 다행이구만. 결벽증이 아니어도 위스키를 못 마시는 녀석은 수두룩하지. 그런 의미에서 당신은 그나마 복 받은 편이야."

코사카가 이즈미 옆에 앉아서 쇼핑 봉투를 땅바닥에 내려놓았다. 봉투 안의 통조림이 짤그락 하는 소리를 냈다. 코사카가 내쉬는 숨에 이슬이 맺힌 마스크를 턱 아래로 비틀어 내리면서 입을 열었다.

"사나기 히지리의 등교 거부 원인은 시선공포증입니다."

몇 초 뒤에 이즈미가 물었다.

"본인에게 직접 들은 건가?"

"네. 헤드폰이 그 증상을 완화하기 위한 물건이었던 모양입니다."

이즈미가 미심쩍다는 듯 말했다.

"……갑작스러워서 믿기지가 않는군. 정말로 사나기 히지리가 그렇게 말했나? 억측은 아니겠지?"

"본인에게 아무것도 못 들었습니까?"

코사카가 이즈미를 슬쩍 떠보았다.

"그 애는 자신에 대해서 아무것도 말해 주지 않아. 비밀주의거든."

그렇구나, 코사카가 마음속으로 생각했다. 이즈미의 표현으로 보면 이즈미와 사나기 사이에는 어느 정도의 커뮤니케이션이 있다고 봐도 좋을 듯했다.

"우연히 그 애가 발작을 일으켜서 전화로 도움을 청해 왔습니다. 그 일이 없었다면 그 애의 고민을 듣지 못했겠죠."

이즈미가 허를 찔린 듯한 눈치로 되물었다.

"도움을 청했다고? 이거 정말 예상 밖의 결과로구만. 세상 참 오래 살고 볼 일이야. 내 예상으로 당신은 이제까지 고용한 녀석들 중에서 가장 가능성이 없었는데 말이지."

"그때 의지할 수 있는 상대가 저 말고는 없었던 거겠죠. 운이 좋았을 뿐입니다."

"아니, 그건 아니라고 봐. 사나기 히지리가 등교를 거부하는 이유를 알아낸 것은 당신이 처음이야. 이제까지 아무리 마음이 약해졌더라도, 그 애는 가족 외의 사람에게 시선 공포증을 밝힌 적이 없었어. 요컨대 당신은 가족처럼 신용을 받고 있다는 얘기야."

코사카는 그것이 사실이라면 기쁠 따름이라고 생각했다. 그러나 이즈미의 말을 곧이곧대로 받아들일 수는 없다. 어쩌면 그것은 코사카를 치켜세우려고 날조해 낸 방편일지도 모른다. 이제까지 고용된 모든 사람이 똑같은 칭찬에 걸려들었다고 해도 이상하지 않다.

이즈미가 코트 안주머니에서 봉투를 꺼내 코사카에게 내밀었다.

"여기, 보수야. 절반뿐이지만. 나머지 절반은 당신이 앞으로 일하기에 달렸어."

절반이라는 것은 사나기에게 빼앗긴 것과 같은 액수다. 코사카는 돈이 돌아온 것에 일단 안심하고, 봉투를 받아 주머니에 넣었다.

"……그래서, 다음은 뭘 하면 되죠?"

이즈미는 바로 대답하지 않고, 벤치 등받이에 기대며 하늘을 올려다보았다. 코사카도 이즈미를 따라 하늘로 눈길을 돌렸다. 눈이 내리기 시작했나 하고 생각했는데, 그렇지도 않은 듯했다.

이즈미는 뭔가 생각에 잠겨 있는 눈치였다. 무수한 별늘 속에서 그 답을 찾고 있는 듯 보이기도 했다.

옆에 놓아두었던 캔 커피를 한 모금 마시고, 한숨을 쉰 뒤에 이즈미가 질문에 답했다.

"아무것도 안 해도 돼."

코사카가 이즈미 쪽으로 시선을 돌렸다.

"그건 요컨대, 저의 일은 이제……."

"어이쿠, 착각하지 마. 이걸로 당신의 일이 끝난 건 아니야. 아무것도 하지 않아도 된다는 건 현재 상태를 유지하라는 뜻이야. 지금까지 해온 대로 그 애의 친한 친구로 있으라구. 그러고 있으면…… 어쩌면 재미있는 일이 벌어질지도 몰라."

"재미있는 일?"

그러나 이즈미는 그 질문을 무시했다.

"이쪽에서 할 말은 이걸로 끝이다. 나중에 또 연락하지."

이즈미가 매몰차게 말하고 벤치에서 일어섰다. 그대로 떠나가나 싶었는데 발을 멈추고 코사카를 돌아보았다.

"중요한 이야기를 빼먹었군. 한 가지, 당신에게 경고를 남겨두지."

"뭐죠?"

"앞으로 무슨 일이 있더라도, 사나기 히치리와는 절대 선을 넘지 마. 설령 저쪽에서 그것을 요구한다고 해도 말이야. 결벽증이 있으니 걱정 없을 거라고 생각하지만, 만에 하나의 경우가 있을 수 있으니 못 박아 두겠어. *시그널과 시그널리스처럼 플라토닉한 관계를 유지하도록."

코사카가 아연실색하며 이즈미의 얼굴을 바라보았다. 그런 뒤 조금 늦게 한껏 얼굴을 찌푸렸다.

"무슨 소릴 하시는 거죠? 나하고 그 애하고 나이 차이가 얼마나 나는지 알고 하는 소립니까?"

"됐으니까 얌전히 '네'라고 대답해. 이건 사나기 히지리를 염려해서 하는 말이 아니야. 당신을 생각해서 하는 말이야. 경고를 무시했을 경우에 가장 난처해지는 건 당신 자신이라고. 믿을지 말지는 그쪽 마음이지만."

코사카가 한숨을 쉬었다.

"쓸데없는 걱정입니다. 저는 그 애하고 손도 제대로 맞잡지 못한다구요."

"그래. 앞으로도 계속 그렇게 있어 주기를 바라."

그런 말을 남기고, 이즈미는 차가운 어둠 속으로 사라졌다.

---

* 미야자와 겐지의 동화. 두 대의 철도 신호기를 의인화한 사랑 이야기.

*

    사나기에게 전화로 호출을 받았다. 지난번처럼 절박한 목소리는 아니었고, 그냥 볼일이 있어서 전화를 건 듯한 분위기였다.

    "시험하고 싶은 게 있어. 신속히 도서관까지 데리러 와 줘."

    사나기가 그렇게 말하고 일방적으로 전화를 끊었다. 코사카는 잠시 망설였지만, 포기하고서 옷을 갈아입고 장갑과 마스크를 장착하며 외출할 채비를 했다. 그러나 집을 나서기 직전, 마음을 고쳐먹고 마스크를 벗어 쓰레기통에 버렸다. 스스로도 어째서인지 알 수 없었지만, 그러는 편이 좋을 것 같았기 때문이다.

    사나기가 도서관 현관으로 이어지는 계단에 앉아서 그를 기다리고 있었다. 여전히 다리가 추워 보이는 복장이었고, 실제로도 그녀의 몸은 미약하게 떨렸지만 본인은 그 떨림을 당연한 것으로 받아들이는 듯했다. 사나기가 코사카의 모습을 알아차리더니 헤드폰을 벗고 살짝 손을 들었다.

    "시험해 보고 싶은 거라니?"

코사카가 물었다.

"지금 당장 대답할 수는 없어. 조금 있다가 알려 줄게."

사나기가 일어서고, 두 사람은 나란히 걷기 시작했다.

아파트까지 오는 동안, 코사카는 몇 번인가 사나기의 옆 얼굴을 훔쳐보았다. 이제까지는 아무런 생각도 하지 않았지만, 이즈미에게 괜한 소리를 들은 탓인지 오늘은 사나기가 묘하게 의식되었다.

코사카는 시험 삼아 자문했다. 나는 이 기생충 애호가이자 시선공포증인 소녀를 연애 상대로 보고 있나? 잠시 후에 대답이 돌아왔다. '그건 아니다'. 분명 내가 사나기 히지리에게 특별한 감정을 품고 있는 것은 분명한 사실이다. 그러나 그것은 어디까지나 비슷한 고민을 가진 동료로서의 극히 자연스러운 호의이며, 연애 감정과는 동떨어진 마음이다.

코사카는 어이없는 소리라며 그 불안을 웃어넘겼다. 상대는 아직 10대 어린애가 아닌가. 이즈미도 진심으로 그런 말을 한 것은 아닐 것이다. 돌다리도 두드려 보고 건너는 심정으로 꺼낸 말일 것이다.

문득 정신이 들고 보니 사나기가 빤히 코사카의 얼굴을 들여다보고 있었다. 떳떳치 못한 생각이 얼굴에 드러난 것일까 하고 불안했지만, 아무래도 그렇지는 않은 듯했다.

"저기, 코사카 씨. 예를 들어서 지금, 다시 한번 내 머리를 쓰다듬으라고 부탁하면 어떡할 거야?"

코사카는 예상치 못한 질문에 한순간 반응이 늦었다.

"쓰다듬었으면 좋겠어?"

"그냥 예를 든 거야. 할 수 있어? 못 하겠어?"

코사카가 그 가설을 머릿속으로 검증해 보았다.

"노력하면 못 할 것도 없다고 생각해."

"그렇지?"

"……그래서?"

"나 말이야, 이렇게 코사카 씨와 걷고 있는 동안에는 헤드폰이 없어도 괜찮아."

듣고 보니 어느샌가 헤드폰이 그녀의 가방 속에 있었다.

"아무래도 코사카 씨가 옆에 있으면 조금이지만 시선 공포가 약해지는 것 같아. 내 증상을 정확히 이해해 주는 사람이 옆에 있다는 안심 덕분일지도 모르지. 코사카 씨는 어때?"

코사카가 앗 하고 입가에 손을 댔다. 그리고 이해했다. 외출하기 직전에 별생각 없이 마스크를 벗었던 이유는 그런 점 때문이었나. 이제부터 사나기와 합류한다는 안심이 있었기에 평소보다 마음이 편해졌던 것이다.

"확실히, 나도 너하고 있으면 결벽증이 좀 완화되는 것 같아."

"역시나." 사나기가 의기양양하게 말했다. "이론은 잘 모르겠지만, 이걸 이용해야겠네."

"이용하다니, 뭘?"

"당연한 거 아냐? 바깥세상에 익숙해지는 훈련이지. 헤드폰이나 장갑 없이도 돌아다닐 수 있도록, 이인삼각으로 재활 운동을 하는 거야."

"……그렇구나. 나쁘지 않은 아이디어야."

"그래서 잠깐 생각해 본 건데……."

사나기가 곧바로 그 계획의 개요를 이야기하기 시작했다.

12월 17일, 토요일.

생각해 보면 오전에 사나기가 집에 오는 것은 처음이다.

사나기가 얼굴을 마주하자마자 코사카에게 신칸센 티켓을 내밀었다. 먼 곳으로 외출한다는 얘기는 들었지만, 기껏해야 현 내 정도의 거리일 거라고 생각했던 코사카는 조금 위축되었다.

코사카가 티켓 값을 내려고 하자, 사나기는 그것을 단호히 거부했다.

"이건 내가 주는 선물이니까 돈은 필요 없어. 그 대신, 목적지가 어떤 장소라도 불평하기 없기야."

"알았어." 코사카는 승낙했다. 그리고 "어지간히 지저분한 장소가 아니라면."이라고 작은 목소리로 덧붙였다.

두 사람은 목적지를 향해 출발했다. 여차할 때를 대비해서 헤드폰과 장갑을 가방에 넣어 두었지만, 그것들은 어디까지나 최후의 수단이다. 어지간한 일이 없는 한 꺼낼 생각은 없었다.

이동 중의 기억은 거의 없다. 아무것도 생각하지 않으려고 필사적으로 노력하느라 주위 경치를 감상하거나 대화를 즐길 여유가 없었다. 사나기도 마찬가지인지 신칸센을 타고 가는 동안 줄곧 고개를 숙이고 안절부절못하고 있었다.

강박 증상은 평소에 비해 훨씬 가벼웠다. 하지만 그것은 예를 들면 체온이 40도에서 39도가 된 것과 비슷해서, 다소 좋아진 것은 사실이지만 중증인 것에 변함은 없었다.

종점인 도쿄 역에서 내려 야마노테 선으로 환승했을 때,

코사카의 불안은 피크에 달했다. 열차 안은 아주 혼잡했고, 차량이 흔들릴 때마다 가까이에 있는 승객과 몸이 밀착되면서 온몸에 벌레가 기어 다니는 듯한 소름끼치는 감각이 덮쳐 왔다. 숨 쉬는 것만으로도 타인의 호흡 때문에 몸속부터 오염되어 가는 기분이 들었다.

위장이 뻐근해지며 강한 구역질을 느꼈다. 목구멍 부근에 시큼한 것이 밀려 올라온다. 다리가 휘청거려서 깜빡 정신을 놓았다간 금방이라도 쓰러질 것만 같았다.

그러나 사나기가 옆에 있었다. 그녀가 코사카의 코트 자락을 움켜쥐고 필사적으로 공포에 저항하며 이를 악물고 있었다. 사나기의 존재를 의식하자 위통과 구역질이 조금씩 가라앉았다. 지금 이 순간, 사나기가 의지할 수 있는 사람은 나밖에 없다. 그런 내가 정신을 똑바로 차리지 못하면 어떡하느냐며 코사카는 자신을 고무했다.

"괜찮아? 계속 갈 수 있을 것 같아?"

코사카가 작은 목소리로 물었다.

"응. 괜찮아."

사나기가 마른 목소리로 대답했다.

"견딜 수 없으면 곧바로 말해."

"그쪽이야말로 안색이 말이 아니라구. 못 참겠으면 바로 나한테 말해."

사나기가 강한 체하며 웃었다.

"그렇게 할게."

코사카도 따라 웃었다.

승차 시간은 20분도 되지 않았지만, 아인슈타인의 말을 빌려 설명하면 그것은 뜨거운 스토브 위에 손을 댄 상태의 20분이었다. 열차에서 내릴 때, 코사카는 두세 시간 동안 열차 안에 갇혀 있었던 것 같은 피로감을 느꼈다.

메구로 역에서 내려 15분 정도 서쪽으로 걸었을 무렵, 사나기가 발길을 멈췄다.

"다 왔어."

코사카가 고개를 들었다. 사나기의 시선이 아담한 6층 건물에 닿아 있었다. 건물에 〈재단법인 메구로 기생충관〉이라고 적혀 있었다.

기생충관?

"나에게는 안 맞는 장소 같네."

"어떤 장소라도 불평하지 않겠다고 약속했지?"

사나기가 살짝 고개를 기울이며 미소 지었다.

저항할 만한 기력이 남아 있지 않았다.

코사카는 사나기의 뒤를 따르는 모습으로 관내에 발을

들였다. 작은 역의 로비 정도의 공간에 기생충에 관한 자료와 표본이 전시되어 있었다. 두 사람은 그것들을 처음부터 순서대로 구경하기 시작했다. 유리 케이스 안에 죽 늘어선 표본병에 다양한 종류의 기생충이 들어 있었고, 그중에는 기생충이 체내에 깃든 생물이나 그 내장 같은 것도 있었다.

코사카는 실물을 볼 때까지 기생충 표본 같은 것을 봤다가 속이 안 좋아져서 쓰러지는 건 아닐까 하고 걱정했다. 그렇지만 포르말린에 절여진 표본병 안의 기생충은 벌레라기보다 추상적인 오브제 같아서 의외로 청결한 인상을 주었다.

일부 기생충은 면류나 야채를 연상시키는 외형을 하고 있었다. 유구조충과 무구조충은 구불구불한 면발, 회충은 뒤얽힌 숙주나물, 촌충은 목이버섯 같은 형태였다. 물론 그중에는 에키노코쿠스증에 걸려 복부에 거대한 종양이 생긴 쥐, 깃거머리가 기생한 푸른 바다거북의 머리 등 눈을 돌리고 싶은 그로테스크한 표본도 몇 가지 있었다. 코사카는 그것들을 보고 저도 모르게 얼굴이 굳었지만, 사나기는 태연하게 감상하고 있었다.

코사카 일행 외에도 2인 일행의 내관자가 다섯 조 정도 있었고, 그중 넷은 커플이었다. 코사카는 왜 이런 곳을 데이트 장소로 골랐는지 이해하기 어려웠다. 어떤 커플은 아주 무서운 것을 보고 싶어서 왔다며 재잘거렸고, 어떤 커플은 전문적인 용어를 섞어가며 담담하게 감상을 주고받았다.

"코사카 씨, 봐봐."

그때까지 묵묵히 표본을 바라보던 사나기가 말했다. 그녀의 시선 끝에 '쌍자흡충'이라고 적힌 이름표가 붙은 표본병이 있었다. 설명문에는 '언뜻 보기에는 한 마리의 나비 같지만, 유충 때에 만난 두 마리가 한 몸이 된 형태의 특수한 단생충'이라고, 사나기가 말했던 내용이 그대로 적혀 있었다. 메구로 기생충관의 창설자인 카메가이 사토루가 라이프워크로서 연구한 기생충으로, 기생충관의 로고마크로도 쓰이고 있다고 한다.

코사카가 표본병 앞에 설치된 확대경을 들여다보았다.

"어때?"

옆에서 사나기가 물었다.

"……나비네."

확실히 그것은 나비 같은 모습이었다. 하얀 빛깔의, 뒷날개가 작은 나비다. 사나기가 가지고 있던 키홀더와 거의 같은 형상이었다.

코사카는 유리케이스 앞에 쪼그려 앉아서 잠시 동안 쌍자흡충 표본을 들여다보았다. 어째서인지 코사카는 그 심볼릭한 모습을 한 기생충이 아주 정겹게 느껴졌다.

2층에 전시되어 있던 패널에는 톡소플라즈마나 에키노코쿠스처럼 알고 있는 기생충과 함께, 만손열두조충이라는 기생충의 설명이 있었다. 그 설명에 따르면 사람에게 감염된 만손열두조충은 만손고충증이라는 감염증을 일으킨다고 한다. '고충(孤蟲)'이란 고아(孤兒)에 빗댄 표현으로, 유충은 발견되었지만 성충이 제대로 밝혀지지 않은 벌레를 가리킨다고 한다.

"엄밀히는 만손고충증은 고충증이 아니야." 옆에 있던 사나기가 보충했다. "만손열두조충은 발견 당시에는 성충이 불명이라 30년 넘게 고충 취급을 받고 있었어. 덕분에 완전히 '만손고충증'이라는 병명이 정착되는 바람에 성충이 발견된 지금도 관습적으로 그 이름이 쓰이고 있어."

여전히 기생충에 대한 이야기에는 말이 많아지네, 라고 생각하며 코사카는 미소를 지었다.

사나기가 유리 케이스의 오른쪽 가장자리를 가리켰다.

"한편 이 아식고충은 발견된 지 100년 이상이 지난 지금도 성충이 발견되지 않은, 그야말로 진정한 고충이라 할 수 있지. 사람에게 감염되면 몸속에서 분열을 반복하며 증식하고, 뇌를 포함한 모든 장기에 침입해서 조직을 파괴해. 최종적으로 감염자는 온몸이 아식고충투성이가 되어서 죽지. 현재 치료법이 확립되지 않아서 치사율 100퍼센트야. 약은 효과가 없고, 외과적으로 적출하기에는 숫자가 너무 많아."

코사카가 숨을 삼켰다.

"그런 위험한 기생충이 실존하는 거야?"

"응. 다만 인간에 대한 기생은 아직 전 세계에 십여 사례밖에 보고되지 않았지만."

그 뒤로 두 사람은 한동안 말없이 표본을 바라보았다.

"저기 말이야, 사나기. 한 가지 궁금한 게 있는데." 코사카가 아식고충 표본을 들여다보며 말했다. "어째서 아식고충은 인간을 죽이는 거지? 아까의 이야기를 들으면 이 벌레가 하는 행동은 단순한 동반 자살이야. 숙주인 인간을 죽이면 기생하는 아식고충도 같이 죽잖아. 자신이 사는 섬을 자기 손으로 가라앉히는 짓이나 다를 바 없잖아?"

사나기가 좋은 질문이라고 말하고 싶은 듯이 코사카를

보았다.

"기생충은 언제나 원하는 상대에게 기생할 수 있는 게 아니야. 때로는 길을 잃고 비고유숙주——중간숙주도, 종숙주도 아니며 대기숙주도 될 수 없는 숙주——에게 들어가는 경우도 있어. 기생충의 입장에서 비고유숙주에게 기생한다는 것은 종숙주에게 기생할 기회를 영구히 잃어버렸음을 의미하지. 이렇게 되었을 때 대부분의 기생충은 그대로 사멸하지만, 일부 기생충은 끈질기게 저항하면서 어떻게든 고유숙주 곁으로 가려고 유충인 상태로 장기나 조직 내를 이동해. 경우에 따라서 이것이 심각한 증상을 일으키기도 하지. 유충이행증이라고 불리는 증후군이야. 민물고기에 기생하는 악구충(顎口蟲)이 사람에게 감염되었을 경우, 10년 이상이나 몸속을 이리저리 헤매고 다닌데."

"착각해서 잘못 들어온 숙주의 몸에서 도망치려는 것뿐이란 얘기야?"

"그런 게 아닐까? 그 무시무시한 아식고충도 고유숙주에게 기생할 때는 얌전히 있을 테니. 코사카 씨가 말한 것처럼 종숙주를 죽여 봤자 공멸하게 될 뿐이니까."

코사카가 끄덕였다. 그러고 보니 여우에서 인간으로 전염된다고 들은 에키노코쿠스도 여우에게 감염된 상태에서는 무해하다고 들은 적이 있다.

사나기가 물 흐르듯 말을 이어나갔다.

"그렇다고 해도 기생충이 종숙주에게 절대 해를 끼치지 않는 것도 아니야. 예를 들어 유구조충은 사람을 종숙주로 삼는 기생충인데, 이 유충이 뇌나 척수에 침입했을 때 생겨나는 신경낭충증은 인간에게 상당히 치사율이 높은 감염증이야. 이렇게 말하는 것도……."

거기서 문득, 사나기가 입을 다물었다. 정신이 들고 보니 주위 사람들이 입을 다물고 그녀의 이야기에 귀를 기울이고 있었다. 보기 드문 생물을 보는 듯한 눈을 하고 있는 사람도 있고, 순수하게 감탄하는 사람도 있었다. 사나기는 주위에 시선을 보내고, 자신이 뜻밖에도 주목을 모으고 있었음을 깨닫더니 황급히 코사카의 등 뒤로 숨었다.

"……슬슬 나갈까?"

그렇게 사나기가 꺼져 들어가는 목소리로 말했다.

"그러자."

코사카도 동의했다.

만약 이날, 사나기가 신경낭충증에 대한 설명을 끝까지 계속했더라면 이후에 일어날 사건의 결말은 조금 달라졌을지도 모른다.

사람이 유구조충의 충란을 경구 섭취하면 알이 장관 내에서 부화하고 낭충이라 불리는 유충이 된다. 낭충은 장관을 통해 몸속을 이동하고, 그곳에서 낭포를 형성한다. 이 낭포가 뇌나 척수 같은 중추신경에 생겨나면 신경낭충증을 일으키는데 낭충이 살아 있는 동안 그 증상이 발현하는 일은 실제로 거의 없다.

문제가 생기는 것은 낭충이 죽은 뒤다. 낭충의 죽음은 중추신경 내에 강한 조직 반응을 유발한다. 낭포 주변에서 국소 염증이나 신경교증이 발생하고, 이것에 의해 신경장애나 전간양 경련 등이 발생한다. 이 단계에 이르면 신경낭충증의 사망률은 50퍼센트가 된다.

다른 사람도 아닌 코사카가 이 지식을 가지는 것에 중요한 의미가 있었다. 기생충에 대해 문외한인 코사카라면 선입관에 사로잡히지 않고 소박하게 지식을 조합해서 진실에 도달하는 것도 가능했을지 모른다.

*

가는 길에 비하면 돌아오는 길은 훨씬 편했다. 카페에서 가볍게 식사하고 잠시 휴식을 취한 뒤, 다시 귀갓길을 재촉했다. 신칸센을 타고 달리는 동안, 두 사람은 줄곧 시답잖은 잡담을 나누었다.

"그러고 보니 기생충이 알레르기를 낮게 한다는 이야기를 들은 적이 있어. 진짜야?"

"그런 실험 결과가 있는 건 사실이야. 알레르기는 고사하고 궤양성 대장염이나 크론병 같은 자가 면역 질환에도 효과가 있었다는 모양이야. 다만 안전성이 보장된 방법이 아니라 아마 국내에서 치료에 이용되는 건 훨씬 나중이 되겠지."

코사카가 고개를 갸웃했다.

"그건 어떤 구조야? 단순히 생각하면, 기생충 같은 생물이 몸속에 들어오면 오히려 심각한 알레르기 반응이 나타날 거 같은데."

"물론 그런 일도 없는 건 아니야. 다만……." 사나기가 압축된 기억을 해동하는 것처럼 몇 초간 침묵했다. "애초에 인간의 면역 기구는 기생자의 존재를 전제로 성립되는 부분이 있어. 요즘에는 몸속에서 기생충이 발견되면 야단법석을 떨지만, 십수 년 전까지는 오히려 다양한 기생충에 감염된 것이 보통이었으니까. 그것들을 면역으로 하나하나 공격하다가는 인간의 몸은 늘 전쟁터가 되어 눈 깜짝할 사이에 너덜너덜한 상태가 되겠지. 그래서 우리의 몸에는 그다지 해가 없는 침입자라면 공존의 길을 선택하는 시스템이 있어."

"평화적 공존인가."

"맞아. 그것에는 레귤러토리(regulatory) T세포라는 면역을 제어하는 세포가 관여하는데, 사람에 따라서는 이 세포의 양이 충분하지 않아서 면역관용을 이끌어 내지 못해. 그 결과, 면역이 이물질을 지나치게 공격하거나 자신의 세포, 조직에까지 적의를 보이기도 하지. 대강 말하자면 이것이 알레르기나 자가 면역 질환의 발생 원리야. 따라서 면역 억제 기구를 작동시키는 것이 면역 관련 질환의 개선으로 이어지는데, 이 레귤러토리 T세포는 아무래도 '숙주로부터 용인된 기생자'의 존재에 의해 불려 나오는 모양이야. 바꿔 말해 기생자의 부재, 과도하게 청결한 상태가 현대인의 알레르기나 자가 면역 질환 환자의 증가를 가속시키고 있다는 얘기지."

코사카는 잠시 생각한 뒤에 말했다.

"요컨대 기생충이 알레르기를 낮게 하는 것은 기생충이 면역계의 경계심을 적절히 완화시켜 주기 때문에?"

"쉽게 말하면 그런 거라고 봐."

코사카는 어쩐지 만년의 프로이트가 제창한 '에로스와 타나토스'를 연상시키는 이야기라고 생각했다. 그 이야기도 본래 외부로 향해야 할 에너지가 내부를 향하게 되어 자기파괴적으로 작용한다는 내용이었다.

"그렇다고 해도 인체가 '기생자의 존재를 전제로 하고 있다'라는 얘기는 어쩐지 충격적이네."

"그런가? 장내세균 같은 게 그 전형이잖아?"

코사카는 감탄했다. 듣고 보니 그 말이 맞았다.

환승하기 위해 내린 역의 2층 통로를 걷던 중, 아무 생각 없이 창밖으로 눈길을 주자 역 앞의 큰 길이 보였다. 일루미네이션으로 장식된 가로수 덕분에 길 전체가 환상적인 오렌지색으로 물들어 있었다. 사나기에게 시선을 옮기자, 그녀도 창밖의 일루미네이션을 빤히 바라보는 참이었다. 경멸과 선망이 복잡하게 뒤얽힌 듯한, 그런 눈이었다.

사영철도로 갈아타고 수십 분이 지나자 간신히 낯익은 도시가 보이기 시작했다. 역을 나와서 오랜만에 바깥의 신선한 공기를 맛본다. 밤하늘은 맑게 개었고, 절반이 빠진 달을 또렷하게 올려다볼 수 있었다.

"무사히 돌아왔네."

사나기가 감개 깊다는 듯이 말했다.

"어떻게든. 처음 치고는 조금 힘든 훈련이었어."

코사카가 말했다.

고요한 주택지를 걷고 있는데, 사나기가 갑자기 멈춰 섰다. 사나기의 시선 끝에는 아동공원이 있었다. 캐치볼도, 술래잡기도 못할 정도로 좁은 아동공원이다. 사나기가 망설임 없이 그 안으로 발을 들였다. 코사카도 그 뒤를 따랐다.

오랫동안 이용되지 않았는지 공원 안에 눈이 수북이 쌓여 있었다. 한 걸음 발을 내디딜 때마다 발목까지 눈 속으로 푹푹 빠졌다. 굳기 쉬운 함박눈이라 앞쪽에 쌓인 눈을 밟아 다지면서 나아가면 신발에 눈이 들어가는 것을 막을 수 있었다.

청록색 정글짐 앞까지 오자, 사나기가 망설임 없이 오르기 시작했다. 꼭대기까지 올라가 앉은 그녀가 "아이고, 추워."라면서 두 손에 호호 입김을 불더니, 코사카를 내려다보며 의기양양하게 미소 지었다.

코사카가 조심조심 정글짐에 손을 댔다. 그리고 미끄러지지 않도록 신발의 눈을 털면서 신중하게 기어올라 사나기 옆에 앉았다.

정글짐에는 초등학생 이후로 처음 올랐다. 두 사람은 한동안 말없이, 그립고 신선한 감각을 즐겼다. 겨우 2, 3미터 정도 시선이 올라간 것만으로도 세상이 왠지 모르게 평소와 달라보였다. 공원 내의 눈이 달빛을 빨아들여 푸르스름하게 빛났다.

잠시 후에 사나기가 침묵을 깼다.

"코사카 씨. 전에 이야기했던 쌍자흡충, 기억해?"

"물론 기억하지. 나비 같은 모습, 숙명적으로 첫눈에 반하고, 종생교미, 사랑은 장님, 비익연리의 벌레라고 했지?"

"훌륭해." 사나기가 두 손을 마주 잡고 빙그레 웃었다. 그리고 물었다. "……저기, 코사카 씨는, 이런 생각 한 적 없어?"

──나에게는 평생, 반려라고 부를 수 있는 상대가 생기지 않는 것이 아닐까.

──나는 이대로, 누군가와 사랑도 못 하고 죽어가는 게 아닐까.

──내가 죽었을 때, 눈물을 흘릴 사람이 한 명도 없는 것이 아닐까.

"나는 쌍자흡충이 아니니까, 이따금 잠이 들기 전에 그런 생각을 하곤 해." 사나기가 감정을 담지 않은 담담한 어조로 말했다. "코사카 씨는 이런 마음, 알까?"

코사카가 깊이 끄덕였다. "나도, 비슷한 생각을 자주 해. 밖을 걸어 다니다가 아주 행복해 보이는 부부를 보았을 때 절절히 생각하지. '나는 평생 손에 넣을 수 없는 거구나.' 라고. 그때마다 견딜 수 없이 슬픈 기분이 들어." 그리고 한 호흡 뒤에 이렇게 덧붙였다. "하지만 네가 그런 생각을 할 필요는 없다고 봐. 너는 나보다 훨씬 어리고, 똑똑하고, 외모도 꽤 괜찮아. 결점을 보완하고도 남을 만한 것을 가지고 있어. 지금부터 비관할 필요 있을까?"

사나기가 천천히 고개를 저었다.

"코사카 씨는 나에 대해서 잘 모르니까 그런 소릴 할 수 있는 거야."

"그럴지도 몰라. 하지만 자신이 스스로에 대해 가장 잘 알고 있다고 생각한다면 그것도 착각이야. 본인이기에 못 보고 지나치는 부분도 있어. 가끔은 타인의 눈에 보이는 것이 진실에 가까운 일도 있을지 몰라."

"……그렇구나. 그랬다면 좋겠네."

사나기가 아쉬운 듯이 눈을 게슴츠레하게 뜨더니 뭔가 말하려고 입을 열었다가 생각이 바뀐 듯이 입술을 다물었다. 그러고는 천천히 일어섰다.

"슬슬 돌아가자. 많이 추워졌어."

"그렇게 하자."

코사카도 일어섰다.

공원을 나간 뒤로 두 사람은 줄곧 말이 없었다. 결국 서로에게 한 마디도 하지 않은 채로 헤어지는 곳에 다다르고 말았다. 코사카가 "그럼──."이라고 작별의 말을 하려고 하자, 사나기가 그 말을 막으며 말했다.

"저기 말이야, 무엇을 할 때라도 명확한 목표가 있는 편이 좋다고 생각해."

그것이 강박장애의 극복에 대한 이야기라는 것을 이해할 때까지 5초 정도가 걸렸다.

"그러니까 이런 건 어떨까? 크리스마스이브까지, 나는 시선을 신경 쓰지 않고 거리를 걸을 수 있게 된다. 코사카 씨는 더러운 것을 신경 쓰지 않고 다른 사람과 손을 맞잡을 수 있게 된다. 이 목표를 달성하면 크리스마스이브에 역 앞의 일루미네이션 길을 둘이서 손을 맞잡고 걷고, 그 뒤에 작은 축하 파티를 하는 거야."

"재미있을 것 같네."

"그러면, 약속한 거야?"

사나기가 그렇게 말한 뒤, 코사카에게 등을 돌리고 빠른 걸음으로 떠나갔다.

귀가 후에 코사카는 별생각 없이 메구로 기생충관에 대해서 조사해 보았다. 그랬더니 경악스러운 사실이 판명되었다. 아무래도 메구로 기생충관은 그 지역에서는 유명한 데이트 명소인 듯했다. 그래서 그렇게 커플이 많았던 것이다.

제
5
장

동충하초

두 사람은 매일 정해진 시간에 만나 함께 외출하게 되었다. 평소처럼 사나기가 코사카의 집을 찾아오면, 우선 마음을 가라앉히기 위해서 같이 30분 정도 멍하니 시간을 보내고, 그 뒤에 외출할 준비를 하고 집을 나선다. 한 시간 정도 산책한 뒤에 아파트로 돌아오고, 민감해진 신경을 다양한 방법으로 진정시켰다.

하루의 끝에는 둘이서 훈련의 성과를 시험했다. 사나기는 코사카와 몇 초 정도 눈을 마주칠 수 있는가를 테스트하고, 코사카는 사나기와 몇 초 정도 손을 맞잡을 수 있는지 테스트했다.

코사카는 날이 갈수록 자신의 상태가 호전되고 있음을 실감했다. 여전히 혼자서는 전철을 탈 수 없었지만, 사나기와 함께라면 간단한 외식도 가능해졌다. 조금씩이기는 하지만, 손을 씻는 빈도가 줄어들고, 청소 시간이 짧아지고, 방의 소독약 냄새가 옅어져 갔다.

코사카의 결벽증이 완화되고 있다는 것을 알아차린 사나기가 '야생동물 먹이주기'에 코사카를 데리고 갔다. 연못의 백조, 공원의 길고양이, 역 앞 광장의 비둘기, 해안의 갈매기, 쓰레기장의 까마귀에 이르기까지 사나기는 구별 없이 먹이를 주었다. 코사카는 그것을 조금 떨어진 곳에서 지켜보았다.

코사카가 대체 동물의 어디가 좋은 거냐고 묻자, 사나기는 조금 의외의 대답을 했다.

"옛날에 읽은 책에 적혀 있었어. 동물의 의식에는 과거도, 미래도 없으며 그저 현재만 있다고. 그러니까 괴로운 일을 몇 번 겪더라도 그것은 경험으로서는 축적되지만, 고민 그 자체로는 축적되지 않기 때문에 첫 번째 고뇌도, 천 번째 고뇌도 단순히 '현재의 고뇌'로만 인식된다고. 덕분에 희망을 품는 일도, 절망에 빠지는 일도 없이 저렇게 평온한 상태로 있을 수 있대. 어느 철학자는 그것을 '현재를 향한 전면적 몰입'이라고 불렀는데…… 나는 동물의 그런 모습을 동경해."

"어려운 얘기네. 고양이는 귀여우니까 좋아한다든가 하

는 얘기가 아니었구나?"

"물론 고양이는 귀엽지." 그렇게 사나기가 의외라는 듯 말했다. "될 수 있다면야 나도 고양이가 되고 싶어. 그리고 비둘기 같은 날개도 갖고 싶고."

"날개 달린 고양이가 되고 싶어?"

"그건 고양이가 아니야."

사나기가 강하게 부정했다.

둘이서 거리를 걸으며 여러 가지를 발견했다. 평소에는 그저 지나칠 뿐인 풍경도 사나기가 옆에 있자 '사나기의 눈에는 이 세계가 어떻게 비칠까?' 라는 상상의 근원이 되었다. 마치 한 세트의 새로운 감각 기관을 손에 넣은 것 같았다. 새로운 렌즈를 장착한 카메라처럼, 모든 것이 재인식의 대상이 되었다.

아마 사나기도 같은 것을 느끼고 있을 것이다. 언젠가 그녀가 먼 시선을 하고 가만히 말했다.

"거리를 혼자 걷는 것과 둘이 걷는 것은 전혀 다르구나."

코사카가 칠하지 못했던 색을 사나기가 칠하고, 사나기가 칠하지 못했던 색을 코사카가 칠하는 것으로 두 사람은 서로의 세계를 보완했다. 그러는 것으로 세계가 보다 또렷하게 그곳에 떠올랐다.

혼자서 먹는 것보다 둘이서 먹는 쪽이 맛있다. 혼자서 가는 것보다 둘이서 가는 쪽이 즐겁다. 혼자서 보는 것보다 둘이서 보는 쪽이 아름답다. 대부분의 사람에게는 굳이 입 밖에 낼 필요도 없는 당연한 일. 하지만 코사카와 사나기에게 그것은 인생관을 흔들 정도의 대발견이었다. 행복은, 반향된다.

사람들이 모여서 살아가는 이유를 지금이라면 이해할 수 있을 것 같은 기분이 들었다.

코사카는 이즈미의 경고를 잊지 않았다. "현재 상태를 유지해라."라는 그의 말에 따라, 사나기와의 관계가 너무 은밀해지지 않도록 적절한 거리를 유지하고 있다고 생각했다. 그녀가 한 걸음 밀고 들어오면 한 걸음 물러서고, 그녀가 한 걸음 물러서면 한 걸음 나아갔다. 마치 댄스라도 추는 것처럼.

그러나 본인에게 그럴 생각이 없더라도, 두 사람의 거리는 착실히 좁혀지고 있었다. 당연한 이야기다. 이만한 시간을 공유하고, 고민을 공유하고, 세계를 공유하고 있는 두 사람의 관계가 진전되지 않을 리 없다.

코사카는 자신도 모르는 사이에 돌이킬 수 없는 곳까지

와 버렸다. 지금은 간신히 친구의 영역에 머무르고 있지만, 우연한 계기로 밸런스가 무너진다면 저쪽으로 쓰러지는 것은 시간문제였다.

그리고 그때가 찾아왔다. 12월 20일, 굵은 진눈깨비가 내리는 밤의 일이었다.

코사카가 의자에 앉아 졸고 있었다. 지친 것도 아니었고, 수면 부족도 아니다. 단순히 사나기 곁에서 자는 것이 좋았다.

그것은 그의 일과가 되어 있었다. 책을 읽고 있는 사나기 곁에서 노루잠을 자면 좋은 꿈을 꾸었다. 뚜렷한 스토리 없이 단편적인 이미지가 얼기설기 이어져 있어 눈을 뜬 뒤에는 구체적인 것은 아무것도 기억나지 않지만, 그래도 행복의 여운만은 남는다. 그런 꿈이다.

그날 꿈에서 눈을 떴을 때, 눈앞에 사나기의 얼굴이 있었다.

코사카가 깜짝 놀라 몇 센티 정도 튀어 올랐고, 저쪽은 그 이상의 반응을 보였다. 그가 눈을 뜬 순간, 사나기가 소스라치게 놀라며 뒤로 물러났다. 몰래 나쁜 짓을 하던 어린아이가 등 뒤에서 호통을 들었을 때와 같은 반응이었다.

그리고 눈이 맞았다. 사나기가 깜짝 놀라 있었다. 그러나 그 놀람은 코사카가 갑자기 눈을 떠서가 아니라 다른 뭔가를 향한 듯했다.

"잘 잤어?"

코사카가 사나기에게 미소 지었다. 아무것도 못 본 것으로 할게, 라는 의미의 미소였다.

하지만 사나기는 반응하지 않았다. 침대 가장자리에 앉아서 무릎 위에 단단히 쥔 주먹을 빤히 바라보며 내부의 혼란과 싸우고 있었다. 평소에는 께느른한 듯이 게슴츠레하게 뜨던 눈이 한껏 크게 벌어지고, 항상 굳게 다물어져 있던 입술이 반쯤 열려 있었다.

그러다가 그녀는 문득 정신을 차린 듯이 고개를 들었다. 크게 심호흡하더니 쉰 목소리로 말했다.

"미안해."

코사카는 마치 살인 행각을 들킨 듯한 비통한 얼굴에 조금 당황했다. 직후, 그는 사나기가 무엇을 하려고 했는지 뒤늦게 이해했다. 조금 전에 눈을 떴을 때 눈앞에 있던 그녀의 얼굴과 이전에 마스크 너머로 키스했을 때의 그녀의 얼굴의 각도가 일치한다는 것을 깨달았다.

"그런 말 안 해도 돼. 난 신경 안 써. 이번에는 할퀴지 않앉잖아."

코사카가 그렇게 말했다.

"그런 게 아니야." 사나기가 크게 고개를 저었다. "나,
하마터면 돌이킬 수 없는 짓을 할 뻔했어."

그렇게 말하더니 그녀가 침대 위에서 무릎을 끌어안고
울적한 얼굴을 했다.

돌이킬 수 없는 짓? 코사카가 고개를 갸웃했다. 짚이는
구석은 하나밖에 없다. 아마도 그녀는 이즈미가 부과한 선
을 넘지 말라는 룰을 어기게 만들 뻔한 행동을 사죄하고 있
는 것이리라.

확실히 위험한 상황이었다. 그렇다고 해도 그녀의 반응
이 너무 호들갑스럽지 않은가. 마스크 너머라고는 해도 이
미 한 번 같은 행동을 했다. '뭘 이제 와서?' 라는 기분이 들
기도 했다.

하지만 그 뒤에 사나기가 꺼낸 한 마디가 그에게 충격을
주었다.

"이대로 같이 있다가는, 나는 언젠가 코사카 씨를 죽이
게 될 거야."

사나기가 코사카에게서 눈을 돌린 채 쓸쓸하게 미소 지
었다.

두 눈에 맺힌 눈물을 손등으로 닦으면서, 사나기가 일어섰다.

"그러니까, 이제 여기에는 안 올 거야."

그녀는 그 말을 남기고, 망설임 없는 발걸음으로 방을 나갔다.

혼란에서 회복한 코사카가 뒤를 쫓아 아파트를 나갔을 무렵에는 사나기의 모습은 어디에도 보이지 않았다.

굵은 진눈깨비가 밤거리에 쏟아지고 있었다.

그리하여 코사카는 다시 혼자가 되었다.

*

며칠이 지났다.

코사카는 답이 나오더라도 사나기가 돌아오는 일은 없다는 것을 알면서도 그녀가 모습을 감춘 이유를 생각했다.

커다란 실수를 저질렀다고는 생각하지 않는다. 실제로 최근 열흘간 코사카와 사나기의 관계는 아주 양호했다. 그 점에 관해서는 자신이 있었다. 그녀는 둘이 함께 보내는 시간을 진심으로 즐거워했다. 그것은 분명하다.

사나기가 내 앞에서 사라진 것이 내가 미워졌기 때문일

리 없다고, 코사카는 생각했다. 그러나 사나기가 말한 것처럼, 나는 그녀에 대해서 아무것도 몰랐다. 알고 있다고 생각하고 있었을 뿐이다.

하지만 지금이라면 조금이나마 이해할 수 있었다. 아마도 시선공포증 이상으로 치명적인 '뭔가'가 그 소녀를 좀먹고 있고, 그것이 타인과의 교류를 방해하는 것이다. 근거는 없지만 직감적으로 그렇게 확신했다. 시선공포증은 그 '뭔가'에서 시작한 증상 중 하나에 지나지 않을 것이다.

아주 유감스럽기는 했지만, 이제까지 여섯 명의 인간이 같은 일을 의뢰받고 실패한 것을 보면 사나기가 자신에게서 도망친 것도 당연하다는 생각이 들었다. 아마도 이것은 처음부터 외통수에 몰려 있는 게임이었다.

다만 한 가지, 도저히 이해할 수 없는 것이 있다. "언젠가 코사카 씨를 죽이게 될 거야."라는 말은 무슨 의미였을까? 민폐를 끼칠지도 모른다는 것을 과장스럽게 표현한 말이라고 해석해야 할까, 아니면 문자 그대로 해석해야 할까. ……아니, 그만두자. 지나간 일로 고민해 봤자 소용없다.

코사카의 생활은 사나기와 만나기 이전으로 돌아갔다. 처음에는 외톨이로 지내는 오후가 허전해서 견딜 수 없었지만, 금세 익숙해졌다. 5년 이상 계속해 온 생활을 그리 간단히 잊을 수 있을 리 없다. 그는 철저하게 방을 청소하며 사나기의 흔적을 정성들여 지웠고, 몇 번이나 샤워를 반복하며 사나기의 감촉을 떨쳐냈다.

＊

12월 24일, 16시. 코사카가 만든 SilentNight의 기동까지 앞으로 한 시간도 남지 않았다. 감염단말기의 숫자가 얼마나 많을지는 예측할 수 없지만, 적어도 수천 대 이상은 될 것이다. 그가 만든 웜의 감염력은 지금까지 만들어진 모바일 멀웨어와는 선을 달리 하고 있었다.

제작자인 코사카 본인은 자각하지 못했지만, SilentNight는 아주 혁신적인 모바일 멀웨어였다. 그 이전에도 단말기의 통신 기능을 탈취하는 멀웨어가 존재하기는 했다. 2009년에 발견된 'SilentMutter', 'Radiocutter' 등이 그것이다. 하지만 어쨌든 2011년까지 확인된 멀웨어군은 기술적인 문제에서 트로이 목마 타입이 과반수를 점하고 있었다. 일단 SilentNight는 모바일 네트워크를 통해 자가 복제 기능을 지닌 '모바일 웜'이며, 그 전염력은 종래의 모바일 멀웨어와는 비교도 되지 않았다. 그리고 적어도 현시점에서 이 멀웨어에 경종을 울리는 시큐리티 소프트웨어 회사는 없었다.

1999년에 맹위를 떨쳤던 바이러스 'Melissa'는, 일설에 의하면 피해액이 8000만 달러를 넘었다고 한다. 그리고 그다음 해에 발견된 웜 'Loveletter'의 피해액은 수십억 달러를 넘는다고 한다. 개인이 만든 멀웨어라도 톱니바퀴가 잘 맞아 들어가면 전 세계에 그 정도의 타격을 줄 수 있다. 잘만 하면 SilentNight도, 세계를 뒤흔들 정도까지는 아니더라도 2, 3일에 걸쳐 사람들의 관심을 한 몸에 모으는 정도는 가능할지도 모른다.

그러나 그것을 지켜볼 생각이 들지 않았다. 사는 보람이 있을 멀웨어 제작이 지금 와서는 그저 공허하게만 느껴졌다. 그것이 사나기 때문인지 어떤지는 코사카 스스로도 알수 없었다.

코사카는 날짜가 바뀌기 전에 자수하자고 조용히 결심했다. 이즈미에게 고발당하기 전에 자백하면 형량이 가벼워질 거라고 계산했기 때문은 아니다. 왠지 모르게 마침 잘됐다고 생각했던 것뿐이다.

나갈 채비를 마치고 현관에 섰을 때, 인터폰이 울렸다. 그것이 사나기가 아니라는 것은 알고 있었다. 이즈미일까 하고 생각했지만, 코사카의 감이 그것도 아니라고 말하고 있었다.

문 너머에 우편배달업자가 있었다. 그 남자가 무뚝뚝하게 펜과 전표를 내밀었다. 코사카가 사인하자, 남자는 종이봉투를 건네고 총총히 떠나갔다.

방으로 돌아와서 종이봉투를 열어보니 와인레드의 머플러가 들어 있었다. 접혀 있던 머플러를 펼치자 뭔가가 툭 떨어졌다. 그것은 심플한 디자인의 편지와 봉투였다. 떨어질 때의 충격으로 봉투 안에 들어 있던 것이 밀려나왔다. 지폐였다.

코사카는 편지를 주워 들어 코트 주머니에 쑤셔 넣었다. 떨어진 지폐를 셀 생각은 없었다. 그는 그 지폐의 총액도, 그것을 보내온 이유도 알고 있었다.

사나기가 친구가 되는 조건으로 코사카에게서 보수의 절반을 빼앗은 것은 아마도 그와 대등한 관계를 맺고 싶었기 때문이다. 돈을 위해서 일하고 있다는 의식을 최대한 가지지 않기를 바랐던 것이리라. 두 사람의 관계가 깨져 버린 지금, 그런 대등함을 유지할 필요가 없어졌다는 뜻이다.

코사카는 충전기에 연결해 둔 스마트 폰을 빼내 들고, 머플러를 아무렇게나 가방에 밀어 넣고서 집을 나왔다. 목적지는 파출소였다. 스스로도 잘 알 수 없었지만, 자수는 전화가 아니라 직접 파출소에 가서 해야 한다는 기분이 들었다.

장갑과 마스크는 하지 않았다. 그것은 자신에 대한 작은 벌 같은 것이었다.

가는 동안 코사카는 주머니의 편지를 꺼내서 읽었다.

"갑자기 제가 그렇게 떠나서 분명 깜짝 놀라셨겠지요. 정말로 죄송합니다. 사정을 설명하고 싶은 마음이 간절합니다만, 저는 아무 말도 할 수 없습니다. 이야기해 봤자, 분명 코사카 씨의 혼란만 깊게 만들 뿐일 테니까요. 다만 한 가지 확실히 말할 수 있는 것은 코사카 씨에게는 아무런 책임도 없으며 문제는 전부 저에게 있었다는 점입니다. 제가 분수에 맞지 않는 소망을 품었던 것이 잘못이었습니다."

그 나이치고는 아주 단정한 글씨체였다. 문체도 평소의 털털한 말투와는 딴판이었다. 그러나 이상하게도 위화감이 없었다. 평소에 쓰던 말투보다 편지에 적힌 문장 쪽이 사나기의 내면을 보다 잘 표현하고 있다는 기분까지 들었다.

코사카는 두 장째의 편지지로 눈길을 옮겼다.

"코사카 씨의 방에서 특별히 뭔가를 하지도 않고 둘이 멍하니 있는 시간이 좋았습니다. 그렇게 평온한 마음으로 있을 수 있었던 것은 태어나서 처음 맛보는 경험이었습니다.

아마도 좋아하는 사람 곁에 있었던 덕분이라고 생각합니다. 멋진 시간을 보내게 해 주셔서 감사합니다."

침묵하는 듯한 여백이 이어지고, 편지지는 세 장째로 옮겨갔다.

"답례는 아닙니다만, 제가 뜬 머플러를 보냅니다. 그렇습니다. 이것이 제가 감추고 있던 '여자다운 취미'입니다. 마음에 들지 않는다면 버리셔도 상관없습니다. 솔직히 말하면, 한 번이라도 좋으니 누군가에게 선물이란 것을 해 보고 싶었던 것뿐입니다."

네 장째.

"이즈미 씨에게 코사카 씨를 못 본체 넘어가 달라고 부탁해 두었습니다. 그 사람은 저에게 아주 물러서 분명히 부탁을 들어줄 거라고 생각합니다. ……사실은 이 말만 써서 보낼 예정이었습니다만, 쓸데없는 이야기를 덧붙이는 동안에 주절주절 길게 쓰고 말았습니다. 죄송합니다."

그리고 그녀는 편지를 이렇게 마무리했다.

"코사카 씨에게 연락하는 것은 이것이 마지막입니다. 저를 깨끗이 잊어 주시면 됩니다. 안녕히 계세요."

편지를 다 읽은 것과 동시에 파출소 앞에 도착했다. 코사카는 그곳에서 멈춰 섰다. 파출소의 시계가 정확히 17시를 가리키고 있었다.

편지지를 주머니에 넣고, 가방에서 머플러를 꺼내 눈앞에 들어 올렸다. 정성스럽게 짠 아란 무늬의 머플러로, 기성품으로 착각할 정도로 잘 만들었다.

코사카가 머플러를 목에 감았다. 손수 뜬 머플러임을 알면서도, 그렇게 했다. 스스로도 신기해서 견딜 수 없었다. 이제까지 '손수 만든 요리', '손으로 쓴 글씨', '손으로 뜬 것'이라는 '손이 닿은 것' 전부를 싫어했던 코사카에게, 본래 그 선물은——아무리 사나기가 만든 물건이라 해도——혐오의 대상이다. 방한구 없이는 견디기 힘들 정도로 추웠기 때문에, 라는 이유만으로는 설명할 수 없는 모순이 그곳에 있었다.

코사카는 파출소 앞에 서서 머플러에 얼굴을 묻고, 눈부시게 빛나는 붉은 램프를 멍하니 바라보았다.

얼마나 오랫동안, 그렇게 있었을까.

그는 문득 자신이 사나기 히지리를 사랑하고 있음을 깨달았다.

스물일곱 살의 첫사랑이었다.

상대는 열일곱 살의 소녀다.

그러나 부끄러운 일로 생각되지 않았다. 원래부터 비정

상적인 인간이, 비정상적인 상황에서, 비정상적인 사랑을 했다는 이야기일 뿐이다. 아무것도 이상하지 않다.

그는 파출소에 등을 돌렸다. 이미 자수할 마음은 사라지고 없었다.

그 뒤의 행동은 신속했다. 코사카는 며칠 만에 스마트폰의 전원을 켰다. 사나기의 번호로 걸어 보았지만, 한 번 울리자마자 신호가 끊어졌다. 기묘한 느낌이었다. 몇 번이나 다시 걸었지만, 결과는 마찬가지였다. 전원이 꺼져 있다든가 전파가 닿지 않는 장소에 있다는 느낌이 아니다. 코사카의 번호를 착신거부한 것일까?

거기서, 코사카는 어떤 가능성에 이르렀다. 어쩌면 이건 SilentNight 때문인지도 모른다. SilentNight는 내 상상을 아득히 넘어설 정도로 광대하게 감염되어 끝내 사나기의 스마트폰까지 감염된 것인지도 모른다. 생각해 보면 결코 있을 수 없는 이야기는 아니다.

코사카는 망연자실했다. 가령 이 예상이 맞는다면 그녀는 겨우 몇 분 전에 연락 수단을 잃어버렸다는 이야기다. 직접 만나러 가려 해도, 코사카는 사나기의 주소를 몰랐다. 이대로 웜의 영향이 수그러드는 이틀 동안 가만히 기다려야만 할까? 아니, 그건 안 된다, 라며 코사카는 고개를 저었다. 어째서인지는 알 수 없지만, 오늘 중에 사나기에게 이 마음을 전하지 못하면 두 번 다시 기회가 없으리란 기분이 들었다. 느긋하게 있을 시간이 없었다. 그렇지만 어디로 가야 사나기와 만날 수 있을까? 코사카는 필사적으로 생각했지만, 짚이는 곳이 한 군데도 없었다.

코사카는 정말 얄궂은 일이네, 라고 생각하며 웃었다. 세상의 커플들을 난처하게 만들기 위해 만든 웜이 돌고 돌아 자신의 목을 조르고 있다. 남을 물에 넣으려면 제가 먼저 물에 들어간다는 속담은 이런 걸 말하는 걸까.

코사카는 뺨에 차가운 감촉이 느껴져서 하늘을 올려다보았다. 눈이 내리기 시작한 걸까. 그는 손바닥을 위로 향하고 눈이 떨어지기를 기다렸다. 그때 문득, 왜 지금 내가 장갑을 끼고 있지 않을까 하는 의문이 들었다. 그리고 연상이 이어졌다. 장갑, 훈련, 손을 맞잡는다, 사나기의 손, 역 앞, 일루미네이션, 크리스마스이브.

"그러니까 이런 건 어떨까? 크리스마스이브까지, 나는 시선을 신경 쓰지 않고 거리를 걸을 수 있게 된다. 코사카 씨는 더러운 것을 신경 쓰지 않고 다른 사람과 손을 맞잡을 수 있게 된다. 이 목표를 달성하면 크리스마스이브에 역 앞의 일루미네이션 길을 둘이서 손을 맞잡고 걷고, 그 뒤에 작은 축하 파티를 하는 거야."

　만일 그녀가 있을 곳이 있다면 그곳밖에 없다고, 코사카는 확신했다.

　종종걸음으로 역에 도착해서 출발하기 직전의 전철에 올라탔다. 차 안에는 몇 군데인가 빈자리가 있었지만, 그곳에 앉지 않고 벽 쪽에 서서 호흡을 정돈했다. 스마트폰을 꺼내 웜의 감염 상황을 파악하기 위해 최근 한 시간 이내에 인터넷상에서 신종 모바일 웜을 언급하는 사람이 있는지 조사했다. 찾아보기로는 스마트폰이 갑자기 통신 불능 상태가 되었다는 발언을 한 사람은 대여섯 명뿐이었다. 그것을 보고 코사카는 안도했지만, 곧 자신의 어리석음을 깨달았다. 애초에 웜의 피해자는 또 다른 단말기가 없는 한 인터넷상에 발언할 수 없다. 인터넷을 사용해서 인터넷과 단절된 사람을 파악하려는 것은 점호로 사망자 수를 파악하려는 행위와 다를 바 없다.

　코사카는 감염 상황 파악을 포기하고 스마트폰을 주머니에 도로 넣었다. 피해가 명확해질 때까지는 아직 시간이 좀 더 걸릴 것이다.

전철을 내려 개찰구를 지나자 중년 남자가 말을 걸어왔다. 그 남자는 무례한 부탁이라 미안하지만 휴대전화를 빌려줄 수 없겠느냐고 말했다. 아주 급히 연락을 취하고 싶은데 조금 전에 갑자기 스마트폰이 고장 났다고 했다.

"전화나 문자는 안 되지만 주소록에서 연락처를 확인할 수는 있어요. 그러니까 공중전화로 전화하면 되겠거니 했는데 지금 상황이 저래서 말이죠……."

그 중년 남자가 가리킨 곳에 기묘한 광경이 펼쳐져 있었다.

개찰구에서 조금 떨어진 곳에 있는 세 대의 공중전화기 앞에 장사진이 생겨나 있었다. 선두에는 스마트폰 화면을 바라보면서 공중전화 버튼을 누르는 사람들의 모습이 있었다. 아마도 모두가 웜의 피해자인 듯했다.

코사카가 꿀꺽 침을 삼켰다. 이건 어쩌면 내 상상 이상으로 심각한 사태가 벌어졌는지도 모른다.

코사카도 촌각을 다투는 상황이지만, 그 남자에게 스마트폰을 빌려주었다. 눈앞의 남자가 이 소동의 원흉이라는 것을 모르는 중년 남자가 고개를 꾸벅 숙이며 감사의 인사를 했다.

그가 전화하는 동안 코사카는 사나기와 연락을 취할 수

단에 대해 생각해 보았다. 그리고 문득 깨달았다. 연락을 취할 필요가 없다. 사나기가 아직 나와 만날 마음이 있다면 그녀는 오늘 저녁 분명히 역 앞의 길에 나타날 것이다. 그런 약속을 했었다. 반대로 그녀에게 그럴 마음이 없다면 전화가 연결된다고 해도 의미가 없다. 지금의 내가 걱정해야 할 것은 사나기가 약속 장소에 나타났음에도 불구하고 내가 그녀를 발견하지 못한다는 전개다.

역무원이 개찰구 앞에 게시판을 설치하자 그곳에 곧바로 사람들이 몰려드는 모습이 보였다. 이윽고 통화를 마친 중년 남자가 스마트폰을 돌려주면서 감사의 인사를 하고 떠나갔다. 코사카는 제균용품으로 소독하고 싶은 충동을 참고 스마트폰을 주머니 속에 넣었다. 그리고 역을 나와 역 앞 광장으로 향했다. 만약 사나기가 나타난다면 그곳을 고를 것이다.

광장에는 혼자 있는 젊은이가 많이 보였다. 모두가 그런 것은 아니겠지만, 적어도 그들 중에 몇 할 정도는 웜에 의해 연락 수단을 빼앗겨 만나기로 한 상대와 만나지 못하고 있는 사람들이 틀림없다. 언짢은 듯 담배를 피우면서 먼 곳을 바라보는 사람, 벤치에 앉아서 계속 두리번거리는 사람, 안절부절못하며 광장을 걸어 다니는 사람. 그런 광경이 코사카에게 휴대전화가 보급되지 않았던 시대를 떠올리게 했다.

코사카는 시계탑 옆에 있는 벤치에 앉아 역을 나와 큰길로 향하는 사람들을 바라보았다. 지금부터 역에 드나드는 사람은 한 사람도 놓치지 않겠다는 각오로 신경을 곤두세웠다.

그러나 한 시간을 기다리고, 두 시간을 기다려도 사나기가 나타날 기미는 없었다. 금발에 쇼트커트의 여성이 시야에 들어올 때마다 혹시나 하는 기대와 함께 몸을 앞으로 내밀었지만, 전부 다른 사람이었다.

눈은 점점 기세를 더해 갔고, 광장에 넘쳐나던 사람들은 서서히 줄어갔다. 정신을 차리고 보니 이제는 한 손으로 꼽을 수 있을 정도밖에 남지 않았다. 역에 드나드는 사람들도 드문드문한 정도로 줄어서 이제는 집중할 필요도 없어졌다.

그렇게 세 시간이 지났다.

그는 이 이상 기다리는 것은 무의미할지도 모르겠다고 생각했다.

약속은 이미 효력을 상실한 모양이다.

한숨을 내쉬고 밤하늘을 올려다보았다. 온몸이 싸늘히 식어 있었고, 특히 무릎 아래로는 자기 몸으로 생각되지 않을 정도로 차가웠다. 그러나 물리적인 추위는 큰 문제가 아니었다. 그때까지 자신의 일부처럼 느끼던 가슴속의 따뜻한 뭔가가 사라지고, 그곳에 생겨난 공백에 묵직한 냉기가 흘러들었다. 아직 흐릿하게 남아 있는 여열이 오히려 그 차가움을 강조하는 듯했다.

그렇구나, 이게 외로움이란 감정이구나, 하고 코사카는 스물일곱 살이 되어서야 깨달았다. 눈에서 비늘이 떨어져 나간 것 같다. 이때까지는 사랑도, 외로움도 그 형태를 막연히 알고 있기는 했지만, 본질적으로는 자신과 인연이 없는 감정이라 단정 짓고 있었다. 설마 이런 식으로 실감하게 될 날이 올 줄이야. 그는 그날 사나기가 해 준 키스에 의해, 코사카 켄고라는 정보의 일부가 다시 쓰여졌는지도 모른다고 생각했다.

시계탑이 벨을 울리며 21시가 지났음을 알렸다. 일루미네이션의 소등까지 이제 한 시간도 채 남지 않았다.

코사카가 이곳에 계속 머물러 있는 것은 오기 이외의 아무것도 아니었다. 역시 사나기가 나타나는 일은 없을 것이다, 라고 그는 희망을 버렸다. 그리고 그 예감은 어떤 의미에서는 옳았다.

벨이 울리고 난 뒤, 코사카는 주위를 둘러보았다. 광장에 사람이 더욱 줄어들어 그를 제외하고 남아 있는 사람은 여자애 한 명뿐이었다. 차분한 옷차림의 얌전해 보이는 여자애였다. 추위에 떠는 것처럼 머플러에 얼굴을 묻고서 가만히 고개를 숙이고 있었다. 오랫동안 그러고 있었는지 머리와 어깨 위가 눈으로 새하얗게 덮여 있었다.

그녀 역시 사랑하는 이와 만나지 못하게 된 사람 중 한 명인지도 모른다. 그렇게 생각하니 코사카는 미안한 마음으로 가득 찼다. 지금의 그에게는 그 여자애의 기분을 절절히 알 수 있었다.

코사카는 그녀에게 사과하고 싶었다. 이 소동을 일으킨 사람은 접니다, 제가 세상의 커플을 질투해서 만든 웜 탓에 이런 일이 벌어졌습니다. 물론 그렇게 말해 봤자 믿지 않을 것이다. 머리가 이상한 사람이라고 생각할 것이다. 하지만 그의 판단력은 추위와 실망으로 이미 마비되었다.

코사카는 벤치에서 일어나 여자아이에게 다가갔다. 온몸의 근육이 빽뻑하게 굳어서 꼭두각시 인형처럼 어색한 걸음걸이였다.

"저기, 죄송합니다."

말을 걸자, 여자애가 고개를 들었다.

그리고 미소를 지었다.

그것을 보고 코사카는 더는 목소리를 낼 수 없었다.

너무 놀란 나머지 잠시 동안 숨 쉬는 것도 잊었다.

온몸의 힘이 빠져나가는 것 같았다.

"언제쯤 알아차릴까 하고 기다리고 있었어."라며 여자애가 웃었다.

"……그거, 정말 너무했네." 코사카가 간신히 입을 열었다. "아무리 그래도 너무 변했어. 어떻게 알아차리라는 거야."

"하지만 이 정도는 하지 않으면 변하는 의미가 없잖아?"

사나기가 천천히 일어나서 머리와 코트에 묻은 눈을 털었다.

아마도 사나기는 아주 오래전부터 그곳에 있었을 것이다. 코사카가 알아차리지 못했을 뿐 처음부터 그녀는 시야에 들어 있었다. 다만 코사카가 눈뜬장님이었던 것은 아니다. 같은 상황에 놓인다면 열 사람 중 아홉 사람은 코사카와 같은 실수를 범할 것이다.

코사카가 머릿속에 사나기 히지리라는 소녀를 그릴 때 가장 먼저 떠올리는 것은 금빛으로 물들인 머리카락이다. 이어서 투박한 헤드폰, 너무 짧다 싶은 스커트, 파란색 피어스. 눈앞에 있는 소녀는 그 어느 조건에도 해당되지 않았다. 머리카락은 새까맸고, 헤드폰을 쓰지 않았으며, 스커트는 상식적인 길이였다. 피어스만은 그대로였지만, 가까이 다가가지 않으면 알아차릴 수 없다.

코사카가 어이없다는 투로 "안 오겠구나 하고 포기하려던 참이었어. 너도 정말 성격이 고약하구나." 라고 말했다.

"나는 계속 곁에 있었는걸. 알아차리지 못한 코사카 씨의 잘못이야."

코사카가 어깨를 축 늘어뜨렸다.

"용케 그런 소릴 하는구나. 너는 처음부터 내가 온 걸 알고 있었어?"

사나기가 코사카의 목으로 시선을 옮겼다.

"응. 왜냐하면 그 머플러……. 한눈에 알아봤어. 부탁대로 목에 두르고 왔네."

코사카가 부끄러운 듯 말했다.

"응, 오늘은 아주 추워서 말이야……. 그건 그렇고 머리카락을 도로 검은색으로 물들인 건 다시 학교에 다닐 생각이 들어서야?"

"뭐, 그것도 있긴 한데."

"그밖에도 이유가 있어?"

사나기가 시선을 비스듬히 아래로 떨어뜨리고, 눈에 젖

은 검은 머리카락을 만지작거리며 말했다.

"뭐라고 해야 할까. 코사카 씨는 이런 성실해 보이는 걸 좋아하겠구나 싶어서……."

사나기가 농담하듯이 웃었지만, 코사카는 웃지 않았다.

싸늘히 식은 몸속이 갑자기 불이 붙은 듯이 뜨거워졌다.

다음 순간, 코사카는 사나기를 끌어안고 있었다.

어? 하고 사나기가 깜짝 놀라는 목소리를 냈다.

"……괜찮은 거야?"

코사카의 팔 안에서 사나기가 걱정하듯이 물었다.

"솔직히 말하면 괜찮지 않아. 하지만 사나기가 더럽히는 건 어째서인지 허락할 수 있어."

코사카가 사나기의 머리를 사랑스러운 듯이 쓰다듬으며 말했다.

"……그런 말은 실례 아냐?"

사나기가 우습다는 듯이 말하고서 사양하지 않고 두 팔을 코사카의 등 뒤에 둘렀다.

*

해가 바뀔 때까지의 7일간, 코사카와 사나기는 인생에서 가장 평온하고 만족스러운 시간을 보냈다. 두 사람은 그때까지의 인생에서 잃었던 것, 얻을 수 없었던 것, 포기했던 것을 하나씩 되찾아 갔다. 그것은 많은 사람에게는 특별할 것도 없는 조촐한, 아주 사소한 행복이었다. 하지만 두 사람에게는 꿈같은 이야기나 마찬가지였다. 그저 손을 맞잡는 것뿐이었지만, 그저 어깨를 붙이는 것뿐이었지만, 그저 서로 마주 보는 것뿐이었지만, 두 사람에게는 그 하나하나가 인생의 큰 사건이었다.

그 7일간, 결국 코사카는 한 번도 사나기에게 손대지 않았다. 이즈미에 대한 의리를 지킨 것이라든가 그녀의 몸이 불결하게 느껴졌다든가 선을 넘을 용기가 없었던 것이 아니다. 그저 사나기를 소중히 하고 싶었던 것뿐이다. 그런 일은 그녀가 조금 더 나이를 먹은 뒤라도 늦지 않다고 생각했다.

코사카의 배려를 알았는지 사나기도 과도한 접촉이나 노출이 과한 옷차림은 피하며 필요 이상으로 그를 자극하지 않도록 배려하는 듯 보였다. 코사카로서는 그녀의 협력적인 자세가 아주 고마웠다. 개인차는 있다고 해도 자제심이란 약간의 자극으로도 쉽게 산산조각 나는 법이니까.

사실을 말하면 연말의 며칠간, 세상은 크리스마스이브부터 크리스마스에 걸쳐 맹위를 떨친 모바일 웜 때문에 대소동이 벌어졌었다. 모바일 웜으로서 처음으로 대규모 감염을 일으킨 SilentNight는 멀웨어 역사에 작게 이름을 남기게 되었다. 그러나 크리스마스 이후의 7일 동안 한 번도 뉴스를 보지 않은 코사카가 그런 사실을 알 방법이 없었다.

지금은 전부 어떻게 되든 상관없는 일이었다. 눈앞에 있는 사나기 외에 관심을 줄 만한 것은 없는 것처럼 느껴졌다.

훗날 그는 당시를 돌아보며 이렇게 술회했다. 그때의 나는 마음속 어딘가에서 그것이 아마도 처음이자 마지막 기회라는 것을 깨닫고 있었기에 1분 1초를 소중하게 후회 없이 보냈던 것이라고.

코사카는 두 사람의 행복한 시간이 그리 오래 이어지지 않을 것을, 마치 미래를 보고 온 것처럼 확신하고 있었다.

어쩌면 그것은 왠지 모를 예감 같은 것이었는지도 모른다.

사나기가 말했던 "언젠가 코사카 씨를 죽이게 될 거야."란 말의 의미는 묻지 않기로 했다. 그녀의 비밀을 쓸데없이 파헤치면 안 그래도 적은 유예 기간이 더 줄어들 것이라는 예감이 있었다.

결론을 나중으로 미룬 탓에 정말로 사나기가 자신을 죽인다고 해도, 그것은 그것대로 상관없었다. 코사카는 마음속으로 사나기가 나를 죽이고 싶다면 그렇게 하면 된다고 생각했다. 어찌 되었든 사나기가 없어지면 내 인생도 의미가 없어지니까.

이즈미가 모습을 드러낸 것은 1월 1일 오후였다. 신사에 찾아가 새해 첫 참배를 마치고 돌아온 두 사람은 딱히 무엇을 하지도 않고 커튼을 친 집 안에서 꾸벅꾸벅 졸고 있었다. 금방 잠에 빠질 참에 인터폰 소리가 그를 현실로 돌려놓았다.

코사카는 무릎 위에서 곤히 자고 있는 사나기가 깨지 않도록 조심스럽게 침대에 눕혀 놓고, 손님을 맞이했다. 그는 열린 문 너머에 이즈미가 서 있는 것을 보고도 동요하지 않았다.

"슬슬 올 때가 됐다고 생각하고 있었습니다."

코사카가 실외에서 비쳐드는 빛에 눈을 게슴츠레 뜨며 말했다.

"사나기 히지리가 이 집에 있지?"

이즈미가 물었다. 역광 때문에 그의 표정을 알아볼 수 없었다.

"있습니다. 자고 있는데 깨울까요?"

"그래, 미안하지만 그렇게 해 줘."

코사카가 방으로 돌아가 사나기의 어깨를 살며시 흔들었다. "이즈미 씨가 불러."라고 말하자 사나기가 천천히 눈을 뜨고서 일어났다.

두 사람은 이즈미가 시키는 대로 맨션 정면에 주차된 승용차의 뒷좌석에 탔다. 넓은 주차장에 세워 놓으면 금세 잃어버릴 듯한 평범한 회색 차였다. 차 안은 난방이 작동되고 있고, 시트에서는 흐릿한 방향제 냄새가 났다.

차가 움직이기 시작하고 한동안은 세 사람 모두 한 마디도 하지 않았다. 국도에 들어서고 신호에 걸려 멈춰 섰을 즈음, 이즈미가 간신히 입을 열었다.

"코사카 켄고, 지금부터 나는 당신에게 충격적인 사실을 고하려고 해."

사나기가 끼어들었다.

"이즈미 씨…… 그러지 마세요."

하지만 이즈미는 그 말을 무시하고 말을 이었다.

"당신의 머리 속에는 신종 기생충이 살고 있어. 아직 정식 학명이 없어서 우리는 그냥 '벌레'라고 부르고 있어. 성가신 설명을 생략하고 대충 말하자면 당신이 사회에 적응하지 못하는 건 그 '벌레' 때문이야."

무슨 농담을 하는 건가, 하고 생각했다.

분명 이즈미와 사나기 사이에서만 통하는 농담이겠거니 하고.

그렇지만 사나기의 표정으로 보면 그것이 농담이 아님을 한눈에 알 수 있었다.

그녀가 입술을 떨면서 핏기가 가신 얼굴을 하고 가만히 고개를 숙였다.

마치 그 이야기를 코사카가 알게 되어 진심으로 부끄럽다는 듯이.

"그리고 그 '벌레'는 사나기 히지리의 머리 속에도 있어." 이즈미가 말을 이었다. "당신 머리 속에 있는 '벌레'와 사나기 히지리의 머리 속에 있는 '벌레'가 서로를 부르고 있어. 당신은 사나기 히지리를 운명의 상대라고 생각하는지도 모르겠지만, 그 감정은 '벌레'가 만든 거야. 너희의 사랑은 꼭두각시 인형의 사랑에 지나지 않아."

룸 미러 너머로 보이는 이즈미의 표정이 한없이 진지했
다.

코사카는 부정하는 말을 바라며 사나기에게 시선을 돌렸
다.

그러나 그녀의 입에서 흘러나온 말은,

"……속여서, 미안해."

라는 한 마디였다.

제6장

벌레 덕을 본 이야기

차는 마을 외곽의 진료소 앞에서 멈췄다. 이동 시간은 체감으로는 15분 정도였지만, 생각할 것이 너무 많아서 시간 감각이 마비된 탓에 실제로는 그것의 배 이상 걸렸을지도 모른다. 어쩌면 반대로 절반 이하일지도 모른다.

어쨌든 아주 긴 거리를 이동하지는 않았을 텐데 그 몇 분에서 몇십 분 사이에 경치가 완전히 변했다. 눈앞이 온통 하얀색으로 물들어 있었다.

산에 둘러싸여 있고, 눈으로 보이는 거리 내에 진료소 외의 건물은 보이지 않았다. 도로 옆에 버스 정류장을 나타내는 표지판이 우두커니 서 있고, 그 옆에 구색 맞추기 수준의 낡은 나무 의자 두 개가 설치되어 있었다. 표지판도 의자도 눈에 뒤덮여 자칫하다간 버스 운전사가 못 보고 지나칠 것 같았다. 참으로 추워 보이는 장소였다.

엔진이 정지하자 차 안은 정적에 감싸였다. 짐깐의 공백 뒤, 이즈미가 문을 열고 차에서 내렸다. 코사카와 사나기도 그 뒤를 따랐다. 발이 지면에 닿을 때, 버석하고 눈 밟는 감촉이 났다. 제설된 곳은 진료소의 정면 현관뿐이고, 넓은 주차장 대부분에 발목까지 빠질 정도로 눈이 쌓여 있었다.

진료소는 깔끔하지만, 어딘지 모르게 음울한 느낌이 드는 건물이었다. 외벽은 설경의 색에 녹아들 듯한 유백색으로 멀리서 보면 윤곽마저 흐릴 듯했다. 지붕에 매달려 있는 몇 개의 고드름 중 긴 것은 1미터 이상 되어서 지금이라도 자기 무게를 못 이겨 떨어질 것처럼 보였다.

입구 앞의 벽에 〈우리자네 진료소〉라고 적힌 간판이 붙어 있다. 문을 지나자 갈색 소파 세 줄이 늘어서 있는 좁은 로비가 나타났다. 형광등의 수명이 거의 다 되었는지 실내는 어두컴컴했고, 번들번들 빛나는 리놀륨 바닥은 곰팡이를 연상시키는 탁한 녹색이었다. 구석에는 좁은 방에 어울리지 않는 키 큰 관엽식물이 놓여 있었다.

로비에는 세 명의 환자가 있었고, 전부 노인이었다. 노인들이 작은 목소리로 대화를 나누고 있었는데, 코사카 일행이 들어오자 한순간 눈길을 주었지만 곧 다시 대화로 돌아갔다.

무표정한 가면 같은 얼굴을 한 30대 여성이 접수를 맡고 있었다. 그녀는 이즈미를 보더니 가볍게 목례했고, 그것으로 자기 역할을 다했다는 듯이 고개를 숙이고 사무 작업을 재개했다.

이즈미가 진찰실 앞에 멈춰 서서 코사카에게 안에 들어가라고 재촉했다.

"우리자네 씨가 당신에게 하고 싶은 얘기가 있는 모양이야. 우리는 로비에서 기다리지. 이야기가 끝나면 바로 돌아와."

이즈미가 말했다.

코사카는 고개를 끄덕이고, 그 뒤에 있는 사나기를 보았다. 사나기는 코사카와 눈을 마주칠 듯하자 재빨리 시선을 돌리고 이즈미보다 한발 먼저 로비로 돌아갔다.

문을 노크하자 안에서 "들어오세요."라는 목소리가 들렸다.

코사카가 문을 열고 진찰실로 발을 들였다. 입구에서 보면 왼편에 있는 책상에 의사로 보이는 초로의 남자가 앉아 있었다. 짧게 깎은 머리카락은 백발로 눈썹과 풍성한 턱수염도 같은 하얀색이었다. 미간에는 고뇌의 상처처럼 깊은 주름이 새겨져 있었다. 코사카는 이 남자가 원장인 우리자네라는 사람이구나, 하고 추측했다.

우리자네가 책상에서 고개를 들고 돌아본다. 움직임에 맞춰 회전의자가 삐걱거렸다.

"자리에 앉으세요."

코사카가 환자용 의자에 앉았다.

우리자네가 가격을 감정하듯이 코사카의 전신을 훑어보았다. 코사카는 눈앞에 있는 노인이 사나기의 할아버지라는 사실을 아직 몰랐기 때문에 그 시선의 의미를 깊이 생각하려고 하지는 않았다.

"어디까지 들으셨지요?"라고 우리자네가 물었다.

코사카가 차 안에서 나누었던 대화를 떠올리면서 말했다.

"제 머리 속에 신종 기생충이 있고, 그 '벌레'가 저에게 사랑을 하게 만들거나 사회 부적응자로 만들었다고 들었습니다."

우리자네가 "흠." 하고 손가락으로 입가의 수염을 쓰다듬었다. "그러면 어디부터 설명할까요." 그가 의자 등받이에 기대고서 후우하고 한숨을 내쉬었다. "코사카 씨라고 했던가요? 당신은 어디까지 진실이라고 생각하고 있습니까? 머리 속에 있는 미지의 기생충이 숙주인 인간의 의사 결정에 영향을 끼치고 있다는 황당한 이야기를."

"……솔직히 말하면 아직 반신반의하고 있습니다."

우리자네가 끄덕였다.

"그렇겠지요. 그게 정상적인 반응입니다."

"다만." 이라고 코사카가 덧붙였다. "어떤 종류의 기생충이 인간의 행동 경향을 변화시킨다는 이야기는 사나기에게 들었습니다. 그래서 의사 결정에 영향을 주는 기생충이 있다는 것도 결코 있을 수 없는 이야기는 아니라고 생각합니다만……. 제가 사회에 적응하지 못하는 것까지 벌레 때문으로 설명할 수 있다는 말을 들으니 마치 벌레 덕을 보는 것 같아 믿기가 망설여진다고 할까요……."

우리자네가 말을 가로막았다.

"아뇨, 그게 아닙니다. 벌레 덕을 보는 게 아닙니다. 벌레 때문에 해를 입고 있는 겁니다."

그가 접힌 종이 한 장을 내밀었다. 신문 기사를 오린 스크랩으로 날짜는 작년 7월 20일이었고 기사 제목은,

병원 내에서 자살
의사와 환자, 동반 자살인가.

라고 쓰여 있었다.

"이대로 내버려 두면 당신들도 이 사람들과 같은 길을 걷게 될지 모릅니다."

우리자네가 그렇게 말하고 서랍에서 서류를 꺼내 코사카에게 건넸다.

"그 기사 속 의사가 자살 직전에 저에게 메일을 보내왔습니다. 제목도, 본문도 없이 텍스트파일 하나만 첨부한 메일이었죠. 파일의 내용은 두 사람이 만났을 때부터 동반 자살에 이를 때까지 주고받은 메일의 기록이었습니다. 그것을 읽으면 '벌레'에 대한 대강의 사정을 알 수 있겠지요."

코사카가 시선을 떨어뜨리고 건네받은 서류의 첫 번째 장을 넘겼다.

*

발신일: 2011.06.10. 제목: 어제는 죄송했습니다

이즈미입니다. 어제 진찰에서 당황한 나머지 제대로 사정을 설명하지 못해서 선생님을 혼란스럽게 만든 것 같아 죄송합니다. 이야기할 내용을 미리 정리해 두었다고 생각

했는데 막상 선생님 앞에 가니 머릿속이 새하얘져 버렸습니다. 다음번에도 그렇게 되지 말란 법이 없으니 일단 메일로 설명할까 합니다. 아마도 직접 이야기하는 것보다 이쪽이 훨씬 정확하고 빠를 테니까요…….

제가 그때 설명하려고 했던 것은 어떤 흐름으로 칸로지 선생님의 이름을 알게 되었는가 하는 것이었습니다(갑자기 오래된 논문 이야기 같은 걸 꺼냈으니 분명 머리가 이상한 환자라고 생각하셨겠지요. 정말 죄송합니다). 지금 와서 그냥 시간 순서대로 설명했으면 훨씬 알아듣기 쉬웠을 거라는 생각이 듭니다. 서툴러서 정말 죄송합니다……. 그 경험을 살려서, 여기서는 사건이 발생한 순서대로 차근차근 이야기할 생각입니다. 조금 길어지겠습니다만, 부디 잘 부탁드립니다.

처음에, 징후로서 두통이 있었습니다. 4월 중순이었다고 기억합니다.

두통은 보름 정도 지속되었습니다. 원래 저는 편두통을 앓고 있었습니다만, 이렇게 통증이 오래 간 것은 처음이었습니다. 지금까지는 약을 먹으면 대개 2~3일 내로 나았습니다.

그렇지만 그때는 그다지 심각하게 생각하지 않았습니다. 스트레스가 쌓였다든가 화분증 탓이겠거니 하는 정도였습니다. 실제로 두통 자체는 그리 심하지 않았습니다. 보름이 지났을 무렵부터 아픔은 서서히 줄어들었고, 이윽고 완전히 사라졌습니다. 역시 일시적으로 컨디션이 나빠졌던 거구나, 하고 안도했습니다.

문제는 그 뒤였습니다. 두통이 사라지고 얼마 후, 저는 자신이 기묘한 망상에 사로잡힌 것을 깨달았습니다.

저는 주민센터에서 계약직으로 근무하며 평소에는 차로 통근했습니다. 그런데 그날 평소처럼 출근하다가 별생각 없이 교차로를 지난 뒤에 갑작스럽게 엄청난 공포에 휩싸였습니다. 당황해 브레이크를 밟고 도로 옆에 차를 세운 다음 뒤를 돌아보았습니다.

'혹시 내가 지금 사람을 치어 버린 거 아닌가?' 라는 생각이 머리를 스쳤습니다. 물론 정말로 그런 일이 있었다면 차체에 강한 충격이 있었겠지요. 아무리 멍하니 있었더라도 분명히 알 수 있었을 것입니다. 그렇지만 저는 차에서 내려 확인해야 했습니다. 당연히 차체에는 찌그러진 부분도, 상처도 없었고 왔던 길을 돌아보아도 피투성이가 되어 쓰러진 사람은 없었습니다. 그러나 한 번 생긴 공포는 아무리 시간이 지나도 강하게 제 안에 남아 있었습니다.

　그 일이 있은 뒤, 저는 무엇을 하든 '나는 자각 없이 타인에게 위해를 가하는 것이 아닐까' 라는 공포에 시달리게 되었습니다. 예를 들어 혼잡한 역의 계단을 내려가다 누군가를 무의식적으로 떠밀어 버리지 않을까 하는 불안을 느낍니다. 직장에서 일하다 중대한 실수를 저질러 모두에게 폐를 끼치는 것은 아닐까 하고 불안해집니다. 쇼핑하고 있으면 무의식중에 좀도둑질을 하는 것이 아닐까 하고 불안해집니다. 사람과 만난 뒤에 상대를 상처 입히는 말을 한 것이 아닐까 하고 불안해집니다. 그 자리에서 확인할 수 있는 일이라면 그나마 낫습니다만, 예를 들어 '사람을 치어 버린 것이라면?' 이라는 불안의 경우에는 다음 날 아침신문을 볼 때까지 안심할 수가 없습니다. 마치 그 보름간의 두통이 저의 머리를 망가뜨린 것 같았습니다.

　저는 집 밖으로 나가는 것이 점점 겁나기 시작했습니다. 위해를 가하는 것이 두려워서 타인을 멀리하게 되고, 외톨이가 되어 갔습니다. 집 안에 틀어박혀 혼자 가만히 있을 때만 평온한 기분이 들었습니다.

　그것이 '가해공포' 라 불리는 강박장애의 증상 중 하나라는 것은 저도 알고 있었습니다. 강박장애가 자연적으로 치유될 가능성이 희박한 병이라는 것도 지식으로서 알고 있었습니다. ……그럼에도 불구하고 정신과 진료에는 강한 거부감이 느껴졌습니다. 마음의 병을 앓고 있음을 인정하고 싶지 않았던 거겠죠. 그때까지 저는 스스로를 강한 여자라고 생각하고 있었습니다.

그렇지만 언제까지나 그 상태 그대로 놔둘 수도 없었습니다. 가해공포는 나날이 악화되어 일상생활에 지장을 줄 정도가 되었습니다. 그래서 저는 '나는 만성적인 두통에 시달리고 있어서 그것 때문에 신경이 예민하다'라는 시나리오를 날조해 병원에 가는 이유를 만들고, 우선은 종합 진료과에서 진료를 받았습니다. 만약 정신과를 권유한다면 얌전히 따를 생각이었습니다.

그런데 검사 결과, 의외의 사실이 판명되었습니다. 아무래도 저의 가해공포는 순수한 마음의 병이 아니라 뇌의 기질적 병변에 의한 증상일 가능성이 높다고 했습니다. 듣기로는, 저의 머리 속에 기생충이 있어서 그 벌레가 뇌에 병소를 형성하고 있다는 듯했습니다.

저는 안도했습니다. 기생충이 있다는 것을 알고서 안도하는 것도 이상한 이야기입니다만, 아마도 알기 쉬운 구도가 마음에 들었던 거라 생각합니다. 기생충만 없어지면 이

불합리한 공포에서 해방되리라고 생각하니 저의 마음은 단숨에 가벼워졌습니다.

그런데——여기서부터 이야기가 이상해지기 시작합니다만—— 막상 치료를 받는 단계가 되자, 저는 정체 모를 불안감에 사로잡혔습니다. 그것은 이제까지의 가해망상과는 성질이 다른, 전혀 근거 없는, 뜬금없는 감정이었습니다. 어째서인지는 모르겠지만, 갑자기 제 안에서 이대로 치료받아 기생충을 퇴치하면 후회하게 될 거라는 예감이 들었습니다.

저는 적당한 핑계를 대고 병원에서 도망쳤습니다. 그리고 두 번 다시 그곳으로 돌아가지 않았습니다. 스스로도 정신 나간 짓이라고 생각했습니다. 그러나 이상하게도 잘못된 일을 했다는 생각이 들지 않았습니다. 눈앞의 공포에서 도망쳤다는 안도감으로 머릿속이 가득 찼던 것이겠지요.

그로부터 한 달이 지나자 서서히 의문이 부풀어 올랐습니다. 결국 그 정체 모를 불안감은 무엇이었을까? 왜 나는 몸을 던져 기생충을 감싸는 행동을 한 걸까? 마음의 정리가 되면 그 의도가 명백해지리라고 낙관적으로 생각했습니다만, 현실에서는 오히려 나날이 의문만 깊어질 뿐이었습니다. 마치 그때의 저는 일시적으로 제가 아니었던 것처럼……

그때 문득, 1년 정도 전에 잡지에서 읽었던 기사가 떠올랐습니다. 그건 어떤 종류의 기생성 원충이 인간의 성격이나 행동에 영향을 준다는 내용이었습니다.

저는 기억을 더듬어 그 기사를 찾아내 몇 번이나 되풀이해 읽었습니다. 그렇게 관련 기사와 인용된 문헌까지 샅샅이 뒤진 끝에, 다음과 같은 결론에 이르렀습니다.

나의 뇌는 이미 기생충이 컨트롤하고 있다.

사람들은 바보 같은 망상이라고 비웃을지도 모릅니다. 실제로 그것은 병자의 발상이지요. 전자파로 공격당해 사고를 조작당했다는 조현병 환자의 망상과 큰 차이가 없습니다. 어쩌면 저의 뇌는 이미 기생충이 이리저리 파먹어서 정상적인 사고가 불가능해진 것일지 모른다고도 생각했습니다. 하지만 저의 머리 속에 기생충이 있다는 것, 이것만은 망상이 아니라 분명한 사실입니다. 자신의 머리를 의심하는 것은 이 기생충의 정체를 알고 난 뒤에 해도 늦지 않다고 생각했습니다.

저는 그때까지 본 것 중에서 가장 흥미를 끈 논문의 집필자를 조사했습니다. 그러자 그 집필자가 저의 본가에서 그리 멀지 않은 대학병원에서 일하고 있다는 것을 알았습니다. 저는 그때 어떤 운명 같은 것을 느꼈습니다. 이러한 경위로 제가 칸로지 선생님을 만나 뵙게 된 것입니다.

발신일: 2011.06.11. 제목: Re: 어제는 죄송했습니다

칸로지입니다. 메일은 잘 받았습니다. 갑자기 논문 이야기를 꺼내신 것에는 그런 배경이 있었군요. 정성스러운 설명에 감사드립니다. 덕분에 대강의 사정을 파악했습니다.

그건 그렇고, 솔직하게 말씀드리면 저는 몹시 놀랐습니다. 제가 왜 놀랐는지를 아시려면 저의 조금 긴 이야기를 들어 주셔야 할 것 같습니다.

아래에 적는 내용은 부디 비밀로 부탁드립니다.

반년 전의 일입니다. 저는 기생충 감염이 의심되는 두 명의 환자를 맡았습니다. 남자 쪽을 Y, 여자 쪽을 S라고 해 두지요.

Y와 S는 스무 살 이상 차이가 나는 부부였습니다. 그것

도 남편인 Y가 연하라는, 좀 드문 케이스였죠. 아주 사이좋은 부부로 결혼하고 반년 이상 지났는데도 불구하고 갓 사귀기 시작한 연인처럼 훈훈했습니다.

두 사람은 만성적인 두통을 호소했고, 두부 MRI 소견으로는 낭포성 병변 몇 개가 발견되었습니다. 뇌 기생충증이 강하게 의심되었기 때문에 확정 진단을 위해 두 사람의 뇌척수액을 채취해 보니 양쪽 수액에서 몸길이 1밀리미터 정도의 충체가 복수 검출되었습니다.

거기까지는 괜찮았습니다.

현미경을 들여다본 저는 제 눈을 의심했습니다. 두 사람의 수액에서 채취된 기생충은 이제까지 보아 왔던 어느 기생충과도 다른 외관을 하고 있었습니다. 티어드롭 형태의 충체로, 선단부 주변에 두 개의 흡반이 있었습니다. 교미 중으로 보이는 개체가 한 쌍 있었는데, 두 마리의 충체가 Y자 형상으로 응착되어 있었습니다. 형태적인 특징으로 보아 흡충인 것만은 틀림없어 보였습니다만, 그 이상의 사실은 아무것도 알 수 없었습니다. 며칠에 걸친 조사 끝에 두 사람에게서 검출된 기생충이 신종이라는 결론에 도달했습니다.

기생 부위에 뇌가 포함되어 있어 치료에 신중을 기했습

니다. 중추신경계에 기생하는 벌레는 구제한다고 다 좋은 것이 아닙니다. 낭포가 석회화되어 치료할 필요가 없는 경우도 있고, 치료에 대한 염증 반응이 질환 자체보다 몸에 해로운 경우도 있습니다.

그러나 망설이고 있을 상황이 아닌 것도 사실이었습니다. Y와 S의 이야기에 의하면 두통이 시작되고 나서 얼마 후에 그 사람들의 심리 상태에 기묘한 변화가 생겼다고 합니다.

두 사람은 타인의 냄새가 신경 쓰여 견딜 수 없다고 했습니다. 예전에는 그렇지 않았고 두 사람 모두 후각은 둔한 편이라고 했는데 두통이 약해지기 시작하면서 타인의 체취에 혐오감을 느끼게 되었다고 했습니다. 그것도 땀 냄새나 향수 냄새뿐만 아니라 지극히 평범한, 냄새라고도 부를 수 없는 냄새에도 불쾌감을 느끼게 되어 타인과의 교류가 고통스러워서 견딜 수 없다고 했습니다.

두 사람은 몹시 불안한 얼굴로 기생충과 이 증상에 인과관계가 있느냐고 물었습니다. 저로서는 현시점에서는 알 수 없다고 답할 수밖에 없었습니다. 두부외상에 의해 후각 수용체와 뇌를 연결하는 후신경섬유가 손상되거나 뇌의 변성 질환에 의해 후신경 자체가 손상되어 후각이 상실되는 경우는 종종 있습니다. 하지만 그 사람들처럼 후각이 예민해지는 패턴은 드뭅니다. 부비동이나 구내의 감염증에 의해 후각 이상이 발생해 별것 아닌 냄새를 불쾌하게 느끼게 되는 일도 있기는 합니다만……. 두 사람에게 똑같은 증상이 나타났다는 점을 고려하면 심인성 후각과민증을 의심하는 쪽이 옳아 보였습니다. 동시에 저는 뇌기질성 질환 초기나 경과 중에 강박장애가 발생하는 경우가 있다는 것도 잊지 않고 있었습니다.

다만──사실대로 말하면 처음에 저는 두 사람의 정신 증상 그 자체에는 그다지 주의를 기울이지 않았습니다. 아마도 *폴리 아 두 같은 것이겠지만, 어쨌든 우선은 기생충의 구제를 우선해야 한다고 생각했습니다.

그런데 치료에 착수하려고 하자 갑자기 Y와 S가 병원에 얼굴을 보이지 않게 되었습니다. 먼저 연락해 보았습니다만, 일이 바쁘다느니 컨디션이 안 좋다는 핑계를 대며 내원을 거부했습니다. 그것도 한두 번이 아닙니다. 저의 눈에는 마치 두 사람이 기생충을 감싸는 것처럼 비쳤습니다. 대체 그 사람들이 무슨 생각을 하고 있는지 도저히 이해할 수 없었습니다. 보통, 자신의 머리 속에 기생충이 있다는

---

* Folie a deux. 감응성 정신병. 가족 등 밀접한 두 사람이 유사한 정신 장애를 가지는 것.

말을 들으면 모든 걸 제쳐두고 그것을 없애고 싶어 하는 법인데.

그때 제 앞에 이즈미 씨가 나타났습니다. 당신의 증상과 두 사람의 증상에 몇 가지 유사점이 있었습니다. 가벼운 두통, 대인 관계를 기피하다, 치료에 대해 거부감을 품는다. 설마하고 생각해 검사해 보니 Y와 S의 검사 결과와 거의 같은 수치가 확인되었습니다. 충체가 확인된 것은 아닙니다만, 당신의 두개에 있는 기생충은 두 사람의 두개 안에 있는 것과 같은 것이라고 봐도 틀림없을 겁니다. 그리고 아마도 그 기생충이 앞서 말한 증상을 일으킨 것이 아닐까 하고 생각하고 있습니다.

물론 현시점에서 결론을 내릴 수는 없습니다. 어쨌든 이 기생충의 감염자는 아직 세 명밖에 없습니다. 세 명으로는 어떠한 일반적인 법칙도 도출해 낼 수 없습니다. 모든 것을 우연이란 한 마디로 정리할 수도 있습니다. 하지만 저에게는 이것이 단순한 운명의 장난이라고는 생각되지 않습니다. 저는 지금 거대한 비밀의 편린을 건드리고 있다고, 저의 육감이 고하고 있습니다.

발신일: 2011.06.11. 제목: 감사합니다!

이즈미입니다. 빠른 답장에 감사드립니다. 십중팔구는 머리가 이상한 사람의 헛소리로 흘려들을 것이라고 생각했습니다만, 설마 이렇게 정성스러운 답장을 받게 될 줄이야! 정말 기쁩니다.

저도 Y와 S, 저의 정신 증상 사이에 어떠한 관련이 있다는 생각이 듭니다. 다만 저는 직접 두 분을 만난 적이 없으니 육감이라기보다 바람 같은 것입니다만⋯⋯.

하지만 칸로지 선생님이 그렇게 말씀하신다면 분명 그런 것이라고 생각합니다. 저는 선생님의 판단을 믿습니다.

6월 14일에 병원으로 찾아뵙겠습니다. 이번에야말로 긴장하지 않고 말할 수 있으면 좋겠습니다.

발신일: 2011.06.20. 제목: 네 번째 감염자에 대하여

칸로지입니다. 신종 기생충 건으로 진전이 있어 보고 드립니다. 늘 그래왔듯이 이 메일 내용도 비밀로 부탁드립니다.

요전에 네 번째 감염자를 확인했습니다. H라는 여성으로, 이제까지의 감염자 중에서는 가장 젊은 분입니다. H도 이제까지의 감염자와 마찬가지로 만성적인 두통을 이유로 내원했고, 기생충병 치료에 대한 거부감이나 대인 관계에 대한 도피 경향이 강한 듯했습니다. 검사 후, H의 뇌 내에 낭포성 병변이 확인되었고, 이어서 유증감별을 진행한 결과, 그것이 신종 기생충에 의한 병변이라고 진단하였습니다. 그리고 H의 증례에서는 대인 관계로부터의 도피 경향이 시선공포라는 형태로 나타났습니다. 역시 증상의 표출 방식은 환자마다 개인차가 있는 듯하군요. 어쨌든 벌레가 이러한 정신 증상의 원인이라는 것에 의심의 여지는 없어 보입니다.

이상한 것은 이제까지 한 번도 증상이 보고되지 않은 신종 기생충병의 환자가 이렇게 단기간에 연속해서 네 사람이나 저를 찾아왔다는 점입니다. 제가 아는 한 다른 병원에서 이와 같은 종류의 기생충이 환자에게 적출되었다는 사례는 아직 없습니다. 또한 제가 진단한 환자는 네 사람 모두 해외에 나간 적이 없고 사는 지역도 제각각이며 이렇다 할 공통점을 찾아볼 수 없습니다. 그래서 이 신종 기생충이 어떠한 경로로 이 환자들에게 감염되었는지, 단서조차 파악할 수 없다는 것이 현재 상황입니다. 혹은 어떠한 형태로 해외에서 국내로 들어온 지 얼마 안 된 이 벌레가 현재 급속하게 생식 범위를 확대하고 있는 중인지도 모릅니다.

네 번째 감염자의 이야기와 관련해, 14일에 있었던 진찰 때 이즈미 씨가 물으신 질문에 대해 답하려고 합니다. 결론부터 말씀드리면 이즈미 씨가 걱정하신 대로입니다. 저는 자신의 몸을 이용해 신종 기생충의 신체 감염 실험을 했습니다. 다만 이것은 환자의 치료를 위해서라기보다 학자로서의 지적 호기심 때문입니다. 그러니까 정확히 말하면 H는 다섯 번째 감염자입니다.

감염되고 얼마 지나지 않았기 때문인지 현시점에서는 증상다운 증상은 보이지 않습니다만, 벌레는 저의 몸에서 순조롭게 그 수를 불려나가고 있습니다. 저의 예측이 맞는다면 곧 이즈미 씨와 같은 정신 증상이 나타나겠지요. 그리고 Y나 S의 치료 경과로 보아, 이 기생충의 구제에는 개두수술이 필요 없으며 종래의 뇌 기생충증처럼 알벤다졸이나 코르티코스테로이드의 병용이 유효하다는 것이 판명되었습니다. 그러므로 중병으로 발전할 가능성은 없으니 안심

하세요. 의사가 쓰러지면 안 되니까요.

그런데 그때 이즈미 씨는 제가 기생충에 감염되었다는 것을 어떻게 아셨습니까? 질문할 때, 이즈미 씨는 제 몸속에 벌레가 있다는 것을 확신하신 듯 보였습니다. 뭔가 외부에서 봐서 알 수 있는 변화가 있었습니까? 이유를 알려달라고 부탁드려도 될까요?

발신일: 2011.06.21. 제목: Re: 네 번째 감염자에 대해서

이즈미입니다. 중병으로 발전할 걱정이 없다는 말씀에 안심했습니다. 그렇다고 해도 선생님은 정말로 연구에 열심이시군요. 머리가 절로 숙여집니다. 부디 무리하지 마시고 건강을 챙기시기 바랍니다.

선생님의 몸에 벌레가 있는지 어떻게 알았느냐고요? 사실 그건 저도 잘 설명할 수 없습니다. 그날 선생님의 모습을 본 순간 그냥 딱 느낌이 왔습니다.

"아, 선생님은 나하고 똑같구나."라고요.

어쩌면 저는 선생님의 표정이나 몸짓에 드러난 미세한 변화를 무의식중에 알아차리고, 거기서 생겨난 위화감을 그대로 말로 번역한 것인지도 모릅니다. 그렇지만 사실은 잘 모르겠습니다. 그건 마치 벌레가 알려준 것 같은, 왠지 모를 느낌이었습니다.

그건 그렇고 갑작스럽지만 선생님께 한 가지 상담할 게 있습니다. 제가 생각하기에도 뭐합니다만, 상당히 비상식적인 내용이니 너무 심각하게 받아들이지 마시고 머리가 이상한 환자의 헛소리로 가볍게 흘려들어 주시면 감사하겠습니다.

최근에 저는 온종일 선생님 생각만 합니다. 아침에 눈을 떴을 때, 화장하기 전에, 머리를 빗기 전에, 일하는 도중에, 한순간도 빠짐없이. 다음에 만나는 건 언제일까, 어떤 옷을 입고 갈까, 어떤 이야기를 할까, 어떡하면 좀 더 나에 대해 알릴 수 있을까…… 그런 생각만 합니다.

선생님도 어렴풋이 느끼고 계시겠습니다만, 아무래도 저는 선생님을 사랑하고 있는 것 같습니다. 물론 이것이 이른바 *양성전이 같은 것이라는 걸 충분히 자각하고 있

---

* 陽性轉移. 환자가 과거에 중요한 인물을 향하던 감정이 무의식중에 다른 사람에게 향하는 현상. 의료 분야에서는 환자가 부모에게 향하던 감정을 치료자에게 향하는 경우가 많다.

습니다. 이런 마음을 밝힌들 선생님을 곤란하게 만들 뿐이라는 것도 잘 알고 있습니다. 하지만 아무리 정론을 내세우더라도 그리 간단히 결론지을 수 있는 이야기도 아닙니다.

어쩌면 이후로 저는 이 문제로 선생님께 커다란 폐를 끼치게 될지도 모릅니다. 그러므로 미리 사죄드립니다. 죄송합니다. 그리고 부디 저를 버리지 말아 주세요.

발신인: 2011.06.24. 제목: 경과보고

칸로지입니다. 기생충 감염 후에 생긴 정신 상태의 변화에 대해 짧게 보고 드립니다.

첫 번째 변화로 환자와 얼굴을 마주하는 일이 고통스러워졌습니다. 처음에는 단순한 업무 피로를 의심했습니다만, 얼마 안 가서 그 대상이 '환자'에서 '타인'으로 확장되었습니다. 네 명에게 공통되는 '대인 관계로부터의 도피'와 합치하는 증상입니다. Y나 S의 경우에는 '타인의 냄새가 불쾌하다', 이즈미 씨의 경우에는 '타인에게 위해를 가할지 몰라 두렵다', H의 경우에는 '타인의 시선이 신경 쓰인다'로 사람마다 표출 방식은 다양합니다만……. 이유는 아마도 마찬가지라고 생각됩니다.

저의 결론은 이렇습니다. 요컨대 '벌레'에 감염된 사람은 인간이 싫어진다는 것입니다. 네 사람이 보인 증상의 차이는 '벌레'에게 강요받은 근거 없는 인간 혐오를 각자가 무엇에 귀속시켰는가의 차이가 아닐까 하고 추측합니다.

다만 숙주의 사회성을 박탈하는 것으로 '벌레'에게 어떠한 메리트가 있는가는 불명입니다. ……예를 들면 어떤 종류의 조충은 본래 단독 행동을 해야 할 알테미아라는 소형 갑각류에게 무리 행동을 하게 합니다. 그러는 것으로 종숙주인 큰 플라밍고에게 알테미아가 포식될 가능성이 높아지기 때문입니다. 이렇게 숙주들을 서로 접근시킨다고 한다면 그나마 이해가 됩니다. 하지만 '벌레'가 숙주를 고립시키는 것에 대체 어떠한 의미가 있을까요?

요컨대 몸속에서 성체가 발견되었다는 것은 인간이 '벌레'의 종숙주라는 이야기입니다. 알이나 감염유충을 흩뿌리는 것이 종숙주의 역할인데, 종숙주인 인간을 고립시키는 행위는 명백히 불합리합니다. 뭔가 우리로서는 상상도 할 수 없는 심오한 목적이 있을지도 모릅니다.

두 번째 변화에 대해서는 대강 예상했습니다. 저는 '벌레'를 몸속에서 구제하는 것에 적지 않은 거부감을 느끼고 있습니다. 그러나 이 부분은 생략하기로 하지요. 숙주가 스스로에게 해를 가하는 기생자에게 애착을 갖고 있는 것처럼 행동하는 사례는 그리 드물지 않기 때문입니다.

문제는 세 번째 변화입니다. 이것은 지난번 메일에 이즈미 씨가 말했던 '헛소리'와 관계된 이야기입니다.

솔직히 말씀드리면 저는 이즈미 씨의 고백을 몹시 기쁘게 생각하고 있습니다. 아뇨, 그 정도가 아니라——의사로서 해서는 안 될 이야기입니다만—— 아마도 저는 당신이 저에 대해 품고 있는 것 이상의 애정을 당신에게 품고 있습니다. 인간 혐오 증상이 착실히 진행되고 있음에도 불구하고, 그 마음은 오히려 나날이 강해질 뿐입니다.

그렇지만 성급히 결론을 내려서는 안 됩니다. 기뻐하기보다 먼저 꼭 검토해야만 하는 사항이 하나 있습니다.

'벌레'를 몸속에 집어넣을 때, 결심한 것이 있습니다. 그것은 이후에 일어나는 모든 심리적 변화를 냉철한 시선으로 바라보자는 것입니다. 한 번 '벌레'의 영향 아래에 놓이게 되면 어디까지가 내 생각이고 어디까지가 그렇지 않은지 스스로 판별할 수 없습니다. 모든 것을 의심할 수밖에 없지요.

따라서 저는 이 연애 감정도 의심하고 있습니다. 무조건 의심하는 것이 아닙니다. 짐작 가는 구석이 있습니다.

Y와 S의 경과를 관찰하는 동안, 어떤 흥미로운 변화를 발견했습니다. 치료가 진행되고 '벌레'의 영향력이 약해지면서 두 사람의 인간 혐오 현상은 착실히 개선되어 갔습니다만, 마치 그것에 역행하듯 두 사람의 마음이 서로에게서 멀어지는 것을 발견했습니다. 치료를 시작하고 두 달이 지났을 무렵, 처음 만날 때 느꼈던 신혼부부 같은 금슬 좋은 분위기는 흔적도 없이 사라지고 없었습니다.

처음에 그것을 원인 불명의 병이 초래한 불안이 사라지면서 '흔들다리에서 내려온 상태'가 되었기 때문이라고 해석했습니다. 흔들다리라는 위기를 벗어나자 사랑을 불태울 연료가 없어져 버린 것이겠거니 하고요. 그렇지만 직접 '벌레'의 기생을 경험한 지금은 두 사람의 관계 변화에 뭔가 깊은 이유가 있다는 생각을 떨칠 수가 없습니다. 예를 들면…… 두 사람의 사랑은 '벌레'의 존재에 의해 유지되었던 것이 아닐까 하는.

제가 이즈미 씨에게 하고 싶은 말은 요컨대 이런 이야기입니다. '벌레'가 숙주의 연애 감정에 영향을 주고 있을 가능성이 있는 이상, 우리는 우리의 마음을 안이하게 결론 내려서는 안 됩니다.

냉정한 판단을 기대합니다.

발신일: 2011.06.25. 제목: 몇 가지 의문

요컨대 선생님은 우리가 사랑하는 것이 아니라 우리 몸속에 있는 '벌레'가 사랑하고 있다고 말씀하고 싶으신 거죠?

저 같은 문외한은 이해하기 어렵습니다만…… 가령 '벌레'에게 숙주끼리 사랑하게 만들 힘이 있다고 하죠. '벌레'가 왜 그런 힘을 가져야 했던 걸까요? 가령 그것이 '벌레'의 번식 전략 중 하나였다고 해도, 어째서 일부러 감염자들끼리 사랑하게 만들어야만 했을까요?

감염자가 건강한 사람을 사랑하게 만드는 것으로 감염 기회를 늘리는 것이라면 이해할 수 있습니다. 하지만 이미 '벌레'에 감염된 사람을 끌어들이는 것에 대체 어떤 메리트가 있는 걸까요?

선생님은 저에게 상처 주지 않고 멀리하고 싶어서 지당

하게 들리는 거짓말을 하고 계신 것은 아닌가요? 그렇게 억측하지 않을 수가 없습니다.

발신일: 2011.06.28. 제목: Re: 몇 가지 의문

이즈미 씨의 의문은 당연합니다. 저도 같은 문제로 요 며칠간 머리를 싸매고 있었습니다. 이미 기생이 성립한 숙주끼리 사랑에 빠뜨리는 것이 '벌레'가 번식하는데 어떻게 유리하게 작용하는가?

이 의문에 대한 해답다운 해답이 떠오른 것은 바로 어제, 근처의 가로수 길을 걸을 때였습니다(저는 뭔가 생각에 잠길 때면 자주 그렇게 산책하곤 합니다). 아무리 머리를 굴려도 적절한 설명이 떠오르지 않아 기분전환 삼아 길가의 왕벚나무를 보며 그것에 대해 두서없는 생각을 했습니다. 어릴 적 친구 중에 초등학교 공부는 서툴지만, 생물학 지식만은 고등학생급인 괴짜가 있었습니다. 어느 날, 그 친구와 통학로의 벚나무 길 아래를 걷는데 그 친구가 문득 떠올랐다는 듯이 저에게 묻더군요.

"왕벚나무가 열매를 맺는 거 본 적 있어?"

생각해 보니 한 번도 없다고 대답하자, 그 친구는 의기양양하게 그 구조에 대해서 설명했습니다.

"그건 왕벚나무의 자가불화합성——자가수정을 막는 유전적 성질——이 강하기 때문이야. 이건 인간이 말하는 근친상간을 막기 위한 시스템인데, 왕벚나무라는 벚나무는 전부 접붙이기나 어떠한 방법으로 인공적으로 증식된 클론이라서 어느 개체끼리 교배해도 반드시 근친교배가 일어나게 돼. 그래서 다른 품종의 벚나무와 교배해 잡종이 태어나는 일은 있어도 왕벚나무간의 아이가 태어나는 일은 없어. 게다가 왕벚나무를 다른 품종의 벚나무와 함께 심는 경우는 별로 없으니까 열매를 맺을 기회가 거의 없다는 얘기지……."

거기까지 회상했을 때, 저는 문득 생각했습니다.

가령 '벌레'도 왕벚나무와 마찬가지였다고 한다면?

'벌레'에게도 동일 혹은 유사한 유전자형을 가진 개체 간의 교배를 혈연 인식 때문에 회피하는 시스템이 갖춰져 있다면?

저는 사고를 더욱 진행시켰습니다. 그 비자기(非自己)인식 메커니즘이, 예를 들어 '동일 숙주의 성숙한 개체 간의 생식을 금지한다'라는 것이라면? '벌레'는 다른 숙주 내의 성숙한 개체와 생식하기 위해 숙주 간을 오갈 필요가 있겠지요(충매화처럼 *폴리네이터에게 꽃가루만 운반해 달라고 할 수는 없으니까요). 그리고 그 목적을 이루기 위해 숙주끼리 사랑에 빠뜨린다는 전략은 극히 타당하다고 말할 수 있지 않을까요?

그것은 아무리 생각해도 엉뚱한 발상이었습니다. 근거가 박약하고, 논리는 비약되어 있습니다. SF소설을 너무 많이 읽은 사람의 망상 같습니다. 저는 그 비현실적인 아이디어를 웃어넘기려고 했습니다. 식물이나 균류에 국한되지 않고, 자가불임 메커니즘을 가진 동물이 있기는 합니다. 유령멍게가 그렇습니다. 그러나 아무리 유전적 다양성을 확보하기 위해서라고 해도 그렇게까지 복잡하고 번거로운 생식 양식을 취하는 생물이 있을 리가…….

거기서 저는 딱 멈춰 섰습니다. 단위생식이 가능한 몸을 가지고 있음에도 불구하고 '복잡하고 번거로운 생식 양식을 취하는 생물'이 실재한다는 것을 깨달았기 때문입니다. ……그렇습니다, 말할 것도 없죠. 예전에 이즈미 씨와 나눈 대화에 나왔던 기생충, 바로 쌍자흡충입니다.

다만 그것은 쌍자흡충에 국한된 이야기가 아닙니다. 예

---

* Polinator. 화분매개체.

를 들어 어떤 종류의 폐흡충도 자웅동체로 단위생식이 가능한데도 두 마리가 맞닿아 있지 않으면 성충까지 발육할 수 없습니다. 생각해 보면 언뜻 보기에 비합리적일 정도로 복잡한 번식 전략이 기생충 계에서는 아주 흔한 일입니다.

저는 그 아이디어에 대해 골똘히 검토해 보았습니다. 감염된 사람끼리 사랑에 빠지게 하는 기생충이 실존한다고 치고, 감염자는 어떻게 해서 다른 감염자를 인식하는 걸까요? 분명히 어떠한 시그널이 발신되고 있을 것입니다. 그것이 어떠한 성질이며 어느 정도의 강도인지는 알 수 없습니다만, 어쨌든 그 시그널의 존재가 제 곁으로 감염자가 모여든다는 불가해한 상황을 낳고 있는지도 모른다고 추측했습니다. 아마도 '벌레'의 감염자가 무의식중에 서로에게 다가가는 겁니다.

그렇게 가정하면 숙주를 인간 혐오 상태로 만드는, 언뜻 불합리한 전략도 어느 정도 설명이 가능합니다. 예를 들면, 그렇죠, '벌레'의 행동 조작의 본질은 숙주의 고립이 아니라 숙주 간의 결속에 있다는 생각은 어떨까요? 어떤 집단 내의 구성원이 전부 '벌레'에 감염되었을 경우, 그 집단은 배타성과 응집성이 비약적으로 높아질 것으로 예상

됩니다. 그렇게 해서 상호 협력적이 된 감염자 집단은 비감염자 집단에 비해서 존속력이 높고, 따라서 구성원 개개의 생존율도 높겠지요. 그것은 인간을 최후의 주거지로 삼는 '벌레'에게 아주 바람직한 일일 것입니다.

기생자가 숙주의 사회성에 영향을 미친다는 것은 전부터 지적된 이야기입니다. 도킨스도 흰개미의 고도로 발달된 사회 구조는 장내미생물의 조작에 의한 것이라고 지적했습니다. 흰개미는 먹이를 입으로 옮겨 주고받는 행동으로 미생물을 군체 전체로 퍼뜨리는데 이 행위가 미생물이 번식하기 위해 흰개미를 조작한 결과라고 생각되고 있습니다. 더욱 과격한 사례를 들면, 벨벳원숭이나 일본원숭이의 사회성, 나아가서 인간의 사회성은 레트로바이러스가 초래한 것이라는 설도 있습니다. 바이러스나 박테리아가 그러하니 '벌레'가 인간의 사회성에 관여할 수 있다고 해도 이상할 게 없겠지요.

제 안에 이즈미 씨를 멀리하고 싶은 마음은 티끌만큼도 없습니다. 오히려 저는 확신을 갖고 당신을 사랑하고 싶다고 생각하기에 모든 불안 요소를 제거하려고 혈안이 되어 있는 것입니다.

생각해 보면 저는 50년 가까운 세월을 고독하게 살아왔습니다. 누군가를 앞에 두고도 마음이 흔들리는 일이 없었고, 다른 사람과 관계하면 관계할수록 오히려 공허함이 고개를 들뿐이었습니다. 마흔을 넘겼을 무렵부터는 마음이 무감각한 상태에 빠져서 살아 있으면서도 죽은 듯한 하루하루를 보냈습니다. 그런데 이즈미 씨와 만나고, 저는 오랫동안 맛보지 못했던 마음의 떨림을 되찾았습니다. 이즈미 씨와 만나 이야기를 나누고 있을 때, 저의 가슴은 마치 처음 사랑을 알게 된 소년처럼 달콤하게 지끈거립니다. 그렇기에 저는 걱정하고 있는 것입니다. 만일 이 감정이 '벌레' 때문에 초래된 것이라면, 이 정도로 사람을 바보 취급하는 이야기는 또 없을 것이라고 말이죠.

발신일: 2011.06.30. 제목: (제목없음)

선생님이 그렇게 말씀해 주셔서 정말 기쁩니다.

아주아주, 기쁩니다.

이젠 죽어도 좋을 정도로요.

하지만 선생님의 가설이 옳다면 '벌레'가 없어지면 이

마음도 사라지는 거군요.

어쩐지 그건 아주 슬픈 일처럼 생각되네요.

7월 초, 병원에 찾아뵙겠습니다.

그러면 이만.

＊

두 사람의 연락은 여기서 끊어졌다. 코사카가 서류에 시선을 떨어뜨린 채로 한동안 입을 다물고 있었다.

다시 한번 기사의 날짜와 메일의 날짜를 비교해 보았다. 6월 30일을 마지막으로 메일로 나누던 대화가 끊어지고, 7월 20일에 두 사람은 동반 자살했다. 그 20일 사이에 두 사람에게 무슨 일이 있었는지는 신만이 알 수 있다. 그 사람들은, 중요한 부분은 누구에게도 알리지 않고 비밀을 품은 채로 저세상으로 가 버렸다.

우리자네가 이 편지를 보여준 의도는 굳이 물어볼 것도 없다. 칸로지와 이즈미는 '벌레'의 영향으로 사랑에 빠졌고, 그 뒤에 수수께끼의 동반 자살을 했다. 그렇다면 그들과 마찬가지로 '벌레'의 영향으로 사랑에 빠진 코사카와 사나기도 그 전철을 밟게 될 가능성이 높다.

요컨대 그런 이야기일 것이다.

코사카가 신문기사 스크랩과 서류를 우리자네에게 돌려주었다. 그리고 물었다.

"여기에 나오는 H라는 사람이 사나기를 말하는 거죠?"

"네, 그렇습니다."

우리자네가 끄덕였다.

코사카는 몇 초간 생각한 뒤에 물었다.

" '벌레'에 감염되기 전의 사나기는 지금과 다른 성격이었습니까?"

우리자네가 입술을 살짝 일그러뜨리며 목 뒤를 긁었다.

"어려운 질문이군요. 어떤 의미에서는 그렇습니다만…… 어쨌든 사정이 복잡하니 단언할 수 없습니다."

"복잡하다니요?"

우리자네가 몸을 살짝 돌려 창밖을 바라보았다. 몸의 움직임에 맞춰 의자가 삐걱거린다. 창밖으로 보이는 경치의 위쪽 절반은 처마에서 늘어진 긴 고드름에 가려져 있었다.

"그 부분도 포함해 순서대로 이야기하도록 하죠. 최근 1년 사이에 히지리에게 무슨 일이 일어났는지, 어떻게 '벌레'가 그 애의 인생을 망가뜨렸는지."

우리자네가 두 손을 무릎에 짚고 자세를 바로 했다.

그건 어느 부부의 자살에서 시작되었습니다, 라고 우리
자네가 말문을 열었다.

"부부 관계는 양호했고, 경제적으로 곤란하지도 않았습
니다. 아내는 전업주부인 상황을 마음에 들어 했고, 외동딸
은 순조롭게 자랐습니다. 그림으로 그린 듯한 행복한 가정
이었지요. 목숨을 끊을 만한 이유 따위 아무것도 없었을 겁
니다.

그러나 두 사람의 죽음이 자살인 것에 의심의 여지는 없
었습니다. 그 둘이 손을 맞잡고 산속에 놓인 다리에서 뛰어
내리는 장면을 우연히 그곳을 지나가던 사람들이 목격했
다고 합니다. ……약 1년 전의 이야기입니다.

외동딸이 홀로 남겨졌습니다. 그게 히지리입니다. 당시
열여섯 살의 생일을 맞이하고 얼마 지나지 않았던 그 애는
의지할 곳이 없어서 외할아버지, 즉 저에게 맡겨졌습니다.

그 애는 저에게 맡겨진 뒤로 한동안 거의 입을 열지 않았
습니다. 이야기하는 것을 거부하고 있다기보다 타인과의
대화를 잊어버린 듯 보였습니다. 예전에는 명랑해서 친구
가 많은 아이였습니다만, 사람이 변한 것처럼 말수가 적어

지고 학교에서도 최소한의 말밖에 하지 않는 눈치였습니다. 그때는 부모의 죽음이 어지간히 충격이었겠지 하고 생각했습니다. 죽은 어머니는――오랫동안 연락이 되지 않았다고 해도―― 저의 딸이기도 했고, 저 자신도 2년 전에 아내를 떠나보냈던 터라 히지리의 슬픔을 이해할 수 있었습니다.

그렇지만 사실은 저의 상상과는 달랐습니다. 그 애는 그저 슬픔에 젖어 살고 있던 것이 아니었습니다.

계속, 혼자 생각에 잠겨 있었던 겁니다.

어느 날, 히지리가 아무런 서두도 없이 말했습니다.

'아버지와 어머니의 그건, 자살이 아니었다고 생각해요.'

저는 무슨 얘기냐고 물었습니다. 그랬더니 히지리가 둑이 터진 듯이 이야기를 시작했습니다. 자살하기 반년 정도 전부터 두 사람의 눈치가 이상했다는 것. 이상할 정도로 타인을 두려워했고, '이웃 사람에게 감시당하고 있다', '계속 미행당하고 있다' 라며 영문 모를 피해망상을 늘어놓았던 것.

'어째서 갑자기 그렇게 되었는지 이상해서 견딜 수가 없었는데, 지금은 간신히 이유를 알 것 같아요.' 라고 그 애가 저에게 말했습니다. '아버지와 어머니는 병에 걸렸던 거예요. 그리고 아무래도, 저도 그 병에 걸린 것 같아요.'

저는 히지리가 하는 말의 절반도 이해하지 못했습니다. 그렇지만 이윽고 그 애가 고등학교를 빈번하게 결석하고 저에 대해서도 주뼛주뼛한 태도를 취하게 되자 간신히 그 '병'의 의미를 알게 되었습니다.

이 아이는 부모와 같은 길을 걸으려 하고 있구나, 하고 직감했습니다. 이대로 내버려 두면 돌이킬 수 없는 일이 벌어지리란 것은 불을 보듯 뻔했습니다. 느긋하게 자연히 치유되도록 놔둘 상황이 아닌 것 같았습니다.

저는 히지리를 데리고 심료내과와 정신과를 돌아다녔습니다. 그렇지만 눈에 띄는 성과는 없이 그 애가 타인의 시선을 겁낸다는 것만 명확해졌을 뿐 증상이 개선될 눈치는 전혀 보이지 않았습니다.

상황을 타개할 계기가 된 것은 어떤 임상심리사에게 들은 한 마디였습니다. 젊은 여성 임상심리사가 치료 경과를 설명하던 중에 '그러고 보니'라며 말을 꺼냈습니다.

'잡담을 나누던 중에 히지리 양이 이런 말을 했어요. "제 머리 속에 벌레가 있어요."라고요. 특별히 이쪽의 반응을 기대한 건 아닌 것 같았지만, 어쩐지 마음에 걸리는 표현이 었죠. 그 애의 마음을 읽는데 뭔가 힌트가 될 거라고 생각해서 그 의미에 대해 자세히 설명을 들으려고 했습니다. 하지만 그 애는 농담이라고 말하며 얼버무릴 뿐이었고, 이후로 벌레 이야기가 화제에 오르는 일은 한 번도 없었습니다.'

그 뒤에 임상심리사는 '머리 속의 벌레'에 대해 평범한 심리학적 견해를 이야기했습니다. 강한 스트레스나 해리성 장애 등이 원인이 되어 그런 기생충 망상이 생겨나는 경우가 드물게 있다고 합니다.

그렇지만 저는 그 '머리 속의 벌레'라는 말이 기묘하게 마음에 걸렸습니다. 자나 깨나 그 말이 머릿속에서 지워지지 않았습니다. 그 애가 가만히 중얼거린 한 마디에는 뭔가 특별한 의미가 있을 거라는 생각이 들었습니다. 그건 의사로서의 직감이라기보다는 피가 이어진 할아버지로서의 직감이었다고 생각됩니다.

생각해 보면 근래 들어 히지리는 만성적인 두통에 시달리는지 진통제를 달고 살았습니다. 요즘 여자아이에게는 흔한 일이라며 마음에 담아 두지 않고 있었는데, 한 번 의심이 시작되니 그 원인을 확인하지 않을 수 없었습니다.

결심하고 본인에게 물어보았지만, 히지리는 '그런 말은

하지 않았다' 라고 잡아뗐었습니다. 그래서 저는 적당한 구실을 대고 그 애의 혈액을 채취해 검사를 맡겼습니다.

저는 돌아온 검사 결과를 보고 숨을 삼켰습니다. 호산구 증대와 IgE수치의 상승이라는, 알레르기 반응이나 기생충 감염 시 나타나는 특유의 결과가 나왔습니다. 물론 그것만으로 '머리 속의 벌레'가 사실이라고 단정할 수는 없습니다만, 어쨌든 그 애의 몸 안에 어떠한 이변이 일어난 것만은 확실했습니다.

저는 지인에게 부탁해서 기생충학을 전문으로 하는 의학부 교수를 소개받았습니다. 그 교수가 바로 칸로지 유타카, 이 일련의 사건의 중심이 되는 남자였습니다.

나이는 40대 후반으로 학자 스타일의 까다로워 보이는 인물이지만, 훤칠한 체구에 날카로운 느낌의 얼굴을 가진 멋진 남성이었습니다. 그쪽 방면에서는 유명한 분인지 연구를 위해서라면 자신을 기생충에 감염시키는 것도 꺼리지 않는, 열성적인 기생충학자로 알려져 있었습니다.

저는 칸로지 교수에게 이야기했습니다. 딸 부부의 불가해한 죽음, 손녀에게 생긴 이변, 만성두통, '머리 속의 벌레', 그리고 혈액 검사 결과까지. 일소에 부쳐질 것을 각오했습니다만, 칸로지 교수는 그 이야기에 대단한 관심을 보였습니다. 특히 '머리 속의 벌레' 와 '시선공포' 라는 말에 아주 민감한 반응을 보였습니다.

히지리는 몇 가지 전문적인 검사를 받게 되었습니다. 그 다음 주에 히지리를 데리고 검사 결과를 들으러 가려고 했습니다만, 그 애는 두통을 핑계로 그것을 거부했습니다. 한 눈에 꾀병이라는 것을 알았습니다만, 싫어하는데 억지로 데려가는 것도 내키지 않아 혼자서 칸로지 교수가 있는 병원으로 향했습니다.

거기서 저는 충격적인 사실을 알게 되었습니다.

'먼저 이쪽을 봐 주십시오.'

그렇게 말하며 칸로지 교수가 히지리의 두부 MRI 영상을 보여 주었습니다. 그곳에서 복수의 링 형태의 조영 효과를 확인할 수 있었습니다. 그리고 그 사람은 혈청 진단 결과를 보여 주었습니다. 제가 그 수치를 눈으로 확인하기도 전에 칸로지 교수가 먼저 고했습니다.

'결론부터 말하면, 손녀분의 머리 속에 기생충이 있습니다.'

나는 크게 숨을 내쉬고 나서 천천히 고개를 끄덕였습니다. 어째서인지 스스로도 이상할 정도로 그 사실을 냉정하게 받아들일 수 있었습니다.

그리고 칸로지 교수가 이야기를 계속했습니다. '그렇지만 어떤 의미에서 손녀분은 아주 행운이라고 말할 수 있습니다. 맨 처음에 손녀분을 진찰한 사람이 저라는 건 요행이라고밖에 말할 수 없겠지요.'

그리고 그 사람은 히지리와 같은 증상을 겪고 있는 환자를 여럿 담당하고 있다고 설명했습니다. 그 사람들의 머리 속에 신종 기생충이 있다는 것, '벌레'가 숙주의 정신을 조종하고 있는지도 모른다는 것, 하지만 현재의 치료법으로 충분히 대처 가능하다는 것.

나중에 저는 히지리를 데리고 다시 한번 그 사람의 병원을 방문했습니다. 그리고 히지리는 칸로지 교수 곁에서 치료를 받게 되었습니다. 이렇게 해서 저희는 칸로지 교수와 관계를 가지게 됩니다만, 그 뒤로 한 달도 되지 않아 그 사람의 부고를 듣게 되었습니다.

칸로지 교수의 자살은 뉴스에 대대적으로 보도되었습니다. 의학부 교수가 대학 구내에서 자살했다는 것만으로도 큰 사건입니다만, 그것이 단순한 자살이 아니라 그가 담당하던 환자와의 동반 자살이었으니 정말 대소동이 벌어졌지요. 이쪽저쪽에서 다양한 억측이 진실인양 이야기되었습니다.

저는 칸로지 교수의 죽음을 알리는 신문 기사를 히지리에게 보여 주었습니다. 숨겨 봤자 소용없다고 생각했습니다. 히지리가 기사에 눈길을 떨어뜨리더니 차분한 어조로 '어쩐지 아버지와 어머니 같네요.' 라고 혼잣말하듯이 말했습니다. 그것은 제가 품었던 감상과 완전히 같았습니다.

히지리는 낯빛 하나 바꾸지 않고 '아마도 그 선생님, 자기 몸을 기생충의 실험대로 삼았던 거겠죠. 좋은 사람이었는데.' 라고 말하더군요.

'너도 기생충이 그 사람이 자살한 원인이라고 보니?'

내가 묻자, 그 애는 당연하다는 듯이 끄덕였습니다.

'동반 자살한 환자도, 아마 감염자 중 한 사람이겠죠. 제가 만나기 전에 칸로지 선생님을 찾아왔다던 여자.'

저는 잠시 생각한 뒤에 히지리에게 물었습니다.

'할아버지가 솔직히 물으마. 지금, 조금이라도 죽고 싶다는 마음이 있니?'

'그야 조금도 없다고 말하면 거짓말이겠죠.' 히지리가 어깨를 으쓱해 보였다. '하지만 그건 아주 옛날부터 그랬어요. 어제오늘 시작된 건 아니에요. 성격이 어두운 걸로 설명할 수 있는 범주예요.'

저는 그 말을 듣고 가슴을 쓸어내렸습니다.

히지리가 관자놀이를 검지로 쿡쿡 찌르면서 '가령 이 기생충이 감염자에게 자살을 촉구하는 위험 생물이라 해도'라고 말을 이었습니다. '증상에는 개인차가 있지 않을까요. 그렇지 않으면 처음에 병원을 방문했다는 부부도 이미 자살했을 텐데요.'

'히지리는 무섭지 않니?' 무서울 정도로 냉정하게 상황을 분석하고 있는 손녀를 눈앞에 두고, 그렇게 물었습니다.

'무서워요. 하지만 이걸로 적어도 한 가지 확실해진 것이 있어요. 아버지와 어머니는, 저를 남기고 자살한 게 아니에요. 기생충 때문에 죽은 것뿐이었어요.'

히지리가 그렇게 말하고 가볍게 미소를 짓더군요. 얄궂게도, 그 애가 저에게 맡겨진 뒤에 처음으로 보인 웃음이었습니다.

칸로지 교수가 자살하기 직전에 나에게 메일을 보냈다는 사실을 깨달은 건 그날 밤이었습니다.

아마도 칸로지 교수는 세 명의 환자를 남겨둔 채로 목숨을 끊는 것이 마음에 걸렸던 거라고 생각합니다. 그래서 동업자이자 환자의 가족으로 '벌레' 주변의 사정을 잘 파악하고 있는 저에게 환자들을 맡기기로 했던 것이 아닐까요. 두 사람이 나눈 메일을 그대로 보낸 이유는 구체적인 메시지를 남길 시간이 없었기 때문이겠죠.

저는 두 사람의 메일 대화를 몇 번이고 다시 읽었습니다만, 결국 '벌레'가 숙주에게 죽음을 가져오는 메커니즘에 대해서는 아무것도 알아내지 못했습니다. 확실한 것은 칸로지 교수처럼 이지적인 인물조차 '벌레'를 거스르지 못했다는 것뿐입니다.

저는 하세가와 유지와 하세가와 사토코——메일에 'Y'와 'S'라고 나왔던 인물이지요——의 치료를 이어받았습니다. 기생충 질환은 저의 전문 분야가 아니었습니다만, 메일 안에 기록된 치료법을 바탕으로 하세가와 부부와 히지리의 구충을 속행했습니다.

이제까지 죽은 네 사람이 모두 감염자 커플임을 고려해, 저는 하세가와 부부에게는 한 번 거리를 두고 생활하도록 권하는 편이 좋겠다고 판단했습니다. 두 사람은 아주 선뜻 저의 제안을 따르더군요. 떨어져서 살 대의명분이 생겨서 안도하는 듯한 눈치로 보이기도 했습니다. 과연 칸로지 교수의 메일에 적혀 있던 대로입니다. 두 사람의 관계는 이미

수복할 수 없는 수준까지 붕괴된 듯했습니다.

하세가와 부부가 순조롭게 회복되어 가는 한편, 히지리는 전혀 개선될 기미가 없었습니다. 같은 구충약을 먹는데도 그 효과의 차이는 또렷했습니다. 하세가와 부부의 '인간 혐오'가 서서히 수그러드는 것에 비해 히지리의 '인간 혐오'는 약해지기는커녕 악화되어 갔습니다.

그럴 만했습니다. 히지리는 실제로는 구충약을 먹지 않았으니까요.

저는 어느 날 우연히 그 현장을 목격했습니다. 히지리가 약을 먹지 않고 쓰레기통에 버리는 현장을 우연히 지나가게 되었습니다. 히지리는 저와 눈이 마주치자 핑계도 대지 않고 '화내고 싶으면 화내세요.'라는 말만하고 어깨를 축 늘어뜨렸습니다.

이때만큼은 저도 그 애를 꾸짖었습니다. 자신이 무슨 짓을 하고 있는지 아느냐고 묻자, 히지리가 진저리난다는 얼굴로 탄식했습니다. 그리고 가만히 중얼거리더군요.

'낫지 않아도 괜찮아요. 그것 때문에 죽어도 상관없어요. 저는 이런 세계하고 얼른 작별하고 싶어요.'

그건 너의 몸 안에 '벌레'가 있기 때문이다. '벌레'가 자신을 지키기 위해 너에게 그렇게 생각하도록 만들고 있을 뿐이다, 아무리 그렇게 말해도 효과가 전혀 없었습니다. 이윽고 그 애는 머리카락을 밝은 색으로 물들이고 귀에 피어스를 했습니다. 학교에도 나가지 않고, 오래된 철학서나 기생충에 관련된 책을 탐독하게 되었습니다.

히지리의 몸속에 있는 '벌레'를 구제하려면 우선 그 애의 '낫고 싶다'라는 의지를 키울 필요가 있었습니다. 하지만 어떡해야 그 애가 구충에 긍정적인 자세를 보일지 전혀 알 수 없었습니다.

이즈미 씨가 나타난 건 그 무렵입니다. 그날 갑자기 사전 연락도 없이 밀고 들어왔는데 문득 그 사람의 이름이 낯익다는 생각이 들더군요. 당연하겠지요. 그 사람은 칸로지 교수와 동반 자살한 여자, 이즈미 씨의 아버지였습니다. 그 사람도 역시 칸로지 교수에게 메일을 받았는지 '벌레'의 존재를 인지하고 있었습니다.

자위대 출신으로, 현재는 경비회사에서 일하고 있다고 했습니다만, 제가 받은 첫인상은 자위대 대원이나 경비원보다 오히려 연구자나 기술자 쪽이 더 와 닿았습니다. 그 정도로 그 사람의 말투는 이성적이었습니다. 이즈미 씨는 환자 여성과 동반 자살을 한 괘씸한 의사를 미워하지 않았습니다. 오히려 딸의 병을 낫게 하려다 목숨을 잃은 용감한 의사라며 칸로지 교수를 칭찬했습니다.

저는 그 사람이 그렇게 이성적일 수 있는 것이 신기해서 견딜 수 없었습니다. 만약 칸로지 교수와 동반 자살한 사람이 그 사람의 딸이 아니라 저의 손녀였다면 저는 그 사람처럼 훌륭하게 행동할 수 있었을까요? 아뇨, 아마도 불가능했을 겁니다.

이즈미 씨는 '벌레'의 근절을 위해 자신이 뭔가 할 수 있는 일이 있으면 거들고 싶다고 제안했습니다. 처음에 저는 그것을 정중하게 거절했습니다. 마음은 고맙지만 당신 같은 문외한이 무엇을 도울 수 있겠는가, 라는 것이 솔직한 심정이었습니다.

하지만 그 사람은 끈질기게 물고 늘어졌습니다. 부탁입니다, 부디 거들게 해 주십시오, 라고 애원했습니다. 그 눈에서 이상한 빛이 보였습니다. 그것을 보고 알아차렸습니다. 아마도 이 이즈미라는 남자는 딸의 죽음에 뭔가 의미를 갖게 하고 싶은 것이 아닐까. 딸의 죽음이 그 사람을 움직이는 계기가 되어서 그것으로 다른 환자가 구원받는다는 이야기를 원하는 것이 아닐까. 그런 이야기가 지금 이즈미란 남자를 아슬아슬하게 지탱하고 있는 것이 아닐까.

저는 그 사람을 깊이 동정하고, 다시 한번 그 제안을 검토해 보았습니다. 그리고 그 사람에게 맡겨야 할 일이 한 가지 있다는 것에 생각이 미쳤습니다.

그 사람은 히지리가 치료에 소극적이고 삶의 의지가 희박하다는 이야기를 꺼내자 그 이야기에 달라붙었습니다.

'저에게 맡겨 주십시오.' 라며 자신감을 내비쳤습니다. '반드시 손녀분의 마음을 열어 보이겠습니다.'

그렇게 이즈미 씨가 히지리의 삶의 의지를 되찾아 주기 위해 분주히 움직이기 시작했습니다. 그리고 얼마 안 가서 그 사람이 당신을 찾아냈습니다. 그건 완전한 우연이었습니다. 이즈미 군은 어디까지나 히지리와 친밀한 관계를 쌓을 만한 인물을 찾았을 뿐 설마 '벌레'의 감염자를 또 한 명 발견하리라고는 생각도 하지 못했습니다.

어쨌든 결과적으로 히지리는 당신과 친밀해졌고, 닫혀 있던 마음을 열었습니다. 제가 동정심에서 이즈미 씨의 제안을 받아들이지 않았더라면, 히지리는 지금도 혼자서 마음의 어둠을 끌어안고 있었겠지요. 인정을 베풀면 자신에게 돌아온다는 옛말은 이런 것을 두고 하는 말이겠지요.

*

이야기는 그것으로 끝이었다. 우리자네가 목을 누르며 가볍게 기침했다. 말하느라 지친 듯했다.

코사카는 조금 전에 읽었던 메일 대화와 우리자네의 이야기를 머릿속에서 정리해 보았다. 자신의 몸 안에——그리고 사나기의 몸 안에—— 숨어 있는 '벌레'에 관해 판명된 것은, 대충 이하의 세 가지.

첫 번째, '벌레'는 숙주를 고립시킨다.

두 번째, '벌레'의 숙주는 서로 이끌린다.

세 번째, 어떠한 조건이 모이면 '벌레'의 숙주는 자살한다.

"요컨대." 코사카가 입을 열었다. "제가 이곳에 불려온 것은 저와 사나기가 칸로지 교수님과 같은 운명을 맞이하기 전에 '벌레'를 죽이기 위해서인가요?"

"그런 겁니다."

코사카가 조금 생각에 잠긴 뒤에 물었다.

"그렇다는 얘기는. 저와 사나기는, 이제부터 헤어지게 되는 건가요?"

"그렇습니다. 당신과 손녀딸을 붙여 놓은 것은 우리이지만, 사정이 변했습니다. 이즈미 씨가 당신을 히지리의 친구로 발탁한 것은 그 애가 마음을 열고 삶의 의지를 되찾을 계기가 되기를 바랐기 때문입니다. 실제로 그 예상은 들어맞았다고 할 수 있겠습니다만…… 그렇지만 그것이 '벌레'의 짓이었다면 이야기는 달라집니다. 미안하지만, 당신을 히지리와 같이 있게 할 수는 없습니다. 만에 하나의 일이 일어날 수 있으니까요."

코사카는 우리자네가 말하는 '만에 하나'에 대해서 시험 삼아 상상해 보았다. 사나기와 자신이 동반 자살한다는 즉석 이미지는 놀라울 정도로 거부감이 없었다. 과연, 확실히 지금의 우리라면 그런 일을 저질러도 이상하지 않다, 라고 코사카는 남의 일처럼 생각했다. 만약 사나기가 청한다면 코사카는 거절할 수 없을 테고, 코사카가 청한다면 사나기는 거절하지 않을 것이다. 이유 따위야 '살기 힘드니까'라는 한 마디로 족하다.

아직 떠올리지 못했을 뿐, 코사카가 그 발상에 이르는 것은 시간문제였는지도 모른다. 어쩌면 내일이라도 동반 자살이라는 아이디어에 자력으로 도달해 사나기에게 그것을 제안했을지도 모르는 일이다. 그렇게 생각하니 오싹했다.

우리자네가 팔짱을 끼고 묵고하고 있는 코사카에게 말했다.

"지금 당장 대답하라고는 하지 않겠습니다. 갑자기 이런 뜬금없는 이야기를 들어서 마음의 정리도 제대로 못했겠지요?"

코사카가 끄덕였다.

"닷새 후에 다시 사람을 보내겠습니다. 그날까지 치료를 받을지 말지 결심하세요. 치료법 자체는 간단하니까 별다른 준비는 필요 없고, 당신의 대답 여하에 따라 지금 당장에라도 시작할 수 있습니다."

코사카는 칸로지 교수의 메일에, 개두수술은 필요 없으며 약물치료만으로 충분하다고 적혀 있던 것을 기억해 냈다.

"물론 저는 당신이 '벌레'의 유혹을 뿌리치고 치료에 응해주기를 바랍니다. 하지만 강요하지 않겠습니다. 가족도 아니니 치료할 마음이 없는 환자를 억지로 치료할 생각은 없으니까요."

코사카는 '닷새 후'라고 마음속으로 되뇌었다. 그때까지 결단을 내려야 한다.

"그리고 만일을 위해 덧붙여 두겠습니다만." 우리자네가 말했다. "만약 치료를 거부한다면 당신은 두 번 다시 히지리와 만날 수 없습니다. 그 애가 치료를 받아들일지는 아직 알 수 없습니다만, 어쨌든 '벌레'에 의해서 서로에게 이끌린 감염자들을 함께 두는 것은 너무 위험하니까요."

"네. 그리고 결벽증이나 '인간 혐오'도 낫지 않겠죠."

코사카가 대답했다.

"그렇습니다. 그리고 당신이 치료를 받게 되더라도 두 사람의 몸속에서 '벌레'가 완전히 없어졌다고 확인할 때까지 당신은 히지리에게 접근할 수 없습니다. 그건 이해해 주시겠죠?"

"……네."

그리고 우리자네는 문득 떠올랐다는 듯이 책상 서랍을 열고, 사진 한 장을 꺼내서 코사카에게 건넸다. 사진에는 롤샷 테스트에 쓰이는 잉크 얼룩 같은 뭔가가 찍혀 있었다. 코사카는 이제까지의 이야기의 흐름으로 보아, 그 흐릿한 피사체가 무엇인지 예상할 수 있었다.

"이게 '벌레'의 사진입니까?"

우리자네가 끄덕였다.

"이렇게 사진으로 보니 조금 실감이 나지요? 그곳에 찍힌 것은 두 마리의 '벌레'가 결합한 모습입니다. 칸로지 교수의 메일에도 있었습니다만, 아무래도 이 기생충은 사람의 체내에서 다른 개체와 만나면 서로의 웅성 생식 기관과 자성 생식 기관을 결합시켜 Y자 형태로 응착되는 성질이 있는 듯합니다."

코사카는 다시 한번 사진을 보았다. 엷은 적색으로 염색된 '벌레'의 모습이 Y자라기보다 어린 아이가 그린 하트 마크처럼 보였다.

코사카가 로비로 돌아가자 구석 소파에 나란히 앉아 있던 이즈미와 사나기가 고개를 들었다. 코사카가 사나기에게 미소를 지어 보였지만, 그녀는 눈을 돌리고 고개를 숙였다.

"이야기는 끝난 모양이군. 집까지 바래다주지."

이즈미가 말했다.

그러면 이만 가 볼게, 히지리. 이즈미가 사나기를 향해 말했다. 아무래도 사나기는 여기에 남을 모양이다. 아마도 여기는 의원 병용 주택인 것 같다. 그녀는 이 진료소에서 살고 있는 것이다.

코사카는 헤어지기 전에 그녀를 안심시킬 만한 말을 하려고 사나기 앞에 멈춰 섰다. 그렇지만 어떻게 말을 걸어야 할지 알 수 없었다.

아니, 사실은 알고 있다. "저런 이야기를 들은 정도로 너에 대한 마음은 변하지 않아. 그러니까 걱정 하지 마."라고 말하면 된다. 간단한 일이다.

하지만 코사카는 그것이 불가능했다. 지금, 그는 자신의 마음에 예전만큼의 확신을 가질 수 없었다.

코사카는 되짚어 보면 처음부터 모든 것이 부자연스러웠다는 생각이 들었다. 왜 사나기가 나 같은 변변찮은 놈에게 이끌린 거지? 왜 나는 사나기처럼 꺼리던 여자애에게 이끌린 거지? 왜 두 사람이 있을 때는 서로의 강박장애가 완화된 거지? 왜 띠동갑 가까이 차이가 나는 두 사람 사이에 사랑이 싹튼 거지? 이상한 점이 너무 많다.

하지만 그것들 전부가 '벌레'가 초래한 착각이라면 납득이 간다. 나와 사나기는 서로 사랑한 것이 아니다. 내 안에 있는 '벌레'와 사나기 안에 있는 '벌레'가 서로 사랑하고 있었던 것뿐이다.

교묘한 사기극에 걸려든 기분이었다. 코사카의 마음이 바로 몇 시간 전까지 느끼던 다행감의 반동처럼 급격히 식어 갔다.

결국 코사카는 사나기에게 말을 걸지 않고 진료소를 뒤로했다. 코사카는 돌아가는 차 안에서 계속 멍한 상태로 창밖을 바라보다가 아파트가 가까워질 무렵이 되어 "저기요."라고 이즈미에게 말을 걸었다.

"한 가지, '벌레'에 대해 듣지 못한 게 있습니다만……."

"뭐지? 내가 대답할 수 있는 범위라면 대답해 주지."

이즈미가 앞을 바라본 채로 말했다.

"'벌레'의 감염 경로는 판명되었습니까?"

이즈미가 고개를 저었다.

"불명이야. 하지만 우리자네 씨는 아마도 주로 경구감염일 거라고 짐작하고 있어. '벌레'가 부착된 음식을 운 나쁘게 먹은 거겠지. 당신, 짚이는 건 없어?"

"아뇨, 유감스럽게도."

"그렇겠지. ……그밖에 질문은?"

"'벌레'는 사람에서 사람으로 전염됩니까?"

"전염돼." 대답은 빨랐다. 이즈미는 그 질문을 예상한 것 같았다. "'벌레'의 성체는 중추신경에 기생하지만, 충란이나 유체는 혈류를 타고 몸속을 이동하니까. ……하지만 그저 함께 생활하는 정도라면 전염되지 않아. 그렇지 않으면 '벌레'가 일부러 숙주끼리 사랑에 빠뜨리는 귀찮은 짓은 하지 않겠지. 내가 말하는 의미, 알겠지?"

코사카가 대답했다.

"네. 요컨대 성병 같은 거죠?"

이즈미가 씩 웃었다.

"노골적으로 말하면 그런 얘기야. 그러니까 너의 '벌레'는 사나기 히지리에게 전염된 것이 아니야. 그건 훨씬 전부터 너의 몸속에 있었어."

"압니다. 사나기를 의심한 건 아닙니다. 조금 신경 쓰였
던 것뿐입니다."

이즈미의 대답을 듣고, 간신히 수수께끼가 풀렸다. 12월
20일. 그날, 사나기는 잠들어 있던 코사카에게 키스하려고
했다. 그렇지만 직전에 멈추고서 말했다. "나, 하마터면 돌
이킬 수 없는 짓을 할 뻔했어."

그때 사나기는 코사카에게 '벌레'를 전염시키려고 했던
거겠지. 당시에는 코사카가 '벌레'의 숙주임을 아무도 깨
닫지 못했다. 그리고 사나기는 '벌레'의 숙주는 강고한 사
랑으로 연결되는 것을 알고 있었다.

사나기는 코사카에게 '벌레'를 전염시켜 두 사람의 관계
를 완전한 것으로 만들려고 했던 것이다. 하지만 그것을 실
행하기 직전에, 제정신을 찾았다. 자신이 코사카의 목숨을
위험에 빠뜨리려 한다는 것을 자각하고, 그를 볼 낯이 없어
서 도망쳤다.

그것이 진상일 것이다.

"닷새 후의 오후에 데리러 오지. 그때까지 마음의 정리
를 해둬."

"그렇게 오래 걸리지 않을 겁니다."

"어렵게 생각할 필요 없어. 누구에게나 있는 일이야. 알코올과 고독과 어둠이 눈을 흐리게 해서 운명의 사랑이라고 착각하게 만든 거지. 그리고 다음 날 아침, 술이 깬 두 사람은 자신들이 저지른 실수를 깨닫지. 요컨대 너에게 일어난 건 그것과 같은 일이야."

이즈미는 그 말만 남기고 떠나갔다.

코사카는 곧바로 아파트에 돌아가지 않고, 입구 앞에 멈춰 서서 주위에 늘어선 주택과 맨션의 창문에서 흘러나오는 불빛을 멍하니 바라보았다. 각각의 창문 너머에 전혀 다른 생활이 영위되고 있다고 생각하니 기묘한 느낌이 들었다. 타인의 인생을 의식한 것은 처음이었다.

그리고 정말 갑작스럽게, 코사카는 어머니의 죽음을 떠올렸다.

어쩌면 '벌레'에게 감염되었던 것은 자신만이 아니었는지도 모른다.

어머니의 자살은 '벌레'가 원인이었는지도 모른다.

자살까지의 한 달간, 어머니는 사람이 변한 것처럼 자상해지고 코사카에게 애정을 담아 대했다. 그것이 지금까지 계속 이해되지 않았다. 그가 아는 어머니는, 설령 천지가 뒤집혀도 자신의 잘못을 인정할 사람이 아니었다.

그렇지만 그것이 '벌레' 때문이라면 납득이 간다. '벌레'에 의해 '인간 혐오'가 되었던 어머니가 마음을 열 수 있었던 상대는 마찬가지로 '벌레'의 감염자인 코사카뿐이었다. 어머니의 몸속에 있는 '벌레'가 그의 몸속에 있는 '벌레'와 호응했던 것이다.

신기하게도 마음이 후련해졌다. 코사카는 간신히, 거리낌 없이 어머니를 미워할 수 있게 되었다고 생각했다. 어머니는 마지막까지 자신의 의사로는 코사카를 사랑하지 않았다. 그 사실이 그의 마음에 맺힌 응어리를 풀어 주었다.

제7장 경기(驚氣)

코사카는 첫 이틀간을 평소처럼 보냈다. 평소처럼이란 사나기와 만나기 전처럼이라는 의미다. 침대에 드러누워 책을 읽고, 질리면 컴퓨터를 만지작거리고, 공복을 느끼면 최소한의 식사를 했다. 어설프게 생각에 잠기기보다 차분하게 뭔가를 생각할 수 있는 정신 상태를 되찾는 것이 먼저다. 그러기 위해 머리를 비우고 느긋하게 지내는 것이 제일이라고 생각했다.

　정상적으로 생각하면 치료를 받을 수밖에 없었다. 영문도 모른 채로 '벌레'에게 조작당해 자살한다는 것은 말도 안 된다. 그리고 무엇보다 '벌레'를 구제하면 오랫동안 그를 괴롭히던 결벽증이 나을지도 모른다.

　하지만 거부감도 있었다. 그것은 거대한 변화를 앞두었을 때 모두가 경험하는 원시적인 공포였다. 이제까지 그의 인생은 결벽증과 고독을 중심으로 성립되어 있었다. 코사카는 좋게도 나쁘게도 그런 인생에 익숙해져 버렸다. 그 두 가지 축이 제거된다는 것은 요컨대 인생을 처음부터 다시 시작해야 한다는 뜻이다. 하지만 10대라면 몰라도 20대 후반이 되어 인생을 처음부터 다시 시작한다는 것이 현실적으로 가능할까?

그런 염려를 제외하면 그는 기본적으로 '벌레'의 치료에 긍정적이었다. 이론으로서는 9할, 감정으로서도 6할 정도는 납득하고 있었다.

3일째에 이즈미에게 연락이 왔다. 메시지에 "네가 만나야 할 사람이 있어."라고 적혀 있었다. 지정된 카페로 찾아간 코사카를 젊은 남자가 맞이했다. 남자의 얼굴에는 앳된 기운이 남아 있었는데, 대학을 졸업한 지 얼마 안 된 듯 보였다. 그는 칸로지의 메일에 계속 등장했던 '벌레'의 첫 감염자 Y, 하세가와 유지였다.

코사카는 하세가와 부부의 첫 만남에 대해 들었다. 스무 살 이상 차이나는 두 사람이 어떻게 만나고, 어떻게 반하고, 어떻게 맺어졌는가. 그리고 그 애정이 어떻게 엷어져 갔는가.

두 사람의 첫 만남은 코사카와 사나기의 만남과 판박이였다. 코사카는 들으면 들을수록 그들과의 공통점이 많아 놀랐다. 생각지도 못하게 만난, 성격이 정반대인 두 사람이 서로의 마음의 병을 깨달은 것을 계기로 점차 가까워진다. 인간을 싫어하던 두 사람이 이 세계에 단 한 사람, 예외적으로 신뢰할 수 있는 인물이 있음을 깨닫는다. 두 사람은 나이 차를 극복하고 맺어진다…….

하세가와 유지가 먼 곳을 보는 눈으로 말했다.

"하지만 그것은 일종의 상사병에 지나지 않았던 겁니다. 우리자네 씨가 처방해 준 구충제를 먹기 시작하면서 아내에 대한 마음이 순식간에 식어 갔습니다. 제가 그 사람의 어디에 반해 결혼을 결심했는지 지금은 기억할 수조차 없어요. 그건 저쪽도 마찬가지인 것 같더군요. 이혼도 시간문제겠지요."

코사카는 그곳에서 자신의 미래를 보았다. '벌레'가 없어지면서 식어 가는 두 사람의 관계. 아니, 본래의 상태로 돌아간다고 말하는 편이 적절할지도 모른다. 그 감정은 '벌레'에 의해 일시적으로 가열되었던 것뿐이니까.

코사카는 우리의 사랑도 어차피 '상사병'에 지나지 않겠지, 라고 생각했다. 그리고 그는 처음으로 사나기와 만난 날을 돌이켜보았다. 그날, 역 앞에서 발견한 스트리트 퍼포머. 그가 조종하는 두 개의 마리오네트가 연기하던 일련의 익살극. 인형은 자신들이 사랑하고 있던 것이 아니라 인형사에 의해 사랑하게 만들어졌다는 것을 자각하고 있을까? 그런 건 내가 알 방법이 없다. 하지만 어쨌든 우리의 사랑은 그 꼭두각시 인형의 사랑과 아무것도 다를 것이 없다. 눈에 보이는 실이 붙어 있는가 그렇지 않은가라는 사소한 차이다.

하세가와 유지의 이야기가 끝날 무렵에 코사카의 생각은 굳어졌다. 그는 치료를 받기로 했다. 그것으로 사나기와의 사랑이 끝난다고 해도 전혀 상관없다. 이대로 '벌레'를 방치해 사나기와의 관계를 지속시킨들 진실을 알아 버린 지금은 예전처럼 순수한 마음으로 그녀를 대할 수 없을 것이다. 어떤 의미에서 우리자네의 이야기를 들은 시점에서 두 사람의 관계는 끝난 것이다.

코사카는 하세가와 유지에게 인사하고 가게를 나섰다. 귀가해서 코트를 행거에 걸 때, 사나기에게 받은 머플러가 있음을 깨달았다.

한순간 그의 머리에 머플러를 버릴까 하는 생각이 스쳤다. 이런 물건이 있으면 언제까지나 사나기에 대한 미련을 끊을 수 없을지도 모른다.

하지만 곧 생각을 고쳤다. 너무 극단적인 행동을 해서는 안 된다. 금연이든 금주든 무리하게 뭔가를 싫어하려고 하면 오히려 그 매력을 높이는 결과를 초래하기 마련이다. 사나기는 시간을 들여 천천히 잊어야 한다. 초조해할 필요 없다.

코사카는 머플러를 옷장 깊은 곳에 집어넣었다. 욕실에 들어가 한 시간 정도 샤워하고, 청결한 옷으로 갈아입고 침대로 들어갔다. 눈을 감자 최근 한 달 사이에 일어난 일들이 차례차례 눈꺼풀 뒤편에 떠올랐다가 사라졌다. 하나하나가 무엇과도 바꿀 수 없는 추억이다. 미혹되지 마라. 스스로에게 이건 전부 '벌레'가 조작하는 거라고 들려주었다. 약물 중독의 금단 증상 같은 거다. 가만히 참고 견디면 곧 사라질 것이다.

*

그렇게 나흘째가 찾아왔다.

내일 오후에 이즈미가 데리러 오고, 치료가 시작된다. 그렇게 되면 두 번 다시 사나기와 만날 일은 없을 것이다. 두 사람의 '벌레'가 완전히 사라지면 재회가 허락되겠지만, 그 무렵에는 아마도 서로에 대한 관심을 잃었을 것이다. 각자의 인생을 살아갈 것이다.

코사카는 사나기와 마지막으로 한 번만 만나자고 생각했다. 이대로 작별도 없이 헤어지면 그녀의 존재가 언제까지나 나의 기억에 그림자를 드리우게 될 것이다. 제대로 된 수순을 밟고 헤어질 필요가 있다. 남녀가 헤어질 때 하는 "잘 있어."는 "저를 잊어주세요. 저는 당신을 잊겠습니다."라는 뜻이라고 생각한다.

나는 그녀에게 작별을 고해야 한다.

코사카가 책상 위에 놓아 둔 스마트폰을 집었다. 전화를 걸까 메시지로 불러낼까를 고민하고 있는데 손에 든 스마트폰이 진동했다.

사나기에게 온 메시지의 착신을 알리는 통지였다. 아무래도 그녀도 코사카와 같은 타이밍에 같은 생각을 한 것 같다.

간결한 문장이었다.

"가도 돼?"

코사카는 "괜찮아."라는 세 글자만 입력해 답장을 보냈다.

그러자 몇 초 뒤에 그의 집의 인터폰이 울렸다. 설마 하고 생각하며 문을 열자 사나기가 서 있었다. 메시지를 발신한 시점에서 이미 문 앞까지 와 있었던 것이다.

그녀는 교복 위에 감색 피코트를 입고 있었다. 투박한 헤드폰은 쓰지 않았다. 그런 평범한 옷차림을 하고 있으니, 사나기는 어디에도 문제 같은 건 없는 평범한 여자애처럼 보였다. 그녀는 코사카와 시선이 마주치자 반사적으로 눈을 돌렸다가 다시 천천히 그의 얼굴로 시선을 돌리고서 가볍게 고개를 숙였다. 사나기답지 않은, 얌전한 태도였다.

기껏해야 사흘만인데 아주 오랜만에 얼굴을 마주하는 것처럼 느껴졌다. 사나기를 본 순간, 코사카의 결의가 금세 흔들렸다. 아무리 결론을 내렸다고 생각하려 해도 실물을 앞에 두니 그 매력에 저항하기 어려웠다.

지금 당장 그녀를 끌어안고 싶다는 강한 유혹에 사로잡혔다. 하지만 그는 그것을 열심히 억눌렀다.

코사카는 마음을 가라앉히기 위해 자신의 머리 속에 있는 '벌레'가 연애 감정에 관련된 신경전달물질이나 호르몬 같은 것을 맹렬하게 방출하는 모습을 상상했다. 물론 실제로는 조금 더 복잡한 일이 일어나고 있겠지만, 중요한 것은 정확한 이미지를 떠올리는 것이 아니라 '조종당하고 있다' 라고 자각하는 것이다.

사나기는 침대로 향하지 않았다. 코트도, 신발도 벗지 않고 현관에 선 채로 집 안에 들어오려고도 하지 않았다. 자신에게 더는 이 방의 문지방을 넘을 권리가 없다고 생각하는지도 모른다.

코사카가 먼저 입을 열었다.

"할 이야기라니?"

"코사카 씨는 '벌레'를 죽일 거야?"

사나기가 마른 목소리로 물었다.

"아마도 그렇게 될 거라고 봐."

그녀는 그 대답에 기뻐하지도, 슬퍼하지도 않고 무감동하게 "그렇구나."라고만 말했다.

"너도 그렇게 할 거지?"

사나기는 그 질문에 대답하지 않았다.

그 대신 이렇게 대답했다.

"마지막으로 코사카 씨에게 보여 주고 싶은 것이 있어."

그녀는 그렇게 말하고 코사카에게 등을 돌려 현관을 나섰다. 따라오라는 뜻인 듯했다. 코사카는 황급히 코트와 지갑을 집어 들고 그녀의 뒤를 쫓았다.

전철을 몇 번 갈아타며 목적지로 향했다. 어디로 향하고 있는지 물어도, 사나기는 "비밀이야."라고만 말하며 알려 주지 않았다. JR에서 사영철도로 갈아타자 창문으로 보이는 경치가 점점 단조롭게 변해 갔다. 열차는 새하얀 눈이 덮인 산간 노선을 담담하게 계속 달렸다. 역의 간격이 점차 넓어지고, 승객의 수는 줄어들었다.

코사카는 창밖을 바라보며 생각했다. 사나기가 "마지막으로 코사카 씨에게 보여 주고 싶은 것이 있어."라고 말했다. 물론 '보여 주고 싶은 것'의 정체도 신경 쓰였지만, 그것보다 신경 쓰이는 것은 '마지막'의 의미였다. 그것은 치료가 시작되면 한동안 만날 수 없게 된다는 의미의 일시적인 '마지막'일까, 아니면 그녀에게는 치료를 받을 생각이 없으므로 두 번 다시 코사카와 만날 일은 없다는 의미의 항구적인 '마지막'일까…….

도착역을 알리는 차내 방송이 들렸다. 이윽고 열차가 멈춰서고, 옆에 앉아 있던 사나기가 일어섰다. 두 사람은 그곳에서 내려 무인역을 지나 밖으로 나왔다.

시야 전체에 산과 밭이 펼쳐졌다. 그 이외에는 아무것도 보이지 않았다. 민가 세 채가 보였지만, 어느 집이나 심하게 훼손되어 사람이 사는지 의심스러웠다. 모든 것이 눈에

덮이고, 도로의 중앙선조차 흐리다. 하늘에는 두꺼운 구름이 드리워지고, 눈보라가 안개처럼 시야를 덮고, 밤으로 착각할 정도의 어둠이 주위에 가득 차 있었다. 코사카는 마치 흑백사진 같은 풍경이라고 생각했다. 사나기는 이런 세계의 끝 같은 장소에서 나에게 무엇을 보여 줄 생각일까?

몰아치는 바람이 전철의 난방으로 데워진 몸을 순식간에 식혔다. 바람에 노출된 얼굴과 귀가 얼얼했다. 기온이 영하인 것은 틀림없다. 코사카가 코트 앞 단추를 목까지 채웠다. 문득 시간을 확인하려고 스마트폰을 꺼내자 전파 강도가 통화권 이탈로 표시되어 있었다. 그 정도로 외진 곳이라는 뜻이다.

사나기는 망설임 없는 발걸음으로 한 채의 민가를 향해 걷기 시작했다. 눈 때문에 거리감이 마비되어 알 수 없었지만, 민가까지는 거리가 꽤 되었다. 사나기는 이동 중에 몇 번인가 돌아보며 코사카가 따라오는지 확인했다. 그러나 나란히 걸으려고 하지는 않았다. 코사카가 따라잡을 만하면 걸음을 빨리하며 약 3미터의 거리를 유지했다.

10분 정도 걸어 간신히 민가에 도착했다. 그곳은 흠잡을 데 없을 만큼 완벽한 폐가였다. 2층짜리 목조 가옥으로, 외벽에 빛바랜 선거 포스터와 간판이 두서없이 붙어 있었다.

창유리가 처참하게 깨졌고, 눈의 무게로 뒤틀린 지붕이 당장에라도 무너질 것 같았다.

사나기가 코사카를 데리고 폐가의 뒤편으로 돌아 들어갔다. 그곳에 하늘색 컨테이너가 있었다. 길이 3.5미터, 폭 2.5미터, 높이 2미터 정도의 화물용 컨테이너였다. 집의 소유자가 창고 대용으로 사용하던 것인 듯하다. 여기저기에 붉은 녹이 슬어 있긴 하지만, 집과는 달리 아직 창고로서 충분히 기능하고 있었다.

사나기가 곧바로 컨테이너로 향했다. 아무래도 그녀가 말하는 '보여 주고 싶은 것'이 그 안에 있는 듯했다.

코사카는 여기까지 와서도 그 정체를 전혀 상상할 수 없었다. 실마리조차 파악할 수 없었다. 이런 벽지의 땅에 우두커니 서 있는 폐가의 창고에 대체 무엇이 있는 걸까. 설마 경운기나 발전기를 보여 주고 싶은 것도 아닐 것이다.

사나기가 말없이 컨테이너로 들어갔다. 코사카도 그 뒤를 따랐다. 내부는 전면이 널빤지로 둘러쳐져 있었지만, 그래도 녹슨 쇠 냄새가 났다. 잡동사니가 쌓여 있지 않을까 생각했는데, 컨테이너 안은 텅 비어 있었다. 양쪽 벽에 아무것도 없는 스틸 랙이 놓여 있을 뿐이었다.

코사카는 당황했다. 이 텅 빈 컨테이너가, 사나기가 '보여 주고 싶은 것' 인가?

사나기에게 물어보려고 돌아본 것과 거의 동시에 문이 닫혔다. 한순간에 시야가 어둠에 둘러싸였다. 직후에 철컥하고 불길한 소리가 났다. 달려가서 문을 밀어 보았지만, 단단히 잠겨서 꿈쩍도 하지 않았다.

아무래도 바깥에서 잠근 듯했다.

코사카는 사나기가 밖으로 나가 문을 잠갔다고 생각했다. 하지만 옆에서 작은 웃음소리가 들리는 것을 깨달았다. 그녀는 코사카와 함께 컨테이너 안에 갇힌 것이다. 즉 밖에 또 한 사람, 문을 잠근 인물이 있다는 이야기다. 그런 기척은 전혀 느껴지지 않았는데.

"그건 그렇고. 이것으로, 우리는 여기서 나갈 수 없어."

사나기가 작게 헛기침을 했다.

"……이건, 네 짓이야? 보여 주고 싶은 것이 있다는 건 거짓말이었어?"

코사카는 사나기가 있다고 생각되는 주위의 암흑을 향해서 말했다.

"미안해. 하지만 안심해. 여기서 코사카 씨하고 동반 자살하려는 건 아니니까. 나는 교섭하고 싶은 것뿐이야. 제시하는 조건을 받아들여 주면 당장에라도 여기서 내보내

줄게."

사나기가 혼란스러워하는 코사카를 비웃듯이 말했다.

"조건?"

"간단한 거야."

어둠에 눈이 익숙해지기 시작했다. 천장 근처의 통기구에서 비쳐 든 미약한 빛이 컨테이너 안을 흐릿하게 비추었다.

사나기가 조건을 말했다.

"'벌레'를 죽이지 마. 치료를 거부한다고 약속해."

가만히 생각해 보면 그것은 쉽게 상상할 수 있는 전개였다. 미수로 끝났다고는 해도 그녀에게는 이미 한 번, 코사카에게 '벌레'를 전염시키려고 했던 전과가 있다. 사나기는 '벌레'를 미워하기보다 그것을 적극적으로 이용하려는 발상을 하는 소녀다.

코사카는 신중하게 말을 걸었다.

"저기 말이야, 사나기. 어째서 그렇게 '벌레'에 집착하는 거야? 우리자네 씨도 말했잖아. 이대로 '벌레'를 내버려 두면 목숨을 잃을지도 몰라."

사나기가 고개를 저었다.

"아직 확실한 건 아니야. 우연에 우연이 겹친 것뿐일지도 몰라. 실제로 첫 감염자인 하세가와 유지 씨 부부는 아직 말짱하잖아?"

"하지만 적어도 '벌레' 가 숙주를 '인간 혐오' 상태로 만드는 것은 확실해. 이대로라면 우리는 언제까지고 이 세계에 적응할 수 없어. 너는 그래도 괜찮아?"

사나기가 망설임 없이 대답했다.

"괜찮아. 애초에 나는 '벌레' 가 기생하기 전부터 '인간 혐오' 상태였는걸. 친구는 많았지만 마음속으로는 언제나 죽고 싶을 정도로 진절머리가 났어. 누구 한 사람 좋아할 수 없었어. 그런 주제에 나를 어떻게 생각하는지 신경 쓰여 견딜 수가 없었어. 시간문제였을 뿐이고, 나는 이렇게 될 운명이었다고 생각해. '벌레' 가 없어지더라도 근본적인 문제는 해결되지 않을 거야."

"그럴지도 몰라. 하지만 표면적인 문제를 해결하는 것만으로도 지금보다 훨씬 살기 편해질 거야."

"변하지 않아."

코사카가 탄식했다.

"그렇게 '벌레' 가 소중해?"

"소중해. 난 코사카 씨하고 보내는 시간을 정말로 좋아했어."

사나기의 숨김없는 말에 코사카의 마음이 크게 흔들렸다.

코사카는 반쯤 자신에게 들려주는 것처럼 반론했다.

"나도 그래. 너하고 보낸 시간은 무엇과도 바꿀 수 없는 소중한 것이었어. 하지만 그것도 '벌레'가 일으킨 착각에 지나지 않아. 우리가 스스로의 의지로 사랑한 게 아니라 우리 안의 '벌레'가 사랑하게 만든 것뿐이야."

사나기가 강한 어조로 말했다.

"그래서? 착각이라서 뭐가 어쨌는데? 거짓된 사랑의 어디가 나빠? 행복하게 지낼 수 있다면 나는 꼭두각시인 상태라도 상관없어. '벌레'는 내가 할 수 없었던 일을 해냈어. 나한테 사람을 좋아하는 법을 알려 주었어. 어째서 그 은인을 죽여야만 해? 나는 나를 조종하는 존재를 알면서도 몸을 맡기고 있는 거야. 이게 내 의지가 아니라는 거야?"

코사카는 대답할 수 없었다. 사나기의 반론이 코사카의 마음속 빈틈에 있던 의문을 정확하게 표현하는 것이었기 때문이다. 꼭두각시 인형 자신이 꼭두각시 인형임을 긍정했을 때, 그것을 자유의사에 따른 결단이라 말할 수 있을까? 그것은 누구도 알 수 없다.

뇌과학 실험 중에 이런 것이 있다. 실험사는 피험사에세 "좋아하는 손가락을 움직여라."라고 지시한다. 그때 좌우 뇌반구의 어느 쪽 운동 영역에 자기 자극을 가한다. 그러면 피험자는 자기 자극을 받은 뇌반구의 반대편 손가락을 움직이게 된다. 그렇지만 그들에게는 자기 자극에 의해 조작되었다는 자각은 없고, 자신의 의사로 움직이는 손가락을 결정했다고 굳게 믿는다.

이 실험 결과는 인간의 자유의사가 얼마나 신뢰할 수 없는 것인가를 나타내는 것처럼 보인다. 받아들이기에 따라서는 결정론의 올바름을 부분적으로 증명한다고도 말할 수 있다. 그러나 어떤 과학자는 지적한다. 자기 자극이 일으킨 것은 의사 자체가 아니라 단순한 선호나 욕구이며, 피험자는 그것까지 고려해서 결정한 것이 아닐까. 자기 자극은 선택지를 좁혔을 뿐이고, 최종적인 결정은 본인에 의해 이루어진 것이 아닐까.

사나기의 선택에도 같은 말을 할 수 있다. 그것은 '벌레'에 영향을 받은 결정이라고도 할 수 있고, '벌레'의 영향을 받아들였다는 형태의 자기결정이라고도 할 수 있다. 요컨대 사나기가 하는 말은 그런 이야기다.

더는 방법이 없었다. 아무리 논의해도 결판은 나지 않을 것이다. 그녀는 한 걸음도 물러서지 않을 것이고, 그것은 코사카도 마찬가지다.

이렇게 되면 나머지는 끈기 대결이네. 코사카는 그렇게 생각했다. 누가 먼저 이 추위에 손을 드는가. 참기 대결이다.

컨테이너 내부를 다시 한번 돌아보았다. 벽에는 결로를 막기 위한 통기구가 몇 군데 있고, 그곳으로 흘러드는 불빛이 컨테이너 내부의 어둠을 불완전한 것으로 만들었다. 일단 질식할 위험은 없어 보여 안도했다.

코사카는 그 자리에 주저앉았다. 바닥은 나무로 된 마룻바닥이었지만, 얼음 위에 앉았다고 착각할 정도로 차가웠다. 결벽증인 코사카에게 붉은 녹투성이의 컨테이너는 고통스러운 공간이었지만, 눈보라가 가져오는 냉기가 그 불쾌감을 어느 정도 지워 주었다. 이만큼이나 추우면 세균의 활동도 저하될 것이다.

코사카의 의도를 파악했는지, 사나기도 그 이상 잡담은 하지 않고 그의 옆에 앉았다.

코사카는 그리 오랜 시간은 걸리지 않을 것이라고 짐작했다. 컨테이너 내부는 야외와 거의 다르지 않을 정도로 추워서 자연적인 냉동 컨테이너 같은 상황이었다. 이 인내력

내결은 금방 결판널 것이다. 그리고 일빈직으로 여자는 남자보다 추위에 약하다. 먼저 항복하는 사람은 사나기일 것이다.

밖에서 컨테이너 문을 잠근 사람은 아마도 이즈미일 것이다. 사나기의 나쁜 계략에 협력할 인물은 그 사람밖에 생각나지 않는다. 사나기를 죽은 딸과 겹쳐 보는 이즈미라면 사나기의 의지보다도 생명을 우선할 것이다. 만에 하나 사나기가 정신이 나가 교섭에서 동반 자살로 계획을 바꾼다 해도 이즈미가 그 행위를 저지할 것이다.

코사카는 그렇게 낙관적으로 생각했다. 그의 생각이 큰 오산이었던 것은 그날이 우연히도 기록적으로 추운 날이었다는 점이다. 이 추위 때문에 두 사람의 쇠약은 가속된다. 또 도로의 동결로 인한 교통사고로 두 사람이 있는 폐가로 이어지는 유일한 도로가 봉쇄되는 바람에 주유소에 갔던 이즈미가 제때 돌아오지 못하게 된다.

처음 몇 시간은 극심한 추위로 머릿속이 가득했다. 달라붙는 냉기와 살짝 젖은 바닥이 체온을 서서히 빼앗아 갔다. 코사카는 몇 번이고 손발을 비비고 체조를 하며 조금이라도 몸이 식는 것을 늦추려고 했다.

하지만 어느 단계를 넘어서자 추위 그 자체는 문제가 아니게 되었다. 그것은 서서히 추위와는 다른, 아픔과도 비슷한 근원적인 불쾌감으로 바뀌어 갔다. 위험한 징후였다. 그리고 몸이 저리는 것처럼 움직이지 않기 시작했다. 심장이 기묘한 리듬으로 뛰고, 자기 몸이 아닌 것처럼 팔다리가 차가워졌다.

코사카는 장시간 동안 침묵을 지켰다. 이런 참기 대결에서는 먼저 입을 여는 쪽이 불리하다고 생각했다. 그것은 약해졌다는 것을 자백하는 것과 다를 바 없다.

사나기가 묵묵히 있는 것도 같은 이유라고 생각했다. 실제로 처음 몇 시간은 그 말대로였을 것이다. 태연한 모습을 보이려고 새침한 얼굴을 하고 있었다.

사나기의 호흡이 묘하게 얕아진 것을 깨달은 것은 컨테이너에 갇힌 지 약 4시간이 경과했을 무렵이었다.

코사카는 불안해져 말을 걸었다.

"사나기?"

대답이 없었다. "괜찮아?"라고 물으며 어깨를 찌르자, 사나기의 손이 완만한 움직임으로 그 손을 쳐냈다.

그녀의 손이 닿은 순간, 코사카는 오싹해졌다. 같은 인간의 손이라고는 생각되지 않을 정도로 차가웠기 때문이다.

코사카가 사나기의 손을 양손으로 붙잡았다. 다만 그의 손도 차가웠기 때문에 그 행위에는 거의 의미가 없었다.

"……저기, 사나기. 슬슬 포기하지 않을래?"

"싫어."

사나기가 간신히 알아들을 수 있을 정도의 작은 목소리로 대답했다.

코사카가 깊은 한숨을 내쉬었다.

"알았어. 내가 졌어. 치료는 안 받을게. '벌레'를 죽이지 않겠어. 그러니까 얼른 여기서 나가자. 이대로 있다가는 정말 큰일이 날지도 몰라."

그러자 사나기가 킥킥 웃었다. 어딘지 모르게 자포자기한 듯한 웃음이었다.

"생각보다 오래 걸렸네. 코사카 씨가 이렇게 오래 버틸 거라곤 생각 못 했어."

"그건 됐으니까 얼른 밖으로 나가자. 이 문은 어떡해야 열리는 거야?"

사나기가 잠시 입을 다물었다.

그리고 말했다.

"……그게 말이지, 당초 예정대로라면 한 시간 전에 이즈미 씨가 돌아와서 우리를 꺼내 줬어야 해."

코사카가 눈을 껌뻑였다.

"무슨 소리야?"

"이즈미 씨에게 무슨 일이 생긴 거겠지. 사고에 휘말린 건지도 몰라. 이즈미 씨가 없으면 이 문은 열 수 없어. 큰일 났네."

"그건, 요컨대…… 자칫 하면 우리는 영원히 여기서 나갈 수 없다는 소리야?"

사나기는 긍정도 부정도 하지 않았다. 있을 수 없는 이야기가 아니라는 뜻이다.

코사카는 무릎에 손을 짚고 일어서서 반대편 벽에서 도움닫기를 해 벽을 찼다. 그것을 몇십 번이나 반복했지만, 컨테이너의 문은 꿈쩍도 하지 않았다. 코사카는 지쳐서 벽에 기대어 그대로 무너져 내리듯 주저앉았다. 한 줄기 희망을 걸고 스마트폰을 꺼내 보았지만, 역시 통화권 밖이었다.

그때 털썩 하는 소리가 났다. 한순간 뒤, 그것이 사나기가 바닥에 쓰러진 소리라는 것을 깨달았다. 코사카는 어둠 속을 손으로 더듬어 바닥에 쓰러진 사나기의 몸을 안아 일으켰다. 그리고 그녀의 의식을 확인하듯이 불렀다.

"사나기! 사나기!"

"괜찮아. 조금 어지러웠을 뿐이야."

의식이 몽롱해진 듯했다. 사나기의 몸은 떨림이 잦아들었지만, 그것은 사태의 악화를 의미했다. 육체가 열을 만들기를 포기한 것이다. 이대로 잠들었다간 저체온증으로 죽을 수도 있다.

코사카가 사나기를 끌어안자, 그녀가 "미안해."라고 그의 귓가에 속삭였다. 그 호흡에서 아직 흐릿한 온기가 느껴졌다.

그리고 뭔가가 딸그락 하는 소리를 내며 바닥에 떨어졌다. 그것이 통기구로 흘러든 달빛에 반사되어 흐릿하게 빛났다. 오일라이터였다. 사나기가 담배를 피울 때 쓰던 물건이 코트 주머니에 들어 있었던 듯했다.

옷의 일부를 태워 온기를 만드는 방법도 생각해 보았지만, 벽과 바닥은 나무판이고, 통기구가 얼마나 제대로 기능하고 있는지 모르는 상황에서 큰 불을 피울 수는 없었다. 코사카는 불을 켠 라이터를 바닥 한가운데에 세웠다. 오렌지색 불빛이 컨테이너 안을 비추고, 벽에 사나기와 코사카의 커다란 그림자가 생겼다. 작은 불이었지만, 그래도 있는 것과 없는 것은 크게 달랐다.

그리고 코사카가 사나기를 다시 한번 꽉 끌어안았다. 이렇게 체온의 저하를 늦추면서 이즈미를 기다리는 것 외에 할 수 있는 것이 없어 보였다.

코사카의 얼굴 바로 옆에서 사나기가 얕고 불규칙한 호흡을 계속하고 있었다. 그 숨소리를 계속 듣고 있으려니, 코사카는 자신이 그녀에 대한 호의를 잃어가고 있다는 사실을 잊을 것만 같았다. 그의 몸 안에 있는 '벌레'가 숙주끼리 끌어안고 있다는 상황에 환희하고 있는 듯했다. 그 기쁨은 코사카에게도 전해져 일시적으로 추위를 잊을 수 있었다.

확실히 이 행복을 잃는 것은 아깝다. 코사카도 그것을 인정할 수밖에 없었다. 하지만 그것이야말로 '벌레'의 전략이다. 지금 이 유혹에 넘어가면 '벌레'가 생각하는 대로 움직이는 꼴이다. 지금이 버텨야 할 때다.

코사카가 혼자 갈등하고 있는데, 그의 팔 안에서 사나기가 속삭였다.

"저기, 코사카 씨."

"왜?"

"조금 전의 그 얘기, 믿어도 돼? '벌레'를 죽이지 않겠다는 거, 진짜야?"

"아니, 거짓말이야. 너를 속이고 밖에 나가기 위한 방편이었어."

코사카가 솔직하게 대답했다. 이제 와서 그녀를 속일 이유도 없다.

"⋯⋯역시. 코사카 씨는 거짓말쟁이네."

"미안해."

"사과해도 소용없어. 용서 안 할 거야."

직후에, 그때까지 끈이 잘린 인형처럼 힘이 빠져 있던 사나기의 몸에 힘이 솟구쳤다. 그녀는 코사카의 어깨를 움켜쥐고 밀어 바닥에 쓰러뜨렸다. 코사카는 처음에는 무슨 일이 일어났는지 알 수 없었다. 상황을 이해하는 것보다 먼저, 사나기의 입술이 코사카의 입술을 눌렀다.

어느 쪽인가의 몸에 닿아서 라이터가 쓰러졌고, 젖은 바닥에 닿아 불이 꺼졌다. 그래서 입술이 떨어진 뒤 그녀가 어떤 표정을 지었는지, 코사카는 모른다.

간신히 사나기를 떼어 놓은 코사카가 숨을 고르며 라이터의 불을 다시 켜고, 그 뒤에 그녀를 노려보았다.

"이것으로 우리의 '벌레'는 유성생식 단계로 이행했을지도 모르겠네. 그러면 '벌레'는 점점 번식하고, 코사카 씨를 보다 강한 힘으로 컨트롤할 수 있게 될지도 몰라."

사나기가 우쭐한 듯한 얼굴로 말했다. 그리고 강한 체하

듯 웃어 보였다.

"……소용없어. 그 전에 구충제를 먹을 거니까."

"안 돼. 약 같은 건 먹지 못할 거야. 내가 방해할 테니까."

그렇게 말하더니, 사나기가 다시 코사카를 덮어 누르려고 했다. 하지만 조금 전의 다툼으로 그녀의 체력은 이미 한계에 달해 있었다. 코사카의 앞에 쓰러진 사나기가 그대로 움직이지 않았다. 코사카는 당황해 그녀를 안아 일으켰지만, 지금이라도 호흡이 끊어질 것만 같았다. 꼭 끌어안자 마치 인형을 안은 것처럼 체온이 느껴지지 않았다.

바보 같은 아이네, 라며 코사카는 입술을 깨물었다.

한시라도 빨리 이즈미가 돌아오기를 기도했다. 하지만 이즈미가 나타난 것은 그로부터 약 2시간 뒤였다. 이미 코사카도, 사나기도 의식을 잃은 상태였다. 컨테이너의 문을 연 이즈미의 눈에 서로 몸을 바짝 붙이고 바닥에 누워 있는 두 사람의 모습이 보였다.

*

두 사람은 우리자네의 진료소로 실려 가 며칠간 입원하게 되었다. 코사카는 다음 날부터 자력으로 걸을 수 있을 만큼 회복했지만, 사나기가 그 정도로 회복하는 데는 닷새를 필요로 했다.

입원 이틀째 되는 날, 코사카의 병실을 찾아온 이즈미가 목숨을 위험하게 만든 행동을 사죄했다. 눈보라 때문에 산길에서 버스를 포함한 자동차 세 대가 사고를 일으켜서 두 사람이 있는 곳까지 돌아오는 것이 늦어지고 말았다고 한다. 이즈미는 사나기가 컨테이너에서 자력으로 탈출할 수 있는 수단을 가지고 있는 줄 알았다고 했다. 처음부터 알았더라면 경찰이나 소방서에 연락했을 거라며 분한 듯이 말했다. 코사카는 신경 쓰지 않는다고 말했다. 결국 나도 사나기도 이렇게 살아 있고, 이제 와서 누군가를 책망해 봤자 소용없었다.

"당신은 사나기를 완전히 포기하게 만들고 싶었던 거죠?"

코사카가 물었다.

"뭐, 그런 거지." 이즈미가 살짝 끄덕였다. "억지로 떼어 놓으면 오히려 미련이 남잖아? 그러니까 본인이 납득할 때까지 저항하게 해 주려고 생각했어."

"제가 사나기에게 설득당하면 어쩔 생각이었나요?"

"글쎄. 그럴 가능성은 상정하지 않았어. 당신을 믿었으니까."

이즈미가 그렇게 너스레를 떨어 보였다.

나중에 코사카는 컨테이너 안에서 일어난 일을 우리자네에게 말했다. 그러자 그는 찌푸린 표정으로 잠시 입을 다물었다.

"치료가 어려워진 건가요?"

코사카가 물었다.

"아니, 그럴 걱정은 없겠지요. 다만……." 우리자네가 눈꺼풀을 굳게 닫고, 몇 초 있다가 천천히 떴다. "그 애가 그렇게까지 골똘히 생각하고 있었을 줄이야."

그리고 우리자네가 '벌레'의 치료 과정을 설명했다. 한 달 정도 구충제를 먹은 뒤에 보름 정도 휴약 기간을 갖는 사이클을 몇 번인가 반복한다고 했다. 아마도 석 달에서 반년 정도면 '벌레'는 체내에서 사라질 거라고 우리자네가 말했다. 사나기도 같은 치료를 받게 될 거라고 한다.

퇴원하는 날이 왔다. 진료소를 나오기 전에 코사카에게 사나기와 작별 인사를 나눌 기회가 주어졌다.

그는 사나기의 병실 문을 노크하고, 5초 정도 기다렸다가 문을 열었다. 그녀는 엷은 청색 병원복을 입고, 침대에서 두꺼운 책을 읽고 있었다. 언젠가 코사카가 그녀에게 주었던 헤드폰을 머리에 쓰고 있었다.

코사카가 나타난 것을 깨닫자, 사나기는 책을 덮고 헤드폰을 벗고서 쓸쓸한 눈으로 그를 빤히 바라보았다. 작별 인사를 하러 왔음을 깨달은 듯했다.

"오늘 퇴원해. 아마도 한동안 만나지 못하게 될 것 같아."

코사카가 사나기에게서 눈을 돌린 채로 말했다.

코사카는 치료가 끝난 뒤에도 그녀와 만날 일은 없을 거라고 생각했다. 그러니까 아마도, 이것이 마지막 인사가 된다.

사나기도 알고 있는 듯했다.

대답 없이 고개를 숙이고 입을 다물었다.

이윽고 사나기가 조용히 울기 시작했다.

피부를 적시는 안개비 같은, 억제된 울음이었다.

코사카가 사나기의 뺨에 손을 대고 자상하게 어루만졌다.

"치료가 끝나면 다시 너를 만나러 올게. 몸속의 '벌레'가 다 죽고, 그래도 아직 우리가 서로를 좋아하면 그때 다시 사귀자."

코사카는 자신에게 그녀를 위로하기 위한 거짓말을 허락

했다.

사나기가 손바닥으로 눈물을 훔치고서 고개를 들었다.

"……정말?"

"응, 약속할게."

코사카가 고개를 끄덕이고 미소를 지어 보였다.

사나기가 코사카를 향해 두 팔을 내밀고, 침대에서 몸을 내밀었다. 코사카가 사나기의 가느다란 몸통을 끌어안고 말했다.

"괜찮아. 분명히 우리는 '벌레' 없이도 잘 해낼 수 있을 거야."

"……약속한 거야?"

사나기가 눈물 배인 목소리로 말했다.

그렇게 두 사람은 헤어졌다. 병실을 뒤로하고 진료소를 나서자, 오랜만에 보는 푸른 하늘이 펼쳐져 있었다. 주위에 쌓인 눈에 반사된 밝은 햇살이 눈을 따끔따끔하게 찔러 코사카는 저도 모르게 눈을 게슴츠레하게 떴다. 싸늘한 바깥 공기에 눈이 번쩍 뜨였다.

그는 보건실의 나날은 끝났다고 생각했다. 슬슬 꿈에서 깨어나도 좋을 무렵이다. 천천히라도 괜찮다. 조금씩이라도 괜찮으니 이 벌레 먹은 세상에 익숙해져야만 한다.

제8장

기생충 결핍증

마을을 덮고 있던 눈이 서서히 녹아 진흙에 더러워진 잔설 가장자리에서 머윗대가 얼굴을 보이며 새로운 계절의 도래를 고하고 있었다. 주위는 봄의 따스한 기운에 둘러싸이고, 주택가에는 달콤한 꽃향기가 떠돌기 시작했다. 사람들은 두툼한 코트를 벗고 재킷을 걸치고, 오랜만에 해방감을 맛보고 있었다.

이 마을의 벚꽃은 4월 말에 핀다. 해에 따라서는 5월 초에야 간신히 꽃구경을 할 수 있을 정도다. 그래서 이 동네 사람들에게 벚꽃은 만남과 작별의 상징이 아니다. 모든 환경의 변화를 다 겪고 나서 한숨 돌린 참에 문득 나타나 미래를 암시하는 듯한, 그런 꽃이다.

3일 연휴의 첫날이었다. 코사카가 주택가를 가로지르는 긴 언덕길을 터덜터덜 걷고 있었다.

마을 이곳저곳에서 공사가 진행되고 있었나. 건축 공사를 하는 곳도 있고, 해체 공사를 하는 곳도 있었다. 도로 포장의 보수 공사를 하는 곳도 있고, 가선 공사를 하는 곳도 있었다. 코사카는 마치 마을 전체가 다시 태어나는 것 같다고 생각했다.

"코사카 씨의 이사는 언제였더라?"

옆에서 함께 걷는 여자가 물었다.

"다음 주."

코사카가 대답했다.

"갑작스럽네요. 왜 이렇게 어중간한 시기에?"

"생각해 보니 지금 있는 곳은 통근하기 불편하니까. 좀 더 가까운 장소로 옮기기로 했어."

직장 동료에게 소개받은 여자로, 이름은 마츠오였다. 나이는 코사카보다 두 살 아래다. 항상 내려가 있는 눈썹 끝에서 어두운 인상을 받지만, 가만히 보면 단정한 이목구비에, 웃으면 얼굴 전체가 단숨에 확 밝아지는 그런 여자였다. 학창 시절부터 아르바이트하던 학원에 사원으로 채용되어 그대로 계속 강사 일을 하고 있다고 한다.

그녀와 외출하는 것은 오늘로 세 번째다. 알게 된 지 아직 한 달 정도지만, 마츠오는 처음 만났을 때부터 코사카에게 호의를 보였다. 코사카도 그녀와 같이 있으면 자연스럽게 어깨의 힘을 뺄 수 있었다.

이야기를 나눠 보니 두 사람은 깜짝 놀랄 정도로 많은 공통점이 있었다. 예를 들면 결벽증. 2년 전까지 그녀는 매일 100번씩 손을 씻고, 5번은 옷을 갈아입고, 3시간씩 샤워했다. 끈기 있게 치료를 계속한 덕분에 지금은 평범한 생활을 보내고 있지만, 심했던 시기에는 집에서 나오지도 못했다고 한다. 코사카가 소독약이나 공기청정기 같은 결벽증 관련물품에 대해 가볍게 화제를 던지자 마츠오가 눈을 반짝이며 그것들에 대해 이야기했다.

독서나 음악 취향, 업무와의 거리감, 사회 문제에 관심이 별로 없는 것. 실로 다양한 점에서 코사카와 마츠오는 의견이 일치했다. 두 사람이 친해지는 것은 당연한 흐름이었다.

두 사람은 최근 본 영화 이야기를 하면서 정처 없이 계속 걸었다. 강변길에 접어들자 화제는 낚시로 옮겨 갔다. 마츠오는 아버지를 따라 자주 갔던 바다낚시에 관한 추억을 이야기했다.

마츠오가 "아, 맞다. 그래서 한 번은 식중독에 걸렸어요."라고 기억났다는 듯이 말했다. "여덟 살 정도였어요.

낚은 쥐노래미를 집에서 회를 떠서 먹었죠. 아주 맛있었는데 밤늦게 갑자기 엄청나게 배가 아픈 거예요. 정말로 죽는 줄 알았어요. 게다가 배가 아픈 사람은 저 혼자였고, 아버지도, 어머니도, 여동생도 말짱했어요. 정말 너무하지 않나요?"

"아, 고래회충증이었구나? 그건 어른도 엄청 괴롭다니까 어린애한테는 정말 지옥이었겠네."

코사카가 쓴웃음을 지으며 말했다.

"어라, 잘 아시네요?" 마츠오가 감탄했다는 듯 손뼉을 쳤다. "맞아요, 그 증오스러운 고래회충의 짓이었어요. 코사카 씨도 낚시하시나요?"

"아니, 낚시터에 가 본 적도 없어."

"그러면 날 생선을 잘 먹는다거나?"

"아는 사람 중에 그런 걸 잘 아는 애가 있었어. 그 애한테 들은 지식이야."

"그런가요. 아는 사람이라면, 친구인가요?"

마츠오가 고개를 끄덕이더니 슬쩍 떠보는 듯이 물었다.

"아니, 친구라고 하기에는 조금 다를까."

"그러면 뭔가요? 여자 친구?"

"다섯 달 전쯤에 애 보기 아르바이트를 했었어. 그 애한테 들었어."

"애 보기······. 코사카 씨, 어린애를 엄청 싫어할 것처럼
보이는데요."

마츠오가 더더욱 미심쩍은 얼굴을 했다.

"응. 그래도 맡아야만 하는 사정이 있었거든."

마츠오가 모호하게 수긍했다.

"그렇군요. 그렇다고 해도 고래회충에 대해서 알려주는
어린애라니, 상당히 보기 드물지 않나요?"

"그렇지. 나도 아직 한 명밖에 본 적이 없어."

코사카가 말했다.

＊

구충제를 복용하기 시작한 지 넉 달이 좀 못 되는 동안,
코사카는 거의 다시 태어났다고 해도 좋을 정도의 변화를
경험했다.

우선 결벽증이 나았다. 코사카 켄고라는 인간에게 그렇
게나 단단히 뿌리를 내렸던 병이 투약을 시작한 지 한 달 만
에 거짓말처럼 사라졌다. 실로 간단한 일이었다. 복통이나
구내염과 마찬가지였다. 낫기 전에는 그 문제로 머릿속이

꽉 자 있었는데 막상 사라지고 나니 그것이 어떤 것이었는지조차 기억나지 않았다.

정신이 들고 보니 수건을 며칠 간 계속 쓰거나 귀가해 옷을 입은 채로 침대에 눕는 정도는 아무렇지도 않았다. 타인과 어깨가 닿아도 아무렇지도 않았고, 전철의 손잡이도 필요하다면 잡을 수 있게 되었다.

약점이었던 결벽증이 낫자 나머지는 술술 풀렸다. 직장은 금방 정해졌다. 사회복귀를 향한 재활 삼아 구인 정보 사이트를 살펴보니, 마치 기다렸다는 듯 좋은 조건의 구인이 눈에 들어왔다. 웹 제작회사에서 웹 프로그래머를 모집하는데 응모 자격인 프로그램 언어가 그의 특기 분야와 정확히 일치했다. 코사카는 그 구인에 지원해 자작 코드를 제출했고, 그 뒤는 상황이 흘러가는 대로 맡겼다. 전혀 기대하지 않았지만, 그다음 달에 코사카는 그 회사의 정사원이 되었다. 누군가에게 업혀 가고 있는 게 아닐까 하고 불안할 정도로 모든 일이 순조롭게 흘러갔다.

일하기 시작하고 깨달았는데, 공백 기간 동안 다양한 멀웨어를 만든 덕분에 코사카의 프로그래밍 스킬이 모르는 사이에 대폭 향상되어 있었다. 구체적인 지식이 늘었다기보다 프로그래밍에 필요한 사고 구조라고 불러야 할 것이 확립된 듯했다. 그는 그 직장에서 보물 취급을 받았다. 결코 쉬운 업무는 아니었지만, 자신의 자리가 확고하게 생긴 것이 그에게 커다란 기쁨이었다.

코사카는 조금씩 살아갈 자신감을 되찾고, 나이에 어울리는 여유를 몸에 익혀 갔다. 주위 사람은 코사카의 체념에 기인한 냉정함을 풍부한 인생 경험에 기초한 차분함으로 착각했고, 그를 우수한 인간이라고 곧게 믿었다. 계속된 이직은 능력에 대한 자부의 증거로 간주되었다. 모든 요소가 기적적으로 플러스로 작용하고 있었다. 입사하고 한 달이 지났을 무렵에는, 업무를 마친 뒤에 술잔을 나누는 동료가 생겼다. 자신이 바로 몇 달 전까지 완전한 사회부적응자였다는 사실을 잊어버릴 것 같았다.

그래도 때때로, 문득 무시무시한 허무감에 사로잡힐 때가 있었다. 허무는 소녀의 모습을 하고 있었다. 책상 앞에서 졸고 있을 때, 예전에 그녀와 둘이서 걸었던 길을 걸을 때, 그녀의 이미지에 부속되는 물건(헤드폰, 파란색 피어스, 오일 라이터)을 보았을 때. 그때마다 코사카는 사나기 히지리를 떠올렸다.

그러나 모든 것은 끝난 일이다. 사나기는 이미 둘이 지냈던 날들을 잊고, 그녀의 진짜 인생을 시작했다.

그것은 아마도 축복받을 일일 것이다. 코사카는 그렇게 생각했다.

3월 하순, 직장에 완전히 적응하고 인간 혐오가 나았음을 확인한 코사카는 '벌레'의 영향력에서 해방되고도 여전히 자신이 사나기를 좋아하고 있다는 사실을 깨달았다. 치료가 시작되면 가장 먼저 변할 거라고 생각한 그 부분만이 그의 안에서 유일하게 바뀌지 않았다.

코사카는 깊은 혼란에 빠졌다. 나와 사나기의 사랑은 '벌레'에 의해 만들어진 가짜가 아니었나? 왜 결벽증과 인간 혐오는 나았는데 '상사병'만이 낫지 않는 걸까?

혹시 나는 커다란 착각을 하고 있었던 걸까? 헤어질 때에 사나기를 위로하기 위해 했던 말이 실은 핵심을 꿰뚫고 있었는지도 모른다. '벌레'에게 숙주가 서로 사랑하게 만드는 힘이 있었던 것은 사실일 것이다. 그러나 나와 사나기는 그것을 빼고도——즉 '벌레' 없이도—— 처음부터 사랑하게 되어 있었던 것은 아닐까? 나는 그런 것도 모르고, 하세가와 부부와 칸로지 교수의 이야기를 듣고 의심에 사로잡혀 자신의 마음을 믿을 수 없게 되었던 것이 아닐까?

심장이 격렬히 고동치며 그를 재촉했다. 코사카는 거의

무의식중에 사나기에게 전화를 걸었다. 호출음이 울린다. 그는 그것을 세었다. 한 번, 두 번, 세 번, 네 번…… 열다섯 번에 포기하고, 전화를 끊었다.

코사카가 가슴에 손을 대고 심호흡하며 가슴의 고동을 진정시켰다. 초조해할 것 없다. 얼마 안 가 저쪽에서 전화가 올 것이다.

그러나 하루가 지나도 사나기에게 연락은 없었다. 그 뒤로 코사카는 총 다섯 번의 전화를 걸고 세 통의 메시지를 보냈지만, 반응은 제로였다.

사나기의 집에 직접 찾아가는 방법도 생각했다. 우리자네 진료소를 찾아간 지 한 달 반이나 지났다. 약은 넉넉히 받아두었고 증상이 재발할 기미도 없어서 갈 이유가 없었다. 그러나 통원하던 무렵에는 생각도 못 했지만, 지금 진료소에 가서 "사나기를 만나게 해 줬으면 좋겠다."라고 말하면 저쪽도 그것을 거절할 이유는 없지 않을까?

코사카는 그 제안에 대해 검토했다. 하지만 한껏 부풀었던 그의 마음은 어느 단계를 지나자 급속히 쪼그라들었다.

가만히 생각해 보면, 사나기가 답신을 하지 않는 이유는 하나밖에 없다. 한두 번이라면 몰라도 대여섯 번이나 연락을 받고도 깨닫지 못할 리 없다. 이만큼 연락을 시도했지만 전혀 반응이 없다는 것은, 그녀가 의도적으로 코사카의 연락을 무시하고 있다는 이야기다.

사나기는 나를 잊고 싶은 거겠지. 코사카는 그렇게 결론 내렸다. 아마 그녀도 구충에 성공해 '벌레'의 지배에서 벗어날 수 있었던 것이다. 그렇게 정상적인 사고를 되찾았을 때, 그녀의 안에 코사카에 대한 애정은 한 조각도 남지 않았다. 얄궂은 이야기이지만, 요컨대 그런 것이다.

그 사실을 받아들일 때까지 그렇게 오랜 시간은 걸리지 않았다. 다행히 그의 눈앞에는 해야 할 일이 얼마든지 있었다. 코사카는 사나기의 일로 고민하는 대신 그 일들에 의식을 집중했다. 그러는 동안에 마츠오와 알게 되고, 그의 마음의 빈 구멍이 대체물에 의해 조금씩이지만 착실히 채워져 갔다.

이런 삶이 가장 정상적이고 이치에 맞아, 라고 코사카는 스스로에게 말했다. 사나기와 보낸 날들은 흐려져 가는 의식 속에서 꾼 꿈, 일종의 주마등 같은 것이다. 그것은 무엇보다도 아름다웠다. 그러나 어차피 꿈이다. 언제까지나 그곳에 머물러 있으려고 한다면 살아 있는 채로 죽는 수밖에 없다. 우리는 현실의 행복, 산 자를 위한 행복을 좇아야 한다.

"코사카 씨?"

자신을 부르는 목소리에 정신을 차린 그는 하마터면 오른손에 들고 있던 잔을 떨어뜨릴 뻔했다. 코사카는 내가 지금 뭘 하고 있었더라? 하고 생각했다. 그렇지, 기억났다. 마츠오와 술을 마시고 있었다. 둘이서 마을을 걷다가 왠지 모르게 눈에 띄는 아이리시 펍에 들어왔다. 취기와 피로가 겹쳐 깜빡 졸았던 모양이다.

"아, 미안해. 멍하니 있었어."

코사카가 손가락으로 미간을 강하게 주물렀다.

마츠오가 우습다는 듯 웃었다.

"상당히 오랫동안 멍하니 있었어요. 이제 곧 폐점 시간인 모양이에요. 어떡할까요? 한 군데 더 들를까요?"

코사카가 손목시계를 보고, 잠시 생각에 잠겼다.

"오늘은 이 정도로 해둘까? 마츠오는 좀 더 마시고 싶어?"

"아뇨. 이미 충분하고도 남을 정도로 취했어요."

마츠오가 과장스럽게 고개를 저었다.

"아무래도 그런 모양이네."

흐릿하게 붉은 기운이 도는 그녀의 얼굴을 보고, 코사카가 끄덕였다.

"네, 코사카 씨가 조금 멋져 보일 정도로는 취했어요."

"그거 큰일이네. 얼른 집에 가서 자는 게 좋겠어."

"그렇죠? 그렇게 할게요."

마츠오가 그렇게 말하고 눈앞에 있던 잔을 집어 들고는 목구멍으로 흘려 넣었다. 그리고 코사카와 눈을 맞추고, 고개를 살짝 기울이며 장난스럽게 미소 지었다. 코사카는 그녀의 눈동자 속에 아주 미약하지만 실망의 빛이 떠올라 있음을 알아차렸다.

코사카는 내 대답이 그녀가 원하던 것과 달랐던 거겠지, 라고 생각했다. 아마도 마츠오는 두 사람의 관계가 다음 단계로 넘어가기를 바라고 있는 듯이 보였다. 나처럼 눈치 없는 사람도 알 수 있을 정도로, 그녀는 그런 사인을 보냈다.

알고 있는데 왜 그것에 응하지 않는 거지?

어쩌면 나는 아직 마음 어딘가에 사나기를 남겨 두고 있는 걸까?

마츠오와 헤어진 뒤, 코사카는 역으로 향하지 않고 발길을 돌려 다른 가게로 들어가 술을 마셨다. 어째서 그런 짓을 했는지는 스스로도 알 수 없었다. 그 방에 돌아가면 사나기가 있던 시절을 떠올리게 될지도 모른다. 어쩌면 마츠오와의 관계의 진전을 망설이는 이유도 사나기와 지낸 방에 외부인이 발을 들이는 것을 용납할 수 없기 때문인지도 모른다.

어째서 자신이 이사를 서두르는지 간신히 이해할 것 같은 기분이 들었다. 정말 한심하네, 라며 코사카는 자조적으로 웃었다. 스스로는 정상적인 인간이 되었다고 생각했지만, 마음속 깊은 곳에서는 아직 열일곱 살의 소녀를 짝사랑하고 있다.

*

전철 막차를 놓쳐서 택시를 타고 귀가했다. 지갑에서 지폐를 빼서 제대로 세지도 않고 운전사에게 내밀고, 거스름돈을 받아들었다. 차에서 주택가로 내려서자 밤바람에 실려 온 봄꽃의 농밀한 향기가 콧구멍을 간질였다.

비틀거리는 발걸음으로 아파트의 계단을 오른다. 문을 열고 방 안에 들어가서 쓰러지듯이 침대에 누웠다. 봄날의 밤 기온은 더할 나위 없이 좋았고, 매트리스는 부드러웠고, 시트는 싸늘했다. 그대로 의식이 흐려져 가는 대로 내버려 두었다.

처음에 그것은 귀울림처럼 들렸다. 하지만 몇 번이나 반복하는 동안 인터폰 소리라는 것을 깨달았다. 졸고 있는 동안 아침이 된 것일까 하고 생각했는데, 상체를 일으키고 창밖을 보니 아직 날은 밝지 않았다. 시계를 보니 새벽 2시를 갓 지난 참이었다. 이런 비상식적인 시간에 대체 누가……라고 생각했을 때, 예전에도 비슷한 일이 있었다는 것을 떠올렸다.

취기와 졸음이 단숨에 가셨다. 코사카는 튕기듯이 일어나 현관으로 달려가 문을 열었다.

그의 예감은 옳았다. 그곳에 이즈미가 서 있었다. 낡아빠진 양복 주머니에 한 손을 찔러 넣고, 다른 한 손으로 수염을 쓸고 있었다. 지저분한 코트는 입고 있지 않았다.

"여어, 잘 있었어?"

"이즈미 씨? 대체 무슨 일인가요?"

코사카가 아연실색한 얼굴로 말했다.

"들어가도 괜찮아? 아니면, 아직도 결벽증이 낫지 않았나?"

"아뇨, 안에 들어오는 것은 상관없습니다만……."

이즈미가 구두를 벗어 던지고 방 안으로 들어갔다.

"커피라도 드시겠습니까?"

코사카가 물었다.

"아니, 됐어."

이즈미가 실내를 둘러보았다. 이사 직전이라서 방은 아주 살풍경했다. 하얀 골판지 박스가 구석에 쌓여 있는 것 외에는 최소한의 가구밖에 없었다. 워크 체어와 책상, 빈 책장, 코트 행거, 침대. 이즈미는 잠시 생각한 뒤에 골판지 상자 위에 살짝 걸터앉았다.

코사카가 의자에 앉으며 물었다.

"당신이 여기에 왔다는 건, 많든 적든 '벌레'에 관련된 일이 일어났다는 얘기겠죠?"

"정답이야."

이즈미가 눈썹 하나 까딱하지 않고 대답했다.

"문제가 생겼나요?"

"오히려 묻고 싶은데, 당신, 아무렇지도 않아? 최근에 뭔가 묘한 변화는 없었어?"

이즈미가 되물었다.

"아뇨, 이렇다 할, 눈에 띄는 변화는 없었습니다. 보시는 대로 순조롭게 회복하고 있어요. 덕분에 '인간 혐오'도 나았습니다. 제 안의 '벌레'는 한 마리도 남김없이 죽은 것 같아요."

코사카가 손목시계를 계속 차고 있었다는 것을 깨닫고,

풀어서 침대 머리맡에 던졌다.

"그건 아니야. 당신의 '벌레' 는 아직 사라지지 않았어."

두 사람 사이에 침묵이 감돌았다.

"……무슨 말씀이죠? 보시는 대로 저는 결벽증이 사라졌어요. 재취업에 성공해서 인간관계도 원만하게 잘 지내고 있습니다. 어디에도 '벌레' 의 영향은 남아 있지 않아요."

코사카가 어색한 미소를 지어 보였다.

이즈미가 고개를 저었다. "어디까지나 소강상태인 것뿐이야. 어째서인지는 모르겠지만, 당신의 몸속에 있는 '벌레' 에게는 약제 내성이 있는 것 같아. 조사해 본 건 아니지만, 그것 말고는 생각할 수 없어. 지금은 일시적으로 약해져서 숨을 죽이고 있지만, 약 복용을 멈추고 한동안 시간이 지나면 다시 원래대로 돌아가겠지." 그리고 문득 얼굴을 찡그리며 웃었다. "그리고 그건, 정말 행운이야."

"행운?"

"너의 '벌레' 의 생명력이 아주 강한 것에 감사하라는 얘기야."

이즈미가 뭔가를 견디듯이 깊이 숨을 들이쉬고, 그것을 천천히 토했다.

그리고 고했다.

"당신을 제외하면 구충제는 '벌레'의 감염자들에게 아주 유효하게 작용했어. 그리고 체내의 '벌레'가 사멸했을 때, 숙주인 그 사람들도 역시 죽음을 선택했어."

코사카의 표정이 어색해진 채로 굳었다. 그 입에서 어떠한 말도 나오지 않았다.

이즈미가 말을 이었다.

"칸로지 교수도, 우리자네 선생도 '벌레'가 감염자를 자살하게 만들었다는 생각에서 견해가 일치했어. 기생하는 '벌레'의 수가 일정 숫자를 넘어선 숙주는 인간사회에서 살아가는 것을 견딜 수 없게 되어 스스로 목숨을 버리는 게 아닐까, 라는 것이 그 사람들의 생각이었지. 뭐, 타당한 추론이야. 그 두 사람이 아니라도 그렇게 생각하겠지. ……하지만 거기에 치명적인 오류가 있었어. 우리는 '자살'이 곧 '비정상'이라는 전제로 생각했었어. 그 부분이 함정이었어.

연구가 진행되면서 다양한 사실이 밝혀지기 시작했어. 아무래도 이 기생충, 종숙주는 인간이 확실하지만, 인간이라면 누구에게나 기생할 수 있는 건 아닌 모양이야. 오히려 내부분의 인간에게 기생하지 못하고, 체내에 침입해도 곧 면역 체계에 의해 배제돼. 그렇지만 극히 드물게 당신처럼 '벌레'를 배제하기는 고사하고 정성스럽게 보호하는 체질의 소유자도 있어. 마치 적극적으로 '벌레'의 기생을 받아들이는 것처럼 말이지.

여기서부터는 내 주관이 조금씩 들어가는데, 애초에 '벌레'에게 숙주를 자살시킬 만한 힘 같은 건 없었는지도 몰라. '벌레'는 숙주를 고독하게 만들지만, 그것은 숙주의 죽음과는 관계가 없었는지도 몰라. 이렇게 말하는 건, 우리 자네 선생의 조사에 의해 밝혀진 새로운 사실 때문이야. 그건 '벌레'에게는 숙주의 마이너스 감정을 제어하는 힘이 있다는 점이야. 분노, 슬픔, 질투, 증오…… 숙주에게 생겨난 모든 마이너스 감정은 '벌레'에 의해 약해져. 자세한 메커니즘은 알 수 없지만, 우리자네 선생은 '벌레'가 어떤 종류의 신경전달물질의 합성에 필요한 효소를 선택적으로 섭취하기 때문일지도 모른다고 했어. 만약 이 추측이 옳다면 '벌레'는 숙주의 고민을 먹이로 삼고 있다고 해석할 수도 있지. 숙주를 사회에서 고립, 단절시킨 이유는 고민을 계속해서 공급받기 위해서였을 거야. 일상생활의 스트레스 정도로는 먹이가 부족했겠지.

그래서 나는 이런 가설을 떠올렸어. 어쩌면 감염자들은 '벌레'가 기생하기 전부터 병든 혼의 소유자, 노골적으로 말하면 강하게 자살을 바라는, 혹은 자살에 대한 강박관념이 있던 사람이 아니었을까? '벌레'의 숙주가 되는 사람은 내버려 두면 언젠가 자살할 사람들이었던 게 아닐까?

그렇게 가정하면 이제까지 품고 있던 다양한 의문을 한 번에 해결할 수 있어. 웬만한 인간은 애초부터 '벌레'를 생존시킬 만한 고뇌를 제공할 수 없어. '벌레'는 내버려 둬도 점점 약해지다가 면역 기구의 공격을 받고 사멸하지. 한편 끊임없이 죽음의 유혹을 받고 고뇌를 주체하지 못하는 사람들의 몸에서 이 '벌레'는 분명 더 바랄 것 없는 익충이 될 거야. 인간에게 기생하는 진드기 중에는 불필요한 피지를 먹으며 피부의 밸런스를 유지해 주는 녀석이 있는데, 그것과 비슷한 거지. 쓸데없는 고뇌를 먹고 정신의 밸런스를 유지해 주는 거야. ……그래서 그 사람들은 '벌레'를 배제하지 않고 받아들였어. 혼자 힘으로는 처리할 수 없는 고뇌를 처리하는 기관으로서 거둬들인 거야. 숙주와 '벌레'는 상리공생 관계였던 거지.

그런 '벌레'가 약으로 구제되면 어떻게 될까? 그때까지 처리해 주던 고뇌는 곧바로 갈 곳을 잃고, 숙주가 그것을 혼자 떠맡게 돼. '벌레'에게 보호받는 동안에 아주 나이브해 진 사람들에게 그것을 견뎌낼 만한 힘은 남아 있지 않아. 연명 장치를 잃은 죽음의 욕망을 억누를 수 있는 것은 아무것도 없지.

우리는 감염자들의 자살이 기생충 때문이라고 굳게 믿고 있었어. 하지만 진실은 그것과 정반대였어. 그 사람들의 죽음은 기생충의 부재가 원인이었어. 이게 내 결론이야."

예전에 사나기에게 들은 이야기가 플래시백처럼 뇌리에 되살아났다.

'……따라서 면역 억제 기구를 작동시키는 것이 면역 관련 질환의 개선으로 이어지는데, 이 레귤러토리 T세포는 아무래도 '숙주로부터 용인된 기생자'의 존재에 의해 불려 나오는 모양이야. 바꿔 말해 기생자의 부재, 과도하게 청결한 상태가 현대인의 알레르기나 자가 면역 질환 환자의 증가를 가속시키고 있다는 얘기지.'

'게다가 쌍자흡충은 파트너를 끝까지 버리지 않아. 한 번 연결된 쌍자흡충은 두 번 다시 서로를 놓지 않는 거야. 억지로 떼어 놓으면 죽고 말아.'

그리고 신경낭충증──중추신경내의 낭충이 죽어야 비

로소 발생하는 병.

힌트가 여기저기에 굴러다니고 있었다.

우리는 기생자에 의해 목숨이 붙어 있었고, 그리고 그 손을 한 번이라도 놓아서는 안 되었던 것이다.

"사나기는." 처음에 나온 말은 그것이었다. "사나기는 어떻게 됐나요?"

"그 애는 첫 번째 희생자였어. 가장 먼저 '벌레'의 부재의 영향을 받은 사람이 사나기 히지리였지. 어느 날 아침, 아무리 시간이 지나도 손녀가 일어나지 않자 수상하게 생각한 우리자네 선생이 방으로 찾아가 보니 그 애가 바닥에 엎드린 채 움직이지 않았어. 대량의 수면제를 술과 함께 삼킨 흔적이 있었지. 보름 전의 일이야."

이즈미가 말했다.

세상이 발밑부터 무너져 갔다. 눈의 초점이 흐려지고, 강한 이명이 시작되었다.

그러나 이즈미의 다음 말이 나락의 바닥에 낙하하기 시작한 코사카의 의식을 붙들었다.

"하지만 안심해. 사나기 히지리는 죽지 않았어. 그 애는 실수했던 거야. 너무 지나쳤어. 죽으려는 의지가 너무 강해서 역효과를 불렀지. 약의 양도, 술의 양도 너무 많아서 효과를 발휘하기 전에 토하고 말았어. 어쩌면 중간에 무서워져서 스스로 토했는지도 모르지만, 어느 쪽이든 그 애는 목숨을 부지했어. 다만……."

이즈미가 잠시 말을 멈추고, 생각하듯이 창밖을 바라보았다. 그를 따라 코사카도 그쪽으로 시선을 돌렸지만, 특별히 눈에 띄는 것은 없었다. 어둠이 있을 뿐이었다.

잠시 후에 이즈미가 입을 열었다.

"진료소에서 최소한의 응급 처치를 받은 뒤, 그 애는 큰 병원으로 이송되었어. 일단 생명에 지장은 없는 모양이라 나와 우리자네 선생은 안심했지. 하지만 사나기 히지리의 자살 미수는 시작에 불과해. 말하자면 그 애는 탄광의 카나리아였던 거지."

코사카가 이즈미를 앞질러 말했다.

"다른 환자, 하세가와 씨 부부도 같은 행동을 했다는 거죠?"

이즈미가 긍정했다.

"그렇지. 사나기 히지리의 일이 있고 그다음 주, 하세가와 유지에게 전화가 걸려 왔어. 하세가와 사토코가 자살했다고만 말하고 전화를 끊더군. 우리는 뭐가 어떻게 된 건지 알 수 없었어. 다음 날, 일단 자세한 이야기를 들을 생각으로 그 사람의 집에 찾아갔는데, 한 발 늦었지. 이미 하세가와 유지도 아내의 뒤를 따른 후였어. 두 사람은 서로 몸을 붙인 듯한 모습으로 숨이 끊어져 있었어. 그리고 우리가 하세가와 부부의 자살을 확인하는 사이에 사나기 히지리가 병실에서 모습을 감췄어."

"모습을 감췄다?"

"그래. 편지를 남겨 뒀는데, 거기에는 '그동안 감사했습니다.' 라고만 적혀 있더군. 수색원을 제출하고 개인적으로도 며칠을 찾아다녔지만, 결국 사나기 히지리를 찾을 수 없었어. 어쩌면 당신을 찾아간 게 아닐까 생각했는데 아무래도 빗나간 모양이군. ……대체 어디로 갔는지 원."

그 뒤로 이즈미는 계속 말이 없었다. 그 표정에 피로의 빛이 떠올라 있었다. 그는 후회와 무력감, 그 밖의 다양한 감정에 완전히 나가떨어진 듯했다.

"나는, 이제 지쳤어."

깊은 한숨과 함께 이즈미가 말했다.

"결국 우리가 하고 있던 건 전부 잘못된 행동이었어. 환자를 구하기는 고사하고, 적극적으로 죽음으로 내몰았던 거야. 그대로 놔두면 되었을 것을 일부러 손을 대서 망쳐버린 거지. 멍청한 짓도 이만한 게 없어. 우리자네 선생은 완전히 낙담해서 치매 노인처럼 변해 버렸어. 손녀딸보다 그 사람이 먼저 자살할 것 같은 분위기라고."

이즈미가 한바탕 웃은 뒤, 완만한 동작으로 일어섰다.

"……오늘을 기해서, 나는 우리자네 선생 곁을 떠날 거다. 당신과 만날 일도 두 번 다시 없겠지."

이즈미가 코사카에게 등을 돌렸다.

그 등을 향해, 코사카가 말했다.

"이즈미 씨."

"왜?"

이즈미는 돌아보지 않고 대답했다.

"죽지 마세요."

"……당신에게 그런 걱정을 하게 만들 정도라니, 나도 갈 때가 된 모양인걸."

크크크, 하고 이즈미가 어깨를 들썩이며 웃었다.

"이만 갈게. '벌레'하고 사이좋게 지내라고. 좋든 싫든 그 녀석은 이제 당신 몸의 중요한 일부니까."

그는 그런 말을 남기고 떠나갔다.

자살미수. 사나기에게 아무리 전화를 걸고 메시지를 보내도 반응이 없었던 것은 그런 사정 때문이었다. 코사카가 전화를 걸었을 때, 이미 사나기의 몸 안의 '벌레'는 전부 죽은 상태로 그녀는 밀어닥치는 죽음의 욕구와 싸우고 있었을 것이다. 혹은 자살 준비를 착착 진행하고 있었는지도 모른다. 어쨌든 머릿속이 자살에 대한 생각으로 가득해 다른 것에 신경을 쓸 여유가 없었음이 틀림없다.

사나기가 연락하지 않은 것은 내가 싫어져서가 아니었다. 이것이 그녀가 무사하기를 바라는 것보다 먼저 든 솔직한 감상이었다. 적절하지 못한 행동이지만, 코사카는 무엇보다 먼저 그것을 기뻐했다.

결국 지금 느끼는 이 기쁨이 전부구나, 라고 생각했다. 나는 사나기를 좋아한다. 그 이상으로 확실한 것은 없다. '벌레'도, 나이 차이도 관계없다. 이 감정이 거짓이라면 나는 죽을 때까지 그 거짓말에 속으며 살고 싶다.

한동안 기쁨을 곱씹은 뒤, 코사카는 사라진 사나기의 목적지에 대해 생각했다. 사나기가 특별히 애착을 가진 대상은 매우 한정되어 있다. 그렇기에 선택지는 자연스럽게 좁혀졌다.

어쩌면 사나기는 부모님이 동반 자살한 곳에서 죽을 생각인지도 모른다. 사나기의 부모님은 자살 명소로 이름 높은 산속의 다리에서 뛰어내렸다고 들었다. 사나기 역시 같은 장소에서 뛰어내릴 생각이라고 해도 이상하지 않다.

이렇다 할 근거는 없다. 하지만 현시점에서 그 이상으로 유력한 단서도 없었다. 코사카는 그곳에 가야만 한다고 마음먹었다.

전화로 택시를 불렀다. 코사카는 십여 분 뒤에 도착한 택시에 올라타 운전사에게 목적지를 말했다. 초로의 운전사가 말없이 차를 발진시켰다.

20분 정도 지났을 무렵, 코사카는 놓고 온 물건이 있다고 말하고 택시의 방향을 돌렸다. 정확히 말하면, 그것은 놓고 온 물건이 아니었다. 문득 떠오른 생각이었다. 크리스마스에 사나기가 선물해 준 그 빨간 머플러를 하고 가자고.

한시를 다투는 사태이기는 하지만, 코사카는 반드시 그것이 필요하다고 느꼈다. 어떤 종류의 마음을 담은 물건이다. 그 머플러야말로 두 사람을 이어줄 붉은 실이 되어 줄 거라는 예감이 들었다.

결론부터 말하면, 그 예감은 적중했다.

어쩌면 머릿속의 '벌레'가 그것을 몰래 그에게 알려주었는지도 모른다.

아파트로 돌아가자, 코사카는 계단을 뛰어올라가 숨을 헐떡이며 자기 집 문 앞에 도달했다. 열쇠를 꽂아 넣다가

문이 열려 있음을 깨달았다. 집을 나설 때 서두른 나머지 잠그는 것을 깜빡한 모양이다.

방 안으로 들어가자 거실 문의 채광창으로 빛이 흘러나오는 것이 보였다. 불을 끄지 않은 모양이다. 하지만 그런 건 상관없었다. 코사카는 신발을 벗을 시간도 아깝다는 듯이 흙발로 들어가서 부엌을 지나 거실로 들어서고,

그곳에서 새근새근 잠들어 있는 사나기를 발견했다.

제 9 장 사랑하는 기생충

커피 향기에 눈을 떴다. 부드러운 아침 햇살이 창문으로
비쳐 들고 있다.

코사카는 침대에 누운 채로 천천히 시선을 이리저리 돌
렸다. 테이블 위에 머그컵 두 개가 놓여 있고, 모락모락 피
어오르는 김이 보였다. 부엌에서 버터를 바른 토스트와 노
릇노릇하게 구운 베이컨 냄새가 흘러들었다.

귀를 기울이니, 아침 새소리에 섞여 사나기의 마른 휘파
람 소리가 들렸다.

그런 아침이었다.

두 사람은 테이블 대용으로 큼직한 골판지 상자를 두 개
붙여 놓고 아침 식사를 했다. 멀리서 보면 하얀 골판지 상
자가 하얀 페인트칠이 된 테이블처럼 보이기도 했다.

두 사람 사이에 대화는 거의 없었다. 탁상 라디오가 띄엄

띄엄 음악을 연주했다. 무슨 곡인지는 모르겠지만, 피아노 연주인 것은 확실했다. 이따금씩 단편적으로 정겨운 멜로디가 들렸지만, 자세히 들으려고 귀를 기울이면 멜로디가 도망가는 것처럼 작아졌다.

두 사람은 아침 식사를 마치고, 샤워하고 외출할 채비를 했다. 사나기는 잠옷 이외에 교복밖에 가지고 있지 않아서 그것으로 갈아입었다. 코사카가 옷장에서 개성 없는 셔츠와 면바지를 꺼내 갈아입으려고 하자, 사나기가 "잠깐만." 이라며 멈춰 세웠다.

"왜?"

"저기, 처음 만났을 때 말이야. 코사카 씨, 직장도 없으면서 정장을 입었잖아? 그거, 다시 보고 싶어."

"그건, 왜?"

"코사카 씨의 정장 차림이 좋아서. 안 돼?"

코사카가 고개를 저었다.

"괜찮아. 지금은 직장인이니까 켕기지도 않고. 양복 차림의 나하고 교복 차림의 사나기가 나란히 걷는 모습이 옆에서 보기에 어떻게 보일지 조금 걱정되지만."

"괜찮다니까. 누가 물으면 남매라고 우기면 돼."

코사카는 그런가, 라고 간단히 납득했다.

옷을 다 갈아입고 나서, 두 사람은 아파트를 나와 산책했다. 느긋한, 일요일에 어울리는 온화한 햇살이 주택가에 내리쬐고 있었다. 벚꽃이 피기 시작했는지 길가에 복숭앗빛 꽃잎이 쌓여 있었다. 하늘은 벚꽃의 엷은 색깔을 배려한 것처럼 엷은 파란색이었다. 그 파란빛 속에 솜먼지를 연상시키는 작은 구름이 드문드문 떠 있었다.

두 사람은 누가 먼저랄 것도 없이 손을 맞잡고 걸었다.

역 앞의 상점가 골목을 빠져나온 길목에 있는 헌책방에 들어가서 거기서 한동안 시간을 보냈다. 가게 안은 비좁고, 낡은 책의 곰팡내가 났다.

코사카는 문득 눈에 띈 특이한 도감이 마음에 들어 잠시 망설인 뒤에 구매했다. 세계에 존재하는 다양한 도감 종류를 망라한, 말하자면 '도감의 도감'이었다.

그리고 두 사람은 길모퉁이에 있는 빵집에서 샌드위치를 사서 그것을 먹으며 걸었다. 다양한 재료가 들어 있는 샌드위치라 한 입 베어 물 때마다 양상추며 양파 조각이 툭툭 떨어졌다. 입 주위에 묻은 소스를 손가락으로 닦는 코사카를 보고, 사나기가 쿡쿡 웃었다.

"이런 거, 예전의 코사카 씨였다면 생각할 수도 없었겠네."

"그렇시. 먹으면서 걷게 된 것도, 중고책을 만질 수 있게 된 것도 석 달 정도밖에 안 됐어."

코사카가 손에 묻은 빵부스러기를 털어내며 말했다.

"하지만 이즈미 씨 얘기로는 '벌레'가 쌩쌩해지면 결벽증이 재발한다는 모양이니까 회사를 계속 다닐 수 있을지 좀 걱정돼."

"그렇구나. 그러면 그동안에 최대한 불결한 일을 즐겨둬야겠네."

사나기가 조금 아쉽다는 듯이 말했다.

코사카가 쓴웃음을 지었다. 그리고 다시 사나기의 손을 잡았다.

*

시간을 조금 거슬러 올라간다.

어젯밤, 침대에서 자고 있는 사나기를 발견했을 때, 코사카는 그것을 자신이 만들어 낸 환각이 아닐까 하고 의심했다. 눈을 깜빡인 순간, 그 모습이 사라지고 말 거라고 생각했다.

그래서 그는 계속 눈을 뜬 상태로 있었다. 조금이라도 오래, 그 환각을 눈에 새기려고 했다. 이윽고 눈이 말라서 따끔거리며 눈물이 나와서 저도 모르게 눈을 감아 버렸다. 다시 눈을 떴을 때, 사나기의 환각이 아직 그곳에 남아 있었다.

코사카는 다시 한번 눈을 감고 10초 정도 눈꺼풀을 비비고, 다시 눈을 떴다.

역시 사나기는 그곳에 있었다.

"사나기."

소리 내어 불렀다.

그러자 사나기의 몸이 움찔하고 움직였다. 이윽고 그녀가 천천히 일어나더니 코사카와 눈길을 맞췄다. 그리고 몸을 숨기듯이 이불을 가슴께까지 끌어올리고는 부끄러운 듯이 고개를 숙였다.

코사카는 충격을 받은 나머지 일시적으로 감정이 마비되어 놀라지도, 기뻐하지도 못했다.

"유령은 아니겠지?"

코사카가 물었다.

"글쎄? 확인해 보지 그래?"

그녀가 그렇게 고개를 숙인 채 눈만 치켜뜨며 말했다.

코사카가 조심조심 걸어가 손을 뻗어 그녀의 뺨을 건드렸다. 그곳에는 사람의 피부 질감이 있었고, 온기도 있었다. 사나기는 거듭 확인하듯이 코사카의 손 위에 자신의 오른손을 겹쳤다. 역시 사람의 피부 감촉이 있었다. 그녀는 확실히 존재했다.

코사카가 사나기의 등 뒤에 두 팔을 둘러 끌어안았다. 사나기는 말없이 받아주었다.

"어째서…… 어째서 여기에…… 몸은 괜찮아? '벌레'는 죽은 거 아니었어?"

감격한 나머지 말이 잘 나오지 않았다.

"그렇게 한꺼번에 묻지 마. 하나씩 물어봐."

사나기가 난처하다는 듯이 웃었다.

코사카가 사나기에게서 살짝 몸을 떼며 물었다.

"몸은, 이제 괜찮아?"

"아니, 사실은 아직 별로 좋지 않아. 하지만 그때 내가 먹은 약의 양을 생각하면 이 정도로 끝난 건 기적이지."

사나기가 대답했다.

그녀가 자신의 위장 부근을 손가락으로 톡톡 두드렸다.

"혼수상태일 때 기억이 사라져서 자살을 시도한 당시의 상황이 거의 기억나지 않아. 다만 내 의사로 약을 토한 것만은 흐릿하게 기억해. 분명히, 아슬아슬한 곳에서 제정신을 차린 거겠지. 의사 선생님의 말로는 조금만 더 늦게 약을 토했다면 손쓸 방법이 없었을 거래.”

코사카가 크게 숨을 토했다.

“그랬구나……. 그건 그렇고, 병원을 빠져나와서 지금까지 어디에 있었어? 애초에 왜 모습을 감춘거야?”

“해 두고 싶은 일이 있어서 우리 진료소에 숨어 있었어. 옛날부터 학교에 가고 싶지 않을 때 자주 그곳에 숨었거든. 나만 아는 은신처가 있어.” 사나기는 그렇게 말하고 나서 어깨를 으쓱해 보였다. “이런 이야기는 별로 하고 싶지 않은데 다른 물어볼 것은 없어?”

“…… ‘벌레’ 는 어떻게 됐어? 약으로 전부 죽은 거 아니었어?”

“응. 내 안에 있던 ‘벌레’ 는 전부 죽어 버린 것 같아.”

“그렇다면 어째서…….”

사나기가 가만히 미소 지었다.

“지금 내 안에 있는 건, 코사카 씨의 몸 안에 있던 ‘벌레’ 야.”

“나의 ‘벌레’ ?”

“그날, 컨테이너 안에서 내가 코사카 씨에게 억지로 키스했잖아? 그때, 코사카 씨의 ‘벌레’ 가 내 안으로 이동했고, 그게 내 ‘벌레’ 와 교미해서 내성 기생충을 낳은 거야.

아슬아슬하게 목숨을 건질 수 있었던 건, 그 덕분이지. 코사카 씨의 '벌레'가 내 목숨을 구한 거야."

사나기가 부끄러운 듯 시선을 돌렸다.

코사카는 눈을 감고 가만히 생각에 잠겼다가 탄식하며 말했다.

"결국 전부 네가 옳았고, 내가 틀렸구나."

사나기가 고개를 저었다.

"어쩔 수 없어. 나도 근거가 있어서 '벌레'를 소중히 한 건 아니니까. 이번에는 어쩌다가 내 바람과 사실이 일치한 것뿐이야. 코사카 씨의 판단은 타당했다고 생각해. 게다가 코사카 씨가 나를 거절한 건 나를 위한 행동이었다는 것도 알아."

"과대평가야. 나는 그렇게까지 번듯한 사람이 아니야."

코사카가 힘없이 미소를 지은 뒤, 다시 한번 말했다.

"돌아와서 고마워. 정말로 기뻐."

"나야말로. 돌아올 장소를 남겨 줘서, 고마워."

사나기가 살짝 고개를 기울이며 부드럽게 미소 지었다.

*

공원 입구 앞에 파란색 자동차가 멈춰 있었다. 자동차의 보닛과 앞 유리에 벚꽃 잎이 수북이 쌓여 있어서, 시야가 거의 가려져 있었다. 조수석 쪽 창문으로 안을 엿보니 운전석에서 한 남자가 기분 좋게 자고 있었다.

코사카는 주위를 둘러보았지만 벚나무는 보이지 않았다. 공원 안의 나무에서 바람을 타고 여기까지 날아온 모양이다. 바람이 센 날이었다. 그런데도 멍하니 걷다 보면 바람의 존재를 잊어버릴 것 같았다. 아마도 바람이 부는 방향에 변화가 없는 탓이다.

미즈시나 공원에 발을 들인 지 몇 분, 두 사람은 양쪽으로 벚나무가 늘어선 길에 들어서서 잠시 발을 멈췄다.

장관이었다.

꽃잎이 눈처럼 쏟아지고 있었다.

바람에 나뭇가지가 위아래로 크게 흔들리며 차례차례 꽃잎이 공중에서 춤추고, 오후의 햇살을 받아 하얗게 반짝였다.

두 사람은 한동안 그 광경에 압도되었다. 눈앞의 벚꽃 잎이 눈보라라고 표현해도 과장으로 느껴지지 않을 만큼 격하게 불어 닥쳤다. 그렇게 어지러운 광경에 비해 공원 안은 기묘한 정적에 휩싸여 있었다. 화이트 노이즈 같은 바람 소리와 나무들의 술렁임. 그것뿐이었다. 꽃구경하는 사람은 드문드문했고, 눈에 거슬리는 파란색 시트도 보이지 않았다. 다들 근처에 있는 더 큰 공원으로 가 버린 모양이다.

코사카는 회상했다. 두 사람이 처음 만났을 때, 이 공원은 눈에 둘러싸여 있었다. 사나기는 연못 가장자리에 서서 백조에게 먹이를 주고 있었다. 그 무렵, 그녀는 머리카락을 금빛으로 물들이고서 짧은 스커트를 입고, 담배를 피우고 있었다.

어쩐지 그것이, 먼 옛날의 이야기처럼 생각되었다. 그 뒤로 아직 반년도 지나지 않았는데.

걷다 지친 두 사람은 잔디밭 경사면에 앉았다. 그리고 나무 그늘에서 어깨를 맞대고 벚꽃 잎의 눈보라를 바라보며 바람 소리에 귀를 기울였다.

경사면을 내려간 곳에 연못이 보였다. 하얀 꽃잎으로 빽빽이 덮인 수면이 마치 결빙된 연못에 눈이 쌓인 것처럼 보여서 그 위를 걸어서 가로지르고 싶어질 정도였다.

그리고 코사카는 느긋하게 연못 속을 헤엄치고 있는 백조 한 마리를 발견했다. 몇 번을 다시 봐도 그것은 오리가 아니라 백조였다. 무리에서 떨어져 버린 걸까? 하지만 백조는 특별히 불안해하는 기색도 없이 우아하게 꽃잎들 속을 헤엄쳐 다녔다.

비현실적인 그 광경이 어린아이가 완구를 이용해 만든 무질서한 모형 정원을 떠올리게 했다. 일관성 없는 꿈같은 광경.

"저기, 코사카 씨."

코사카의 어깨에 머리를 기댄 채로 사나기가 말했다.

"나, 코사카 씨하고 여기서 처음 만났을 때부터, 이렇게 될 걸 알고 있었어."

"정말로?"

"응. ……처음에 나에게 말을 걸었을 때, 기억해?"

"기억하고 있어." 감개에 젖듯이 코사카가 눈을 가느다랗게 떴다. "아주 무뚝뚝한 여자애라고 생각했어."

"그건 어쩔 수 없었어. 난 낯을 많이 가리니까."

사나기가 입을 비죽 내밀고서 그 뒤에 살짝 고개를 기울여 위를 보았다.

"그때, 우리는 이 겨우살이 아래에서 만났어."

"겨우살이?"

코사카가 시선을 들었다. 벚나무 가지 끄트머리 부근에 명백히 이질적인 식물이 보였다. 겨울에 봤을 때는 새의 둥지와 구별이 되지 않을 정도로 썰렁해 보였던 겨우살이에 지금은 푸른 잎사귀가 풍성했다.

사나기가 말을 이었다.

"크리스마스 시즌에 겨우살이 아래에서 만난 남자와 여자는 키스해야 해. 알아?"

코사카가 고개를 저었다. 아마 유럽에 그런 풍습이 있는 모양이다.

"그리고 나는 첫 키스는 좋아하는 사람과 하겠다고 결심했어. 그러니까 내가 코사카 씨를 좋아하게 되는 건 필연이었던 거야."

"정말 엉망진창인 이론이네."

코사카가 쓴웃음을 지었다.

"나도 내가 무슨 소릴 하는지 잘 모르겠어. 어쨌든 우리의 사랑은 기생 동물만이 아니라 기생 식물에게도 지지받고 있었다는 얘기야. 여러 가지 기생 생물이 우리의 인생에 깊고 밀접하게 관여하고 있어. 내가 하고 싶은 말은, 대충 그런 거야."

사나기도 어깨를 으쓱하며 웃었다.

"……그렇구나."

"정말, 기생 생물에게 의지하지 않으면 사랑도 못하니

이래서는 어느 쪽이 기생자인지 모르겠어."

그렇게 말하고 사나기가 다시 웃었다.

잠시 침묵이 흘렀다. 두 사람은 기생자가 초래한 행복한 우연에 대해 생각했다.

이윽고 코사카가 침묵을 깼다.

"조금 전에 말했지? 겨우살이 아래라면, 키스해야 한다고."

"응. 크리스마스 시즌 얘기지만."

코사카가 검지를 세우고, 그리고 정면을 가리켰다.

"자, 봐. 백조도 있어. 눈보라도 불고 있고. 수면도 얼어 있어."

사나기가 쿡쿡 웃었다.

"정말이네. 그럼 어쩔 수 없네."

사나기는 코사카를 바라보고, 살며시 눈을 감았다.

코사카는 그 입술 가장자리에, 짧게 키스했다.

이윽고 사나기는 코사카의 무릎 위에서 잠들었다. 지친 모양이었다. 어쩌면 그녀의 '벌레'는 아직 회복 중이라 끓어오르는 고뇌를 완전히 처리하지 못하는지도 모른다.

코사카는 손으로 사나기의 부드러운 머리카락을 살며시

쓸어내렸다. 감춰져 있던 귀가 빛에 노출되어 파란 피어스가 반짝였다. 머리카락을 검게 되돌린 뒤에도 피어스는 빼지 않은 듯했다.

생각해 보면 옷을 얇게 입고 있는 그녀를 보는 것은 이것이 처음이었다. 겨울옷을 입고 있을 때는 깨닫지 못했지만, 가까이에서 관찰해 보니 수면제뿐만 아니라 다양한 방법을 시도한 듯한 흔적을 확인할 수 있었다. 아주 오래전의 흔적도 있고, 아주 최근의 흔적도 있다. 그 하나하나가 코사카의 기분을 어둡게 만들었다.

코사카는 그녀가 나쁜 꿈을 꾸지 않기를 빌었다.

여전히 공원 안에 벚꽃 잎이 내리고 있다. 나무 그늘에 가만히 앉아 있자 꽃잎들이 두 사람 위로 조금씩 쌓여 갔다.

그러는 동안 해가 서서히 기울고, 나뭇가지 사이로 비치는 햇살이 뿌옇게 두 사람을 비추었다. 코사카는 사나기를 깨우지 않도록 살며시 옆에 누워서 눈을 감고, 잔디와 벚꽃의 냄새를 머금은 풍윤한 봄바람을 가슴 가득히 들이마셨다.

이렇게 천진하게 자연과 맞닿을 수 있는 것은 지금뿐이다. 그리 멀지 않아 결벽증이 재발하고, 다시 방 안에 틀어박히게 될 것이다. 그런 생각을 하면 기분이 조금 가라앉았다. 하지만 사나기가 옆에 있을 때 느끼는 이 사랑스러운 마음이 '벌레'에 의해 초래된 것이라면, 그는 이 사랑하는 기생충을 미워할 수 없었다.

결국 우리가 '벌레'에 의존하지 않고도 서로 사랑할 수 있는가는 흐지부지되어 버렸다. 하지만 지금 와서 그런 것은 큰 문제가 아닌 것처럼 생각된다.

왜냐하면 '벌레'는 우리 몸에서 빼놓을 수 없는 한 부분이다. 그것을 떼어 놓고 뭔가를 생각하는 것은 불가능하다. 나라는 인간은 '벌레'를 포함하고서야 비로소 나라고 부를 수 있다.

인간은 머리만으로 사랑하는 것이 아니다. 눈으로 사랑하거나, 귀로 사랑하거나, 손끝으로 사랑하기도 한다. 그렇다면 내가 '벌레'로 사랑했다고 해도 이상할 것 없다.

그 누구도 불평하지 못할 것이다.

∗

하늘이 청회색으로 탁해지기 시작할 무렵, 두 사람은 미즈시나 공원을 뒤로했다. 슈퍼마켓에서 식료품을 사서 아파트로 돌아가, 이번에는 코사카가 주방에 서서 간단한 요리를 만들었다. 조금 늦은 점심 식사를 하고, 식후의 커피를 마시고 났을 무렵에는 오후 4시를 지나 있었다.

땀을 흘린 뒤여서 교대로 샤워를 했다. 실내복으로 갈아입은 다음 침대에 나란히 앉아 헌책방에서 사 온 도감을 보며 시간을 보냈다. 탁상의 단파 라디오에서 해외의 뉴스 방송이 흐르고 있었지만, 음량을 줄여 놓아 내용은 알아들을 수 없었다.

커튼 사이로 푸르스름한 빛이 비쳐들었다. 불을 켜지 않은 방이 숲 속처럼 어두컴컴했다. 귀를 기울이면 아주 먼 곳에서 어린아이들이 재잘거리는 소리가 들려왔다.

도감을 전체적으로 다 읽고서 덮었을 무렵에, 사나기가 말했다.

"계속 뭔가 부족하다는 생각을 했는데, 지금 그 정체를 알았어."

"무슨 얘기야?"

"소독약 냄새가 안 나."

코사카가 두 눈을 껌뻑였다.

"아, 그렇겠네. 요즘에는 그렇게까지 신경질적으로 청소하지 않았으니까."

"나한테는 그 냄새가 나야 코사카 씨의 집이라는 느낌이

들거든."

"소독약 냄새가 그리워?"

사나기가 끄덕였다.

그래서 코사카는 이삿짐 상자에서 소독용 스프레이를 꺼내 몇 달 전까지는 매일 했던 것처럼 방 안 여기저기에 소독약을 뿌렸다. 사나기가 침대에 앉아 크리스마스 기념 장식 작업을 지켜보는 것처럼 즐거운 얼굴로 바라보고 있었다.

이윽고 방 안이 코를 찌르는 에탄올 냄새로 채워지자, 사나기가 만족스러운 듯한 얼굴로 침대에 드러누웠다.

"응, 코사카 씨의 방이네."

"새삼스럽게 맡아보니 냄새 참 지독하네."

"그래? 나는 이 냄새, 보건실 같아서 좋아."

"병원 같아서 싫다는 사람이 대부분일 거라고 생각하는데."

"하지만 나는 좋아해."

사나기가 베개를 턱 밑에 끼우고서 눈을 감고 깊이 숨을 내쉬었다.

"이대로, 잠들 것 같아."

"무슨 소리야, 조금 전에 낮잠 잤잖아?"

"그렇긴 한데. 조금 지쳤나 봐."

그녀는 그렇게 말하고서 5분도 채 되지 않아 잠들었다.

코사카는 사나기에게 이불을 덮어 주고, 잠시 망설인 뒤에 옆에 누웠다. 그리고 그녀의 자는 얼굴을 가만히 바라보았다. 이 정도의 거리라면 그녀의 긴 속눈썹 한 올, 한 올까지 볼 수 있다.

자는 얼굴에서 공허한 느낌이 들었다. 태어나서 한 번도 긴장을 푼 적이 없는 듯한, 그런 느낌의 얼굴이었다. 오후의 어둠 속에서 잠든 그녀가 전에 없이 연약하고, 상처입기 쉬워 보였다.

코사카는 내일 아침에 일어나자마자 이삿짐센터에 연락해 이사를 취소하자고 생각했다.

골판지 박스들의 포장을 풀고, 사나기와 둘이서 방을 원래 모습으로 되돌려놓자.

이 마을에 남자.

그렇게 사나기와 함께 살아가자.

코사카는 마을에 오후 5시를 고하는 방송이 울려 퍼지는 소리를 들으며 천천히 눈을 감았다.

*

사나기가 잠에서 깨어났을 때, 눈앞에 코사카의 자는 얼굴이 있었다. 그녀는 깜짝 놀라 몸을 일으키더니 잠시 후 두세 번 심호흡한 뒤에 다시 옆에 누웠다. 한동안 가슴의 고동이 잦아들지 않았다.

날은 저물어 가고 있다. 아이들의 목소리도 들리지 않았다. 따스한 바람이 창문으로 불어 들어와 커튼을 흔들었다. 소독약 냄새에 섞여 가슴이 먹먹해질 듯한 그리운 냄새가 났다. 그녀는 잠시 그 그리움에 대해 생각했지만, 정체를 깨닫기 전에 냄새를 잊어버렸다.

뭐, 괜찮겠지. 사나기가 가만히 중얼거렸다. 떠올린다고 해서 어떻게 되는 것도 아니다.

그녀는 살며시 손을 뻗어 코사카의 손에 가볍게 손가락을 얽었다.

사나기는 이 감촉을 언제까지나 기억하자고 다짐했다.

그녀에게 남겨진 시간이 얼마 없음을 생각하면, 그것은 어려운 일이 아니었다.

사나기는 엷은 저녁놀을 바라보면서 생각했다.

내 목숨은 사랑하는 사람의 키스 덕분에 구원받았다.

——그것이 사실이라면 얼마나 좋을까.

분명 그때, 코사카 씨의 몸속에 있던 '벌레'의 일부가 내 몸으로 이동해 내 '벌레'와 유성생식을 했다. 코사카 씨의 몸속에서도 같은 일이 일어났다. 그것은 틀림없다.

그러나 그 결과 새로 태어난 '벌레'는 같은 것이 아니었다. 내성 기생충이 태어난 것은 코사카 씨뿐이었다.

아마도 코사카 씨의 몸속에 있던 '벌레'는 처음부터 약제 내성을 가지고 있지 않았을 것이다. 나의 '벌레'와 그의 '벌레'의 유전자가 섞인 결과, 기적적으로 그의 몸속에서 약제 내성을 지닌 변이종이 태어났다. 그 변이종이 그의 목숨을 구했다.

그러나 내 몸속에서 같은 기적은 일어나지 않았다. 약제 내성을 갖지 않은 무방비한 나의 '벌레'는 구충제에 전멸했다. 그리고 나는 고뇌를 처리할 기관을 잃어버렸다.

지금의 나는 빈껍데기다. 이미 절반은 죽어 있다. 목이 잘리고도 계속 걸어 다니는 닭이나 다름없다. 죽음에 두 다리를 찔러 넣고, 가라앉기를 기다리는 상태다.

오늘까지 살 수 있었던 것은, 마지막으로 한 번 코사카 씨를 만나고 싶다는 집념 덕분이었다. 그리고 그 바람이 이루어졌으니 아마 며칠 버티지 못할 것이다. 나는 '행복의 절정에서 죽음을 맞이하고 싶다'라는 욕구에 저항하지 못하고, 스스로 목숨을 끊겠지.

지금부터 코사카 씨의 '벌레'를 나눠 받으면 회복할 가능성도 있지만, 유감스럽게도 그럴 생각은 없다. 이미 유서도 써 두었다.

이대로, 끝까지 갈 생각이다.

계속 그래 왔다. 살아가는 것이 두려워서 견딜 수 없었다. 뭔가를 갖지 않으면 평생 그것을 손에 넣지 못하는 게 아닐까 두려웠다. 뭔가를 가지고 있으면 언젠가 그것을 잃어버리는 게 아닐까 두려웠다.

가장 두려웠던 것은 평생 아무도 사랑하지 않고, 누구에게도 사랑받지 못하는 것이었다. 그런 인생을 보낼 바에야 얼른 죽는 편이 낫다고 생각했다. 그렇지만 사람을 사랑하고 사랑받게 된 나는 지금 그것을 잃는 것이 무엇보다 두려웠다. 이런 공포에 계속 시달리느니 얼른 죽는 편이 낫다고 생각하고 있다.

죽음을 향한 욕망. 자기 붕괴 프로그램. 결국 어떻게 되더라도 도착점은 같았다. 행복과 불행은 표리일체이며, 특히 나 같은 겁쟁이가 보기에는 같은 뜻이다. 모든 것이 죽음에 몸을 맡길 근거가 된다. 그것이 나라는 인간이다.

그렇다면 하다못해 동전이 앞면을 향하고 있는 동안에 모든 것을 끝내고 싶다. 적절한 때를 얻은 죽음을 이길 수 있는 것은 아무것도 없다. 나는 슬퍼하고 기뻐하는 것에 너무 지쳤다.

그러니까 가까운 시일 내에 이 생명에 종지부를 찍겠지. 그러면 나라는 인간의 역사는 막을 내린다. 두 번 다시 덧쓸 일은 없다. 더할 나위 없이 완벽한, 이기고 도망치기다.

그때 사나기의 머릿속에 떠올랐다. 처음 만난 날. 처음으로 건드린 날. 처음으로 키스한 날. 처음으로 끌어안은 날.

코사카를 남기고 가는 것이 마음에 걸렸다. 코사카에게는 정말로 미안했다. 내가 이제부터 할 일은 코사카에 대한 배신이다. 아무리 사과해도 부족하다. 용서받을 생각도 없다. 그가 이 일로 나를 미워한다면 그 사람의 분노를 달게 받아들여야겠지. 그것이 당연한 응보다.

──하지만 가능하다면 코사카 씨가 이렇게 생각해 주었으면 좋겠다.

애초에 우리는 만나기 전에 죽었을 사람이다. 병든 혼에 이끌려 스스로 목숨을 끊었어야 했다. 그것이 '벌레'의 힘에 의해 일시적으로 연명되고, 서로 사랑할 기회를 부여받고, 게다가 한쪽은 기적적으로 살아남을 수 있었다.

그렇게 생각하면 이 결말이 최선이라고는 할 수 없어도 결코 최악은 아니라고 말할 수 있을 것이다.

'벌레'가 없었다면 우리는 만날 수도 없었다.

게다가 슬픈 일만은 아니다. 왜냐하면 나의 죽음으로 증명할 수 있는 사실이 한 가지 있기 때문이다. 나의 죽음으로만 증명할 수 있는 사실이기 때문이다.

숙주의 죽음은 '벌레'의 영향에서 해방되어 일어난다. 그리고 '벌레'라는 큐피드의 중개로 성립된 두 사람의 사랑은 어느 한쪽의 '벌레'가 사라지는 것만으로도 파탄 날 것이다. 그렇기에 죽음 직전까지 내가 코사카 씨를 사랑하고 코사카 씨 또한 나를 사랑했다는 것은, 우리의 사랑은 '벌레'의 영향을 제거해도 성립했다는 이야기가 된다.

우리는 '벌레' 같은 것에 의지하지 않고 서로 사랑할 수 있었다.

그것은 내가 '벌레'를 잃지 않았다면 절대로 증명할 수 없는 일이다.

사나기는 얽었던 손가락을 풀고, 코사카의 뺨을 살며시 쓰다듬었다.

몇 초 뒤에 코사카가 천천히 눈을 떴다.

"미안, 깨웠어?"

"아니." 코사카가 고개를 저었다. 그리고 뭔가를 깨달은 듯이 눈을 크게 떴다. "……사나기, 울었어?"

사나기는 그 말을 듣고서야 비로소 자신이 울었다는 것을 깨달았다. 당황하며 손등으로 눈가를 닦았지만, 눈물은 계속해서 흘러나왔고 멎을 기미가 없었다.

"이상하네. 울 생각은 없었는데……."

사나기가 작게 딸꾹질하면서 억지로 미소를 지어 보였다.

"슬퍼?"

"아니, 그런 건 아니야. 오히려 기뻐서 못 견딜 정도야."

"그렇구나. 마음이 놓이네. 그럼 그건 분명히 올바른 눈물이야."

코사카가 흐뭇한 얼굴을 했다.

여전히 이상한 방법으로 위로하는 사람이네, 라며 사나기가 우습다는 듯 웃었다.

"……저기, 코사카 씨. 좋은 걸 하나 알려 줄까?"

"좋은 거?"

코사카가 눈을 크게 떴다.

"그래, 좋은 거." 사나기가 끄덕였다. 그리고 아껴둔 최고의 웃음을 지으며 말했다. "저기, 나 말이야, 코사카 씨가 좋아."

"응, 나도 알아."

"그게 아니라, 정말로 좋아해."

"흐음. 뭔지 잘 모르겠지만, 기분 좋네."

코사카는 잠시 생각에 잠긴 뒤에 풋 하고 숨을 뿜었다.

"그렇지?"

두 사람은 서로를 보며 웃었다. 사나기는 그리 멀지 않아 내 말의 진의를 깨닫겠지, 라고 생각했다. 다만 그 무렵에는 모든 것이 늦었겠지만.

그리고 그녀는 문득 자신의 눈물이 베개에 얼룩을 만들고 있다는 것을 깨닫고, 아차 하는 얼굴을 했다.

"미안해. 베개가 더러워지겠어."

사나기가 몸을 일으키려고 하자, 코사카의 팔이 그것을 막았다.

"그러면 이러면 되지."

그렇게 말하고서 코사카는 사나기를 끌어안았다.

그의 셔츠에 사나기의 눈물이 배어들었다.

"마음껏 울어도 괜찮아. 아마도 너는 지금까지 자신을 위해서 너무 울지 않았던 거야."

"……응, 그럴게."

사나기는 그의 품에서 울었다. 이제까지 울지 못했던 만큼, 그리고 이제부터 울지 못할 만큼.

이윽고 울다 지친 사나기가 코사카의 품 안에서 잠들었다.

깊은, 엄청나게 깊은 잠이었다.

이렇게 온화하고 만족스러운 수면은 태어나서 처음이었다.

꿈속에서 그녀는 백조가 되었다. 백조 한 마리가 햇빛을 받아 반짝이는 봄의 연못을 쓸쓸하게 헤엄치고 있다. 날개를 다쳐서 동료들에게 버림받았다. 나는 이제부터 어떻게 되는 걸까. 백조는 불안해서 견딜 수 없다. 나를 두고 가 버린 동료들을 원망하고, 동시에 그리워한다. 그리고 소중한 날개를 다치고 만 자신의 부주의를 저주한다.

하지만 벚꽃 잎이 흩날리는 연못을 헤엄치는 동안, 그 모든 일이 점점 상관없어졌다. 백조는 마지막에 이렇게 아름다운 광경을 독점했으니까 잘됐다고 생각했다.

후기

　객관적으로 보면 흔한 사건도 본인에게는 세상이 뒤집힐 대사건이 되기도 합니다. 예를 들면 옛날에 어느 여성에게 이런 이야기를 들었습니다. 그 여성의 인생에서 가장 좋았던 추억은 초등학생 시절에 합창 콩쿠르의 피아노 반주자로 선발된 일이었다고 합니다. 이 얘기만 들으면 어쩐지 바보 같은 이야기로 들릴지도 모릅니다. 아니, 끝까지 들어도 바보 같은 이야기라고 생각하는 사람도 있을지 모릅니다. 감상은 사람마다 다른 법입니다.

　당시의 그는 아주 소극적이라 친구가 없었던 탓에 반주자 역할은 무겁고 괴로운 짐일 뿐이었습니다. 본심은 사퇴하고 싶었지만, 반에는 그밖에 피아노를 칠 줄 아는 아이가 없었고, 그 사람은 남의 부탁을 거절할 수 있는 성격이 아니어서 결국 그 제안을 받아들이게 되었습니다. '대회에서 실수해서 다른 사람의 발목을 잡으면 어쩌지.' 라는 불안에 짓눌릴 것 같은 하루하루가 이어지고, 그녀는 몇 번이나 몰래 눈물을 흘렸다고 합니다.

그렇지만 막상 합창 연습이 시작되고 나자 얼마 지나지 않아 그것은 고통이 아니게 되었습니다. 그러기는커녕 그 사람은 합창 연습을 기다리게 되었다고 합니다.

지휘자가 바로, 그 사람이 남몰래 좋아하던 남자아이였습니다. 연주를 시작할 때, 그 아이는 늘 그 사람의 눈을 똑바로 쳐다보았습니다. 그것이 연주의 타이밍을 맞추기 위한 아이콘택트에 지나지 않다는 사실은 잘 알고 있었습니다. 하지만 그 사람은 그것이 기뻤습니다. 그 밖의 모든 것이 어떻게 되든 상관없을 정도로. "인생에서 최고의 추억이 좋아하는 남자아이와 눈길이 맞은 일이라니 정말 초라한 인생이네."라고 비웃는 사람이 있을지 모릅니다. 그렇지만 저는 그 사람의 마음을 아주 잘 이해할 수 있습니다. 설령 그 후 그 사람이 얼마나 행복에 겨운 인생을 보냈다고 해도 역시 최고의 추억은 계속해서 '그저 눈길이 맞은 일' 정도일 거라고 생각합니다.

인간의 가치 기준이란 그때그때 다른 법입니다. 유복해진 뒤에 고급 레스토랑에서 먹은 코스 요리보다 몹시 가난

했던 시절에 학생 식당에서 먹었던 몇백 엔짜리 정식이 맛있게 느껴졌다거나 충실한 대학 생활을 보낼 무렵에 동거했던 여자보다 밑바닥 생활을 보내던 중학생 시절에 딱 한 번 손을 잡아 준 여자아이가 더 사랑스럽게 느껴지기도 합니다. 본 작품에 대해서 말하면 코사카는 사나기가 해 준 마스크 너머의 키스를 평생 잊지 못하겠지요. '뺄셈의 행복'이라고 말할 수도 있을까요. 저는 이런 가치관의 도착을 인간의 가장 아름다운 버그 중 하나라고 생각합니다.

전작 『네가 전화를 걸었던 장소』, 『내가 전화를 걸었던 장소』가 육체적 결함의 이야기라면 본 작품 『사랑하는 기생충』은 정신적 결함의 이야기입니다. 그런 의미에서 두 작품은 대칭 구조를 이루고 있다고 말할 수 있을지도 모릅니다. '부재라고 하는 병'이라는 아이디어를 떠올린 것은 2014년 초봄이었을까요. 당시의 저는 전혀라고 해도 좋을 정도로 기생충에 관련된 지식이 없었고, 공교롭게도 같은 시기에 모이세스 벨라스케스-마노프의 『결핍의 전염병 (원제 : An Epidemic of Absence)』의 일본 번역판 『기생충 결핍증』이 문예춘추에서 출간되었다는 사실을 안 것은 2016년에 접어든 뒤였습니다. 자료라는 사실을 잊고 푹 빠질 정도로 흥미로운 책이었습니다. 이 작품을 읽고 조금이라도 기생충에 흥미가 생기신 분은 읽어보시면 어떨까요.

그리고 본 작품의 제목 『사랑하는 기생충』은 후지타 코이치로 선생님의 저서 『사랑하는 기생충』(강담사)에서 그대로 빌려왔습니다. 제목의 차용을 허락해 주신 후지타 선생님께 이 자리를 빌려 감사의 말씀을 올립니다.

미아키 스가루

이 이야기는 픽션입니다.
실존하는 인물, 단체와는 전혀 관계가 없습니다.

사랑하는 기생충

2018년 10월 30일 제1판 인쇄
2024년 07월 31일 제6쇄 발행

지음 미야키 스가루 | **일러스트** 시온
오리지널 디자인 BEE-PEE

옮김 현정수

편집 · 제작 노블엔진POP 편집부

발행 영상출판미디어(주)
등록번호 제 2023-000035호
주소 07551 서울특별시 강서구 양천로 570 NH서울타워 19층
대표전화 02-2013-5665

ISBN 979-11-319-8964-7

KOISURU KISEICHU
©SUGARU MIAKI 2016
Edited by ASCII MEDIA WORKS
First published in Japan in 2016 by KADOKAWA CORPORATION, Tokyo.
Korean translation rights arranged with KADOKAWA CORPORATION, Tokyo.
through Korea Copyright Center Inc.